山雨

由感傷到壯美，刻劃人性及社會黑暗

統照 著

U0075098

統照從如詩般的創作走入現實主義的歷程

一段農民破產、痛苦進而頓悟走向反抗的過程

目錄

目錄

一　雪痕

冰冷清朗的月光下，從土牆圍成的小巷裡閃出了一個人影。臃腫的衣服長到膝部，一雙白鞋下的毛窩在月光中分外清顯。他沿著巷外的石子街道穿過一帶殘破的籬笆向村子的東頭走去。

修長的怪影映在薄有雪痕的地上，大耳的皮鞋，不整齊的衣服，還有斜插在腰帶間的長旱煙袋。他身上的一切反映成一幅古趣的畫圖。

路往下去，愈走愈低，他在一個地窖的天門前立定，── 說是天門卻是土窟。在地上不過三尺高，人是要彎著身子向裡走的。一扇破了縫的單門透出地下面微弱的燈光。

照例的用手掌拍門之後，下面有人從破縫中向外張望了一會，即時將木門移動，這突來的人影隨即在月光下消沒了。

室內的沉鬱的空氣與濃密的煙使這新到的客人打了一個噴嚏。原來這不滿一丈長八尺寬的地下室中卻有十幾個農人在內工作，閒談。

「陳大爺，快過來暖和暖和，看你的下髭都凍了。」一個五十歲的編席的人半哈著腰兒說。

「哈！今兒個的天夠一份！夜來的一場雪使了勁，天晴了卻也冷起來。我，── 不用說了！這樣的天氣大早上還跑到鎮上去，弄到天快黑才得回來。是啊，人老了什麼都不中用。回家喝過幾杯燒酒還覺得發冷……。」下來的老人一邊說一邊向腰裡掏出煙管在油膩的荷包中裝煙。

一　雪痕

　　「什麼？你老人家的事就多。快近年了，又有什麼事還得你跑來跑去？怕不是去催討利錢？」另一個穿著粗藍布短襖的中年編席的農人笑著說。

　　「罷呀！老二，你淨說得好聽。不差，這兩年放錢真有利，四五分錢都有人使。你倒是個伶俐鬼，可惜我沒錢放了！年還不曉得如何過的去，你聽著！」他將執煙管的一隻粗手的五指全放開，「賒的豬肉，找人家墊的糧錢，娶媳婦的債務，下半年攤納的買槍費，我再算一遍：六十吊，一百二十吊，又二十吊，三十多吊，合起來怕不得八十塊洋錢。好！放給人家自然又得一筆外財！咳！可是如今反了個了！」

　　他的有皺紋的瘦削的長臉驟然添了一層紅暈，接著在咳嗽聲中他已將旱煙裝好，向北牆上的沒有玻璃罩的煤油燈焰上吸著。

　　一向躺在草薦上沒有起來的賭鬼宋大傻這時卻坐起來，搔搔亂長的頭髮道：「對！陳莊長，你家的事我全知道。從前你家老大曾跟我說過不是一回，這種年代正是一家不知道一家！上去五年，不，得說十年吧，左近村莊誰不知道本村的陳家好體面的莊稼日子，自己又當著差事。現在說句不大中聽的話，陳大爺，你就是剩得下一個官差！……」宋大傻雖然是這裡著名的賭鬼，他並不真是傻頭傻腦，有一份公平熱烈的心腸，所以他都是想起什麼便說什麼的。

　　「大傻，你倒是公平人。不過老大還常常同你一堆兒玩，你就是這一份脾氣改不了，老大更不成東西，近來也學會玩牌。……」老人雖這麼直說，口氣並不嚴厲。

　　「算了罷，陳大爺，冬天閒下來玩幾次牌算得什麼，又是一個銅子一和，我這窮光蛋能玩的起，你家老大還怕輸光了家地？他的心裡不好

過，你老人家不大知道，可是我也犯不上替他告訴，兒子大了還是不管的好。……」

即時一屋子裡騰起了快活的笑聲，先前說話的編席的人咧著嘴道：「你真不害臊，快三十了還是光棍子，卻打起老太爺的口氣來。我看你趕快先管個媳婦來是正經，──有好的也許改了你這份壞脾氣。」

「咦！奚二叔，你別淨跟我不對頭。我是替古人擔憂啊！有了大孩子的人應該知道怎麼對付孩子。像我找個媳婦也許不難，不過誰能餵她；再一說什麼好脾氣壞脾氣，我看透了，這樣的世界！你脾氣好，一年好容易集留了一百八十，啊呀！等著吧！難道敢保定就是你自己的？」

一根紙煙的青煙在這位怪頭腦的少年的口邊浮起，這是在這地窖中最特別的事。

新來的老人坐在木凳上伸了個懶腰，嘆口氣道：「大傻的話不大中聽，是啊，他何嘗說的不對！你大家不大到鎮上去，終年又不進一次城，不比我，跑腿，知道得多。好容易集得下幾個錢；話說回來了，今天我到鎮上去，沒有別的，為的是要預徵啊！」

這是一個驚奇的新聞，滿屋子中的農人都大張著眼睛沒有話說。因為陳大爺的術語在他們單純的思想中還聽不懂，還是宋大傻有點明白。

「預徵就是先收錢糧吧？」

「對呀。現在要預收下年的錢糧！你們聽見過這種事？從前有過沒有？」

「這算什麼事！」五十歲的編蓆子的奚二叔放下手中的秫稭篾片道：「真新鮮，我活了五十歲還沒聽見說過呢！」

「然而我比你還大十二歲！」陳大爺冷冷的答覆。

一　雪痕

「到底是預——徵多少啊？」角落的黑影中發出了一個質問的口音。

陳大爺摺抹著不多的蒼白相間的鬍子慢慢道地：「一份整年的錢糧！不是麼？秋天裡大家才湊付過去，我不是說過借的債還沒還，現在又來了！沒有別的，上頭派委員到縣；縣裡先向各練上借；練上的頭目便要各莊的莊長去開會。……」

「大魚吃小魚；小魚吃蝦，蝦呢？……」朱大傻的不完全的比喻。

「什麼開會？」陳大爺接著說：「簡直就是分派那一個莊子出多少，限期不過十天，預徵還先墊借，……還一律要銀洋。銅元不用提，票子也不要，可也怪，鎮上的銀洋行市馬上漲了一碼。」

「那麼還是那些做生意的會發財。」奚二叔楞楞地問。

「人家也有人家的苦處。貨物稅，落地稅，過兵的招待費，這一些多要在他們身上往外拔。遇見這時候他們自然得要撈摸幾個！」

「可不是。」宋大傻將紙煙尾巴踏在足底下。「頭幾天我到鎮上裕豐酒坊裡去賒酒，好，小掌櫃的對我說了半天話。酒稅是多麼重，他家這一年賣了不少的酒，聽說還得賠帳。他們不想作了，報歇業卻不成，菸酒稅局不承認。這不更怪！做買賣不教人找本，還不准歇業，世界上有這樣的官！……」他興奮得立了起來，卻忘記這地窖子是太低了，額角恰巧撞在橫攔的木梁上，他本能地低下腰來，額角上已是青了一塊。

他撫摸著這新的傷痕，皺皺眉頭卻沒說什麼，——在平時他這冒失的舉動一定要惹得大家放縱的大笑，現在只有幾個年輕的人咧著嘴兒向著他。

「有這樣的官！」宋大傻雖是忘不了碰傷的痛楚，卻還是要申敘他的議論。「不是官是民之父母麼？現在的狗官，抽筋剝皮的鬼！……」

奚二叔瞪了他一眼，因為他覺得這年輕的賭鬼說話太沒分寸了，在這地窖子中是露不了風，可是像他這些有天無日的話若是到外面去亂講，也許連累了這個風俗純正的村子。同時一段不快的情緒在這位安分的老農人身上跳動。

宋大傻也明白了這一眼的寓意，他嗤嚇的笑了一聲。「奚二叔，不用那麼膽小，屋子又透不了風，我大傻無掛無礙，我怕什麼！不似人家有地有人口，大不成的往後說一句話，還得犯法！我就是好說痛快話，其實我是一個一無所靠的光棍，這些事與我什麼相關？酒稅也好，預徵也好，反正打不到我身上來！可是我看見不平一樣要打，一個人一輩子能喝風不管別人的事，那即是畜類也做不到！……」

奚二叔被這年輕人的氣盛的話突得將喉中的字音嚥了下去。

陳大爺坐在木凳上提了提高筒的家中自做的白棉襪，點點頭道：「話是可以這麼說，事可不是能以這麼辦的！這幾年的鄉間已經夠過的了，好好的休息下都有點來不及，何況是一層一層又一層的逼！誰教咱是靠天吃飯，實在是靠地吃飯啊！有地你就得打主意，吃的，穿的，用的，向上頭獻的，通通都得從土裡出！現在什麼東西都貴了，說也難信，一年比一年漲得快。譬如說自從銀元通用開以後，鎮上的東西比前幾年價高得多，地裡的出產，—— 收成就是糧粒落價，不收成又得花高價錢向人家買糧粒，怪！怎麼也沒有好！不知怎的，鬼推磨，誰家不是一樣！除非自己一指大小的地都沒得，那樣捐稅少的下？從這四五年來又添上防匪，看門，出夫，出槍，聯莊會，弄得年輕人沒有多少工夫去做活，還得賣力氣，特別掏腰包。年頭是這樣的刁狡，可是能夠不過嗎？做不起買賣，改不了行，還得受！只盼望一年收就算大家的運氣 —— 今年就不行，一陣螞蚱，秋天又多落了兩場雨，秋收便減了五成。……」

一　雪痕

「減了五成，你們自己有地的無非是肚子裡不用口裡挪。我們這些全種人家的地的呢？主人家好的還知道年成不佳，比每年要減成收租，利害的家數他不管你地裡出的夠不夠種子，卻是按老例子催要，不上，給你一個退佃，（這是善良的，）到明年春天什麼都完了！種地的老是種地，鄉下人容易攬得來幾畝佃地！……」角落裡坐著的那個三十歲左右的癆病鬼蕭達子輕輕地說出他的感慨。

奚二叔本來早已放下了兩手的編插工作，要說話，不想被冒失的宋大傻阻住了，這時他再忍不住，便用右手拍著膝蓋道：

「大家說來說去埋怨誰？儘管你說，當不了什麼！陳大哥，說點老話，這些年輕人記不得了！上去二十年，六七十弔錢的一畝地，二十文一尺棉花襪布，糧錢說起會叫人不信，一畝地找三百文，這便什麼也不管了。輕易連個攔搶的案子也沒有，除非是在大年底下。陳大哥，你記得我推著車子送你去考，那時候，我們到趙府城才用兩吊大錢！……自然這是做夢了！日後萬沒有。陳大哥，到底是怎麼的？你還識字，難道也說不明白為什麼？這二十年來東西的價錢都同飛漲一般，鄉間不論是收成不收成總不及以前寬裕，還有上頭要錢要得又急又凶，為什麼呢？」

這種嚴重的問題迫壓得全地窖中的人都茫然了。連頗為曉得外事的宋大傻也說不出來。陳大爺又裝上了一袋煙，向石油燈焰上去吸，一點靈敏的回憶驟然使他的腦力活潑起來。

「！想起了，這些事都是由於外國鬼子作弄的！……」不錯，這是個新鮮的解答。將這十幾個人的思力能以引到更遠更大的事情上。在他們的茫昧坦白的心中，這句話彷彿是一支銳利的箭射中了他們的舊傷，免不得同時有一個「對」字表示他們的讚許。雖然這個字有的人還沒有說出

口來。

　　尤其是奚二叔，他從經驗中對於陳老人的簡單的答語更覺得這是幾十年來作弄壞他們的美好生活的魔鬼。在一瞬中，他聯合著記起了他與那時的青年農人抗拒德國人修鐵路的一幕悲壯的影劇。接連而來的八卦教，扶清滅洋的舉動，於是鐵路，奇怪的機關車，凸肚皮大手指的外國人，田野中的電線根，槍，小黑丸的威力；再往下接演下去的是八年的大水災中日本人攻 T 島的炮聲，土匪，血，無盡的灰色兵的來往。於是什麼都有了：紙煙，精巧的洋油爐，反常的宰殺耕牛，玻璃的器具，學生，白衣服，……零亂的一切東西隨著當初他們抵抗不成的鐵道都來了！於是他覺得他們快樂的地方便因此漸漸墮壞下去。漸漸的失去了古舊的安穩與豐富，漸漸的添加上不少令人憤懣而一樣如修鐵道似的不可抵抗的魔鬼的東西。自然，這樣油，洋油燈，便是其中的一件，然而怎麼辦呢？二十年來不僅是他的村莊找不出一盞燒瓦做成的清油燈，就是更小點的鄉村每間茅屋中到晚上都閃搖著這薰人的黑焰小燈。洋油一筒筒的從遠處來到縣城，到各大鎮市，即時如血流般灌滿了許許多多鄉村的脈管。……啊！他下意識地從這句有力量的話引起了不少的紛亂的回憶與莫名其妙的憤感。在略為靜默之後，他用右手又拍了一下大腿道：

　　「是啊，這都是由於外國鬼子作弄的！……可也怪，咱們的官老是學他，他又不知道他們有什麼手法會迷惑了大家！」

　　「這就是國家的運氣了！」另一個在編蓆子的農人慨嘆著。

　　「你小時念過幾句書就會發這些又酸又臭的議論。」宋大傻若有新發見似的又彎起腰來。「什麼運氣！這些年鬼子作弄了人，當官的，當兵官的，卻更比從前會搜了。難道這壞運氣就只是咱們當老百姓的應分吃

虧！」

陳大爺用力吸了兩口青菸，又從鼻孔裡噴出，他沉著說：「你老是好說摸不著頭腦的怪話，真是『一攮槍』，只圖口快。當官的會摟錢，是呀！現在的玩意太多，左一個辦法，右一個告示，大洋錢便從各處都被吞了下去。但為什麼前清時候那些官兒便不會這麼多出主意，多要錢？難道說現在的人都聰明了，都壞了？……」

宋大傻瞪了瞪他那雙帶著紅絲的大眼，嘴唇方在翕動，陳大爺趕快接著說去：「誰不明白這裡頭是什麼玄虛，誰就得糊塗到底！」

這又是一個關子，全地窖子中的聽眾又沒得插問的力量了。陳大爺向斜對面的賭鬼一眼睛，爽性直說下去：「人總是一樣的人，怎麼這些年壞人多？不用提土匪了，管幹什麼的再沒有以前的忠厚老實的樣兒，耍滑，取巧，求小便宜，打人家的悶棍，年輕的更利害。國家的運氣壞了，國家的運氣壞了，到底也有個根苗！告訴你們一句吧，這全是由鬼子傳過來的洋教堂，學堂教壞了的！」

他不接著去解釋，在這群混沌質樸的農民中經過多少事情的陳莊長卻是善於言詞，他懂得說話時的筋脈，應分的快利，與引動人去喝采的遲緩，他是很自然地有把握。因為他與縣官，練長，鎮董，會長，校長，以及各種的小官吏談話的時候多，在習慣中學會了言語的訣竅。

於是他又截住了自己的語鋒。

首先贊同這話的是奚二叔，他覺得陳老頭在平常往往與自己說話不很合得來，獨有對於這些大事他是有高明見解的。「陳大爺，你這算一針見血！鬼子修鐵路，辦教堂，是一回事。對於咱們從根就沒安好心。辦學堂也是跟他們一模一樣的學，好好的書不念，先生不請，教書的還犯法。可

是打鼓，吹號，戴眼鏡，念外國書，——譬如鎮上，自從光緒二十幾年安下根辦學堂，現在更多了。識字，誰還不贊成？不過為什麼非改學堂不可？本來就不是好規矩；學堂是教員站著，學生卻老是坐著，這就是使小孩子學著目無大人的壞法子。所以啦，那些學生到底出來幹什麼？從前念過書的噹噹先生也不行了。這些孩子不願扛鋤，抬筐，更不能當鋪店的小夥，吃還罷了，穿得總要講究。不就拿著家裡的錢向外跑，又有幾個是跑得起？……」

他這一套感慨系之的話一時說不清楚，積存在胸中的不平的話他恨不得一氣說完，然而在牆角上的那個黃病的佃農卻輕輕道地：

「奚二叔，話不要盡從一面講，學堂也發福了一些人家呢。北村的李家現在不是在那裡，那裡是關東呢，做官！他家的大少爺若不是從宣統年間到省去上學堂，雖然是秀才，怕輪不到官位給他。……還有鎮上吳家的少爺們，一些能夠在外面耀武揚威，人家不是得了辦學堂與上學堂的光嗎？」

宋大傻從鼻孔裡哼了哼道：「原來啊，達子哥你淨瞧得見人家的好處，卻也一樣要破工本。即使學生能學會做官，可也不是咱這裡小學堂便辦得到！」

蕭達子從沒想到這裡，確實使他窘於回答。他呆呆地將黃色的眼球對著土牆上的燈影直瞧，彷彿要更往深處去想，好駁覆對方送來的攔路話。

「還是傻子有點鬼滑頭。奚二哥的活不免太過分了。人要隨時，你一味家想八輩子以前的事，還好幹甚？宣統皇帝都攦下了龍庭，如今是大翻覆的時代。看事不可太死板了。悶在肚子裡動氣，白費！——我就不這樣。小孩子到了年紀願意上學堂，隨他去吧。私學又不準開，只要來得

一 雪痕

及，也許混點前程。不過隨時嚴加教訓，不可盡著他無法無天的鬧。說也可憐，一切的事都被外國人攪壞了，到頭來還是得跟他們學樣！—— 這怪誰？總不是咱們的本心眼。然而你不從也得受。李家，吳家的少爺們都是什麼人家，作官為宦，一輩子一輩子的熬到現在，他們也只好從這裡找出身。你待怎麼說？所以傻子的話卻有他的。沒有錢你能入學堂才怪！像咱們更不必想了。能以教小孩子上幾年算幾年，誰還管得了再一輩的事！……」陳老人遲緩沉重的口音中顯露出他內心的感慨是在重重的壓伏之下。他對於將來的事是輕易不想的了。過去的鬱悶雖然曾給予他不少的激發，但暮年的心力卻阻止他沒有什麼有力的表示了。得過且過，對付下去，在他所能活動的小範圍中能夠永久保持住出頭人的地位，一份自尊心還留下一點企圖好好幹的希望之外，便什麼都消沉下去。所以他對於這鄉村中的二十年間的變化雖然都是親身經歷過，親自目睹過，也能約略地說出那些似是而非的種種事變的因果關係來，然而他是那樣的老了，每每聞到足底下土香，他便對一切事都感到淡漠。

他們無端緒的談話到此似乎提起了大家的心事，都有點接續不下去。而且他們原來只能談到這一步，更深的理解誰也沒從想起。洋燈，學堂出身，收成，這些事雖然重要，雖然在幾個健談的口中述說著，其實在他們的心底早被預徵的消息占據。然而相同的大家似是有意規避這最近的現實問題不談，卻扯到那些更浮泛的話上去。

在沉默中四五個人的編席工作又重行拾起。白的，朱紅的稭片在他們的粗笨的手指中間卻很靈活的穿插成古拙的圖案花紋。雖然是外國的商品從鐵道上分運到這些鄉村中來，打消了不少的他們原來的手工業，可是還有幾項東西居然沒曾變化過來。蓆子便是幾項手工業的一種。生火炕的北方到處都需用這樣的土貨，不管上面是鋪了花絨，棉絨，或者是羊毛花

毯，下面卻一定要鋪花席。窮點的人家沒有那些柔軟溫暖的東西，土炕上粗蓆子總有一張。因此這一帶的農人到冬天來田野都成一片清曠的時候，他們有些人便做這樣的副業。

每個農村中到這夜長晝短的期間，地窖子便成了公共的俱樂部。不管是一家或是幾家合開的窖子，晚上誰都可以進去談話，睡覺，無限制也無規例，更用不到虛偽的客氣。甚至有幾個賭友玩玩畫印著好漢的紙牌也不會令人討厭。窖子中有的是穀稭，可以隨意取用。地下的暖氣能夠避卻地面上的寒威，又是群聚著說故事編新聞的所在，所以凡是有地窖的地方晚間是不愁寂寞的。

陳老人方想要回去，已將煙管插在腰帶上，突然由地平線上傳過來一陣轟轟的聲音。因為在地下面聽去不很真切，從練習出來的聽覺中他們都瞪了眼睛，曉得這是什麼聲音。好在還遠，彷彿隔著有七八里路的距離。陳老人更不遲疑，走上門口的土階道：

「聽！又是那裡在放土炮？」

奚二叔放下了手中的一片未完工的花席，也彎腰起來。「我也出去看看。你聽，這是從東南來的響聲。」接著向他的同夥說：「我回家去一趟，說不定今晚上不再回來。大家小心點！」他又向牆上的暗影中掛的幾桿火槍指了一指，即在陳老人的身後走出來。

微缺的月輪照得皚皚的地上另有一份光彩。空氣冰冷，然而十分清新。好在一點風都沒得。隔著結冰的河向東南望去，除卻一片落盡了葉子的疏林以外什麼都沒有。

仍然聽得到轟轟的土炮餘音，由平曠的地面上傳來。一星火光也看不見。時而夾雜著一兩響的快槍子彈尖銳的響聲，似乎遠處方在夜戰。

一　雪痕

　　兩位老人一前一後的急遽地向莊子中走去。他們現在不交談了，卻也
不覺得十分驚異與恐怖。當他們走到一家菜圃的籬笆前面，從村子中跳出
幾隻大狗向天上發狂般的叫。同時也聽見巡夜的鑼聲鏗鏗的由村子西頭傳
響過來。

二　槍聲

因為夜裡聽了好久的槍聲，奚二叔比每天晚醒了兩小時。雖在冬日他照例是在五點鐘時候鑽出暖烘烘的被窩來，這早上他一覺醒來已經看見紙糊的木櫺窗上滿罩著旭耀的太陽的光輝。他即時將破羊皮短襖披在肩上，一邊爬下炕來跐蒲鞋。

「爹，洗臉水早弄好了在鍋上面蓋著。」外間牆角上正在攤餅的兒媳婦向他說。

「你看睡糊塗了，什麼時候才起來！吃虧了夜來不知那個村子與土匪打仗，累得我沒早睡。」

挾了一抱豆稭從門外剛進來的孫子小矗子攙上說：「爺爺耳朵真靈精，我一點都沒聽見。」說著將枯黃的豆稭與焦葉全推到他母親的身旁。圓鏊子底下的火光很平靜溫柔地燃著。這中年的女人用她的久慣的手法，一手用木勺把瓦盆的小米磨漿挑起來；不能多也不能少，向灼熱平滑的鏊子上傾下。那一雙手迅疾地用一片木板將米漿攤平，恰巧合乎鏊子的大小。不過一分鐘，攤漿，揭餅，馬上一個金黃色的煎餅疊置於身左旁秫稭製成的圓盤上面。她更須時時注意添加鏊子下的燃料，使火不急，也不太緩，這樣方可不至於乾焦與不熟。她自從在娘家時學會這種農婦的第一件手藝，現在快近三十年了，幾乎是每天早上刻板的文字。她必須替大家來做好這一日的飯食。她當天色還沒黎明時就起來趕著驢子推磨，將幾升米磨成白

二　槍聲

漿，然後她可以釋放了驢子使牠休息，自己單獨去工作。這些事有三小時足能完了。因為是冬天，家中沒有雇的短工，田野裡用不到人，春與夏她是要工作整個上午的。奚二叔的家中現在只有她是個女人，一個妹子嫁了，婆婆死去了許多年，所以這「中饋」的重任便完全落到她的兩條手臂上面。幸而有一個孩子能以替她分點力氣。

奚二叔就鍋臺旁邊的風箱上擦著臉，卻記起心事似地向女人問：「大有賣菜還沒來？」

媳婦正盛了一勺的米漿向瓦盆中傾倒了些道：「天放亮他去的，每天這時候也快回來了。聽說他今兒回來的要晚點，到鎮上去還要買點東西呢。」

「啊啊！記起來了，不錯，夜來我告訴過他的偏生自己會忘了。」十二歲的孩子坐在門檻上聽見說爹到鎮上買東西去便跳起來，向他爺爺道：

「買什麼？有好吃的沒有？」

「你這小人只圖口饞，多大了，還跟奶孩子似的。你爹是去買紙，買作料，酒，有什麼可吃？高興也許帶點豆腐乳與醬牛肉回來。」「我吃，吃，爺爺一定與我吃！」小孩子在老人身前分外撒嬌。「滾出去！多大小了，只知吃的容易。……」女人崒了孩子一句，他便不再做聲，轉身退往門外去。

奚二叔還是記念著昨夜中的事，想到外邊探問探問鄰家的消息。他剛走到土垣牆的外面，陡然被一個生物將胸窩撞了一下，雖是穿了棉衣胸骨還撞得生痛。他方要發作，一看卻是陳莊長的大孫子，正在鎮上小學堂念書的鐘成。他已經十五歲了，身個兒卻不小，穿著青布的學校制服，跑得滿頭汗，帽子也沒戴。雖是誤撞著年老的長輩，他並不道歉一句，便喘吁

吁道地：

「二叔，……我專為從鎮上跑回來送信！因為我今早上去上學，剛剛走到鎮上，就聽人說你家大有哥出了亂子被鎮上的駐兵抓了去！……抓，我是沒看見，他們要我回來向爺爺說。……爺爺又叫來找你到我家去，快！……我也要回學堂上班去，晚了便誤班。……」他說完便預備著要轉身走。

奚二叔耳朵裡哄了一聲，如同被尖針炙了一下全身都有些麻木。本來被這孩子一撞心頭已經是在突突的跳著，這平空的悶雷更使他沒了主意。他將稀疏的眉毛皺了幾皺，迸出幾個字來：「為……什麼？……」

「誰知道！……許是與兵大爺動了口角，……我哪兒說得清。」伶俐的小學生一把拖了奚二叔的腰帶往前跑去，隔他家的門口不多遠，他一鬆手反身向北跑去。

「大有就是任性，牛得緊。到鎮上去那樣子還有好虧成。……」陳老人在瓦罐中的木炭火上用小錫壺燉著燒酒，對面的舊木椅上卻坐了那個頭上微見汗珠的奚二叔。原來他到陳老人這邊來求他想法子。自己對於鎮上太生疏了，除掉認得幾家小雜貨店的夥計之外，一個穿長衫的朋友也沒有。兒子出了亂子只好來找莊長了。

「真是時運不濟！你看夜來從鎮上剛跑回來，預徵的事還沒來及辦，又緊接上這一出！……一夜沒好生睡覺，天又這麼冷。……」似抱怨似感嘆的說著。同時他從窗臺的小木匣中取出了兩個粗磁酒杯，還有一盤子白煮肉。他首先喝了一杯，再倒一杯讓奚二叔喝。

「說不了，你的事跟我的事一樣。人已經抓去了，橫豎一把抓不回來。你先喝杯酒擋擋寒氣，吃點東西，咱好一同去。……」

二　槍聲

　　奚二叔本是害餓了，這時卻被驚怖塞滿，酒還喝的下，也是老癮，便端起杯子呷了一口。顫顫道地：「求求人能以今天出來才好！……」

　　「奚二……別把事情看得太容易了！自然你家老大左不過是為了賣菜與老總們動了口角，可是現在那一連隊伍卻不比先前駐紮的。多半是新兵，營規又不講究，常常出來鬧事，頭目聽說也是招安過來的。他們恨不得終天找事，揀有肉的去吃。……這一來你等著吧。彈也打了，鳥也飛了，即算趕快出來也得掏掏腰。……」接著他又掀著鬍子滿飲了一杯。

　　「怎麼……還得化錢？」奚二叔大睜著無神的慘淡的老眼問：「賠賠不是不行？……」

　　「你還裝糊塗麼？那些老總們要的是這一手。給他磕十個響頭滿瞧不見，只要弄得到錢，什麼都好辦！……哼！老二，你今冬的蓆子大約得白編了。……」

　　奚二叔一句話也不置辯，只將微顫的手指去端酒杯。

　　及至他們冒著冷風向村子外走的時候，街道上菜圃的風帳下已經滿了晒太陽的鄰人。他們正在瞎說這早上的新聞。同聲的結論是埋怨奚大有的口頭不老實，更有許多人懷著過分的憂慮，唯恐那些蠻橫的灰衣人借此到村子中找事，那便誰家也要遭殃。所以一看見陳莊長領了這被難者的爹向鎮上去，他們的心安穩下了。究竟陳老頭是出頭露面的老頭目，只要他到鎮上去終有法子可想。鎮上的老爺們他能找得到，說得上話，有此一來，這驚人的事大約不久就容易平息下去。許多呆呆的目光送這兩位老人轉出村外，卻都不肯急著追問。

　　他們沿著乾硬的田地，崖頭，走到鎮上，進了有崗位的圩門，先到大街上的裕慶酒坊兼著南貨店中。店經理是陳老頭的老朋友，又是鎮上商會

的評議員。在這鎮上的商界中頗能說話。這時正當八點半鐘，這條土石雜鋪的大街上有不少的行人，各商店的小夥都站在櫃臺後面等買賣，沿街叫買的扁擔負販也都上市了，兵士們的灰影有時穿過各樣的行人當中顯出威武的身分。有些一早上出去遛鳥兒的閒人在溫和的太陽光下提著籠子回家裡吃早飯。

當他們與王老闆開始談判，——就是求著打主意的時候，王老闆用手撫了撫棉綢羊皮袍沒做聲。一會卻叫了一個小夥過來囑咐他快去請吳練長。小夥方要走出，他卻添上一句道：「練長還沒起來，務必同他的管家說：起來就快稟報，說我在店裡等候，有事商量哩。……」

裕慶店的確是一個內地鎮市商店的模型。油光可鑒的大櫃臺，朱紅色的格子貨架，三合土的地，掃除得十分光潔，四五個大酒甕都蓋了木蓋橫列在櫃臺的左邊。木格上的貨物很複雜：江西的磁器，天津北京的新式呢緞鞋子，各樣的洋油燈，線襪，時式的衛生衣，日本製的小孩玩具，太古糖，外國酒，茶葉，應用品與奢華品，攙雜著陳列得很美觀。帳案上兼做銀錢的兌換買賣，常常有兩個年青的學徒，一位先生不住的撥動算盤與在大青石板上敲試銀洋的響聲。向裡去，穿過一個月洞門，——上面有隸字寫的「聚珍」兩個大字的紙扁額，——向右去，一間光線並不充足的小屋是店中經理的辦事處與起居室。有熟的朋友便在這裡會談。至於招應軍界的長官與本地紳董，是在後院的大屋子中。這邊宜於辦點祕密事，正如同屋子中的表像一樣。因為靠街的東牆上有個很高的小窗子，有兩扇玻璃門可以推動，外面卻用粗鐵絲網罩住。一個木炕，一隻小巧的長抽屜桌，兩個鐵製的錢櫃，可以當坐椅用。以外使是幾疊帳簿，印色盒，燒泥的大硯臺，全是很規則的擺在長桌子上。牆上的二三幅名人字畫，色彩並不鮮明，不是十分靠近卻分不出款識上的字跡。總之，從陽光的外面走進這小

二　槍聲

屋子中自然使人有一種陰森幽沉的感想，同時使你說話也得十分小心與加意提防，萬不會有高談闊論的興趣。

王經理一見陳莊長領了這位鄉下老頭來，他早已明白是為了什麼，所以趕快將他們讓到這黑暗的屋裡。經陳莊長幾句說明之後，他便派人去請練長，這等手續他是十分熟習並用不到躊躇與考慮。

「事情是這樣！」王經理唿唿的吸了兩口水煙，捻著紙煤道：「我知道的最早。大有每天來賣菜，我很認得過來，真是莊稼牛！他太不會隨機應變了，這是什麼時候，咱這常賣在街頭的人對待這些老總還得小心伺候，一不高興，他管你是什麼，輕則耳把子，重則皮帶。……你不得認晦氣？偏偏他，—— 大有，挑來的白菜賣得快，只剩了三棵了，錢都收起。他在議事局的巷口上盡著叫賣，其實回去也就罷了。偏有人來買，少給他十文一棵，不賣，好，一個從議事局來的老總，—— 不是他們都駐在局子裡，—— 看出竅來，叫他挑到局子門口，情願添上十文全留下這三棵。一切都好了，及至給錢時少了八個銅板，他爭執著要，……不用再說了，那個老總居心吃鄉下人，像是個營混子。罵大有，還罵祖宗，說他詐人。本來誰吃得下，其結果連門崗也說他闖鬧營口，一頓皮帶，押了進去。……那時街上的水火爐子已經賣水了，見的人很多，陳莊長，你是明白人，這要埋怨誰？……」一口稠痰從他的喉嚨中嗆出來，話沒說完，便大大的咳吐起來。

「就為這個，王老闆，你得救救奚老二。往後我做主，得擔保不許大有早上再來賣菜，現在咱們應當躲避當弟兄們的，少給大家惹點是非，便是地方上的福氣！」

「對！若不如此想，你還想同穿老虎皮的打架，那不是瞪著眼找虧

吃！」

　　他兩個人義正辭嚴的問答的中間，滿臉憂恐的奚二叔坐在冰冷的鐵櫃上什麼話都不敢說，因為他明白自己不會說話，又在這些穿長袍的人中間他覺得一句話也說不出所以然來。而且他彷彿看見籐條與槓子的刑具都擺在自己的面前，兒子堅實的皮肉一樣也會滲漏出打壓的血痕。他忐忑著這最快的將來，不知道破了皮肉的兒子能否趕快把他關到媳婦房間中去。同時蓬鬆了頭髻的兒媳，與傻頭傻腦的聶子，現在他們知道這不幸的消息是怎樣的憂急……

　　一陣腳步聲從外間中向裡跑，驟然打斷了這老實人的幻想，原來那個出去請練長的小夥跑回來向經理回覆：

　　「練長的門上出來說，練長剛剛在吃點心，說有什麼事請過去講，聽說還吩咐廚上給老闆預備午飯。」他報告完了，整整衣襟很規矩地退出去。

　　即刻王經理脫下氈鞋，換上寬頭的厚棉鞋，同陳莊長走出去。剩下恐惶的奚二叔兀坐在櫃臺前面的木凳上聽回信。

二　槍聲

三　落雪

　　過午以後，狂烈的北風吹遍了郊野，枯蓬與未收拾的高粱根子在堅硬的土地上翻滾。陰沉的厚雲在空中飛逐，合散，是又要落雪的預兆。比早上分外冷了。大有拖著吃力的兩條腿跟著他父親在回家的道上慢慢地走。他像一個打了敗仗的鳥兒由鷹鷂的鐵爪下逃生回來，雖然不過用繩縛了整個上午，然而皮鞭的威力在他那兩條腿上留下了難忘的傷痕。藍布棉褲有一邊是脫露出不潔淨的棉絮，冷風從漏孔中尖利地刮透他的肌肉。寬廣的上額青腫了一片。他的青氈帽斜蓋在上面。他不知是怎麼出來的，只記得被幾個高個兵官在桌子後面向他喊呵了一陣，除卻幾句難忘的惡罵之外那些話他不甚明白，也隨時忘了，於是幾個兄弟做好做歹的把他鬆了綁，從局子門口推出來。不是防備得早，差些撞到局門口的下馬石上，以後便是奚二叔與陳老頭領他到吳練長的堂皇的客廳中磕過頭，回頭又到裕慶店裡給他敷上了些刀傷藥，然後由陳老頭與王經理在小屋子中商量了半天什麼事，把自己的痴痴的爸叫進去，又過了多時，他才得離開那裡。

　　始終沒對自己說一句話的父親，從似融含著淚珠的老眼中已可看出他的難過！原來是黃瘦與深疊皺紋的面目，彷彿更見蒼老，這一天的異常的生活與萬難料到的打擊，使得這老農人忘記了飢渴。自己的兒子受屈，——也的確是自己的恥辱，自己的生活上難關一齊揀這個邪惡的日子來臨！還有打點費四十元，送吳宅上的管家十元，王經理的人情還沒說到如何的報答。這些數目幸得有陳老頭給辦著，先從裕慶店裡借上，「有

三　落雪

錢使得鬼推磨，」怎麼啦，帶兵宮拿了白花花的銀元去，連練長與王老闆都得白看。只好埋怨自己的兒子，不好去老虎頭上動土，闖上這場亂子，受了屈打，還得還債！……

奚二叔雖然痛兒子，什麼都不關心，只望他逃出那些老總們的手掌！到底兒子出來了，雖不是十分活跳，卻也不至於殘廢，三兩天便可復原，傷在皮肉上，傷不到心。……一轉念，他看見五十元的銀洋在自己的眼前跳舞了，在王經理手中自然是看不起眼，算一元錢一斗的糧粒，一斗一元，十斗一石，五十元五石，算法不錯，五石，差不多是他地裡一年的出產！然而現在連同預備過年的存糧算在內，天井的囤角裡還有一石黃谷，五斗紅麥，不足一石的高粱米。

在這久已是被生活壓榨得十分老成的農人的心中，這突來的憂愁將他整個的精神弄亂了。裕慶店的墊款，是不過年底，人家憑著陳老頭的情面已經是特別通融了，但自己拿什麼還人？原來的計畫，到這天全盤推翻，一冬的編席與秋間的積蓄，本來預備著再過一年便好給聶子買一個媳婦來，在現在的時價，說是彩禮，大約不過一百元，三年之後也許快抱重孫了。他為兒子想盡法子種地，為孫子娶媳婦，這都是他時刻不忘的大事，也是他努力在土壤中一輩子的志願。他永遠記得創業艱難，守成更屬不易的古訓。自小時聽見老人常常的說起，使他記在腦子中不會忘卻，經過幾次的大動亂 —— 在他看來那已是不常見的真重大的亂事了， —— 他還得保持住他的田地，而且從十年前又買進一片小小的樹林地帶，在祖傳的舊房子上添築上三間茅屋。他常是對著鄉人與親戚誇說，不是過分的滿足，卻使他感到俯仰無愧的趣味。……但這個壞的日子太壞了，只為了八個銅板的小事， —— 他現在想是小事了，望著失去了把握的未來的暗影，彷彿有條沉重的鐵鍊拴縛住他的靈魂。

父與子仍然在一條大道上走，然而各人另懷著一份心事與異樣的感動。大有現在三十歲了，雖然戇笨，卻從來沒吃過鄉下人的暗虧。他從十六七歲時學過鄉下教師傳授的拳腳，身體壯，來得及，輕易不肯被人欺侮。在田地中工作，他每每譏笑許多與自己年紀相仿的青年，說「他們只是飯桶」。不錯，他的筋肉堅實的兩條臂膊，與寬廣的肩背，無論是扛起鋤頭，推動車子，總比別人要多做多少活計。因此有人替他起個諢名，不叫大有，卻叫大力。他憑著這份身體與種植的田地相拚，只要不是天爺不睜眼，還怕收成得比別家少？他甚至連一袋旱煙還不會吸，有時喝點酒還有數兒，其他惡習他連看也不看。……他從前也出過兵差，這太平常了，幾年來來往往不知去向，更不明白為了什麼，老是有軍隊調動，抓夫出差。有壯丁的鄉間誰家都不易免掉，還是力大的便宜。他推得動，走得了，人又老實，所以他雖然眼見有不少的鄉人受老總們的腳踢，打皮鞭的刑罰，自己幸而沒有嘗過這等滋味。他單純的心中感到異常的慶幸，又往往對別人談起多少帶點驕傲的話頭。然而這一天他無意中更恥辱似的嘗著灰色人的鞭子的滋味了！皮開肉腫的痛楚自然不好過，比起他向來自負的高傲那是更難堪的打擊。那些凶橫的面目，大聲叱呼的話，輕蔑的眼光，與磕頭的心情，當時糊塗得只有蓄在心中的憤憤。現在是彳亍於冷風的曠野中，他感到淒然欲哭的難過，精神上的羞辱比身體上的痛苦重得多，他雖是受慣了迫壓生活的鄉間人，不過他還年輕，他又富有衝決的力量，偶然遇到這等委屈，像一個火球投擲在他的沸熱的心中，要燒盡了一切。

　　他有他爹的遺傳性，向來是拙於說話，尤其是與人爭執是非的時候更訥訥地說不出。況且他也知道被人拴縛起來，還要置辯那等於白費力，經驗告訴他：老總們的皮鞭之下頂好是不做聲，爭理不對，討饒也是不行，他賞給你的任何禮物，最好是逆來順受。何況大有原來也是個硬漢，咬住

口不肯哀求乞憐，所以這突來的打擊他只是將憤怒深藏在火熱的胸中，不曾有一絲毫悲哀的念頭使他感到絕望。及至被那些槍手推出門外，又去給那位本地的老爺磕頭謝賞的那一時，一股莫名的悲感從心頭上湧到鼻端。在鋪了方磚的地上，輕細的微塵黏合了他的可寶的兩滴熱淚。他現在紛亂地記起這些事，他開始對於他從沒計算過的將來覺得粟然！

　　離開那五千多家的大鎮約近二里地了。因為北風吹得太起勁，空闊的大道上沒遇見一個行人。奚二叔老是垂著頭走在前面，大有拖著腿上的破棉絮跟在後頭。他們彼此的心事或者都能明白，究竟沒說一個字。沉默在狂吼的晚風中，走到一個路口。向東去一條小徑是去陶村的，他們應分往南去，恰好奚二叔的腳步剛剛挪過橫道，正與一輛自行車碰個對面。

　　一個短青衣褲戴著絨打鳥帽的少年輕俏地從車上跳下。

　　「啊啊！二叔，那裡去？……唉！大有，你怎麼弄的像是同誰打過架？」少年很有禮貌的扶住半舊的車把。

　　「可不是，同人打架！……原是你，杜老大，你回來多少天了？」奚二叔一眼看明他是陶村的杜烈，他是終年跑外的，他認為是不正干的孩子，然而既然遇到不能不打招呼。

　　「快過年了，我放了工，前天才從外邊跑回來，那裡都沒去。一年回來一次，……怪巧，想不到大風天碰得見！……」他沒說出下面的話，然而看到大有的狼狽神氣，又是從鎮上來，他明白其中一定有岔子。聽聽奚二叔的口吻便不再追問。

　　原來沒打算說什麼話的奚二叔，他對於這終年在外浪蕩不好好務農的壯烈更不高興談閒話，然而屈抑的情感卻不受他的理性的指揮，一遇到這個機會，沉默了差不多終日的老人的口舌再也忍不住。於是在向晚的冷

風中，站在剛剛露出麥苗的土壠上，便將大有與自己經過的大事變告訴出來。

　　時間本來晚了，這一場談話野中已經朦朧了，太陽還藏在厚雲裡，連一點殘光也沒有。只聽見呼呼的風聲震動道旁的樹上的乾枝槭槭作響。杜烈很注意地聽這段新聞，到末後，他無意識地將絨帽取下來在左手裡搧動，一頭短髮被風吹開來，像是表示他的同情的憤怒。

　　「好！二叔，動氣幹嘛！……我來看，大有哥真是太受委屈了！你老人家跑了半天，你回去吧。把大有交給我，你看風多有勁，他的褲子都撕破了。我家裡有從Ｔ島帶來的藥品，──外國藥，止痛，養血，……本想到鎮上去一趟，沒要緊，不去了。……到我家去上藥，我同他談談開開鬱，還有好酒，二叔，你回去同家裡人說，明天早上送回大有哥去。……走！」

　　這年輕的工人說話簡捷爽利，又是十分誠懇，奚二叔本怕自己的孩子回去難過，況且自己也不好說不忍得說什麼。

　　這時奚二叔心中微微覺到從前自己對待杜家這孩子太冷淡了，沒想到他卻是個熱腸的小夥子。

　　大有恰好不願即時回家去，他覺得十分丟人，這一來他也不推辭。

　　於是他們分路而去。

　　曠野中黑暗漸漸展擴開來了。

三　落雪

四　落雪

「現在應分好些了，全是鬼子藥，也就是東洋藥。還痛嗎？到明天你帶回這一小瓶去。」杜烈在滿是煙嗆的裡間炕上對躺著的奚大有問。

「好得多。原不怎麼痛，咱的皮肉不值錢，揍幾下覺不出大不得了。……我說，杜大哥，我到現在就是肚子裡壓住一股悶氣！」

大有藥敷過了，也吃過一頓精美的大餅，蔥根炒肉絲的晚飯，酒是喝得不少，盛二斤的粗扁瓶中的酒去了一半。也幸得了這強烈的酒力的興奮，他高興說話了。肉體上的苦痛漸漸忘卻。實在也不覺怎樣，只是一股憤氣藉著酒力又湧上來，對於那膽小憂苦的爹與勤勞的妻，小孩子，現在他都記不起來，他只念念著那幾個巨大獰黑的面孔，與吳練長的癇瘦的腮頰，還有拿著皮鞭的粗手。似是終沒方法能將突塞進胸腔中去的悶氣發泄出來，他還沒想到怎樣發泄，不過卻是開始感到抑迫得不安。

杜烈這時脫了鞋子，蹲在一段狗皮褥上，慢騰騰地吸著愛國牌的香菸。屋子裡還沒點燈，藉著窗上的油紙還約略的看得見一些東西的輪廓。他的廣額上亂發如獅子的鬣毛似的披散著，大嘴，嘴邊的斜紋，因為他像深思，所以更向腮幫插去，顯得更深寬些。大而有點威力的眼睛，在暗中他努力地向對方看去，像是要從這黑暗中尋求到他所要的東西。他不急著答覆大有的話，將香菸上的餘燼向炕前彈了一下。

「噯！看爹的意思是十分不高興，我卻說不出來。自然這亂子是我闖

的，論理一人乾一人當，……現在連他也牽累到那個樣兒，誰沒有良心，咱這做小的不難過？……」大有從悶氣的抑壓感到懺悔般的淒涼，很無力量的說出這幾句話。

「別扯天拉地地想了，大有哥，你真是老實人，人愈老實愈容易吃虧，……還不是家常飯。我終年在外替人家弄機器，打嗎，冤嗎，何曾沒受過，話要這般說，外人的氣好吃，自家的氣更令人受不住，……不過你東想西想，……幹什麼，我先問你 ── 」

「什麼？」大有也撫著屁股強坐起來。

「頭一件你還得種地不？……」

「唉！靠天吃飯，咱們不種地去喝風？」

「對！還有第二件，能去當兵？」杜烈深深地吸了一口紙煙。

「當兵？還能種地？那不是咱做的事！」

「一要種地，二不當兵，我的哥，你盡想著出悶氣，難道你也能去入夥，去拿自來得？」

「你說是當土匪，別嚇人了！怎麼啦，越說越不對題了。」大有起初還鄭重地聽，末後這一問他簡直覺得老杜有點跟自己開玩笑。

「不忙，還沒找到題目呢。頭兩樣不能不做，不能去幹第三樣，不敢下水，你再想想，還是小心躲避人家的耳刮子，皮鞋尖，鞭子是正經！咳聲嘆氣當得玩藝嗎？早哩，兵大爺幾下打，日後還不是小事，你還用大驚小怪。彷彿被人強姦了的新媳婦，見不得人，做不得事，憋壞了肚子，連孩子也生不成一個，那才怪！……」

大有在暗影中也笑了，「老杜在外面淨混出嘴頭子來，玩貧嘴卻是好手。話倒是真個，……咱什麼沒的做，還得攮犁耙，扛鋤頭，生氣情知是

白打！」

「不是那麼說，反過來說，誰吃得住人家的欺侮！你還不知道，老杜年小的時候終年同人家開仗，全是為了不肯吃虧，這些年來，—— 你道是在外邊就容易一帆風順？—— 咳！什麼虧什麼寒傖沒受過！連鬼子的火腿，槍托子都嘗過滋味！大有哥，人是好混的，吃碗飯好容易！別說咱不得罪人，一個不順眼，一個同你開開玩笑吃不了兜著走！人心不一定全是肉做的！……說不了，不到時候你還是忍耐著性子算占便宜！如今在鄉里更不好過。我偶然回來看看，回去之後足有幾十天的不痛快！那一樣兒叫人稱心？錢化多了，地荒多了，苦頭吃得更大。終天終夜地與土匪作對，一個來不及便是燒，殺，整個村子的洗劫，大家出錢養兵，白打，真是白打！更添上吃人的老虎了！……我仍然還是回來，老娘眼也花了，上牙差不多全落了，一個勁的催我娶房媳婦，我說非等著妹妹出嫁後，不行，盡著老人去嘟囔，我不應口！好在我底手頭拿的錢還夠用，最近請了一位大娘在家裡做活，下年我打算將妹妹帶出去。」

「唉！你還把大妹妹帶出去幹麼用？」大有頗引為驚異了。

「你不懂。現今女人在外邊一樣賺錢，工廠裡女工一天多似一天，不過咱這邊去的人少些。……不止做工，我還想叫她學著識字，入補習夜校。」

後面這四個字在大有的理解中不很清晰。

「就是晚上開的學堂。那些姑娘媳婦白天做工晚上還可以去認字，日後不認得字簡直不好辦，不比以前怎麼都可以混日子。……」

「那末，你不怕她學壞？外面的壞人更多。」大有直率的追問。

「那可不敢說。從那一面看，也許特別學好。你說女孩子在鄉下有什

麼幹的，一切都變了，用不到紡棉花，養蠶養不起，繡花，現在鎮上也沒
多少人家定做，還不像你家可以幫著種地，看邊。我家裡一共一畝二分下
泊地，我不在家早將糧粒典給人家，每年分幾斗。她幹什麼？還不如跟著
出去開開眼。」

　　對於大有，這個提議是過於新奇了。他幾乎不能判別其中的是非。外
邊，外邊，他永遠不明白大家所謂外邊的是什麼景象。不錯，這些年來向
外邊跑的人一年比一年多，下關東，上歐洲做工，闖T島，有的一去便沒
了消息，有的過個十年八年忽地怪模怪樣的回來了，回來又重行出去。往
近處的外邊也有一兩年回家一次的，卻是他向來覺得與那些不安本分的人
談不到一處。陳莊長不是也看不起那些小夥子？所以自己不常聽見有人說
外邊是什麼世界，也不知他們去幹什麼活。有人說也是種地，辟菜園子，
有的卻說是耍手藝，他根本上與手藝的世界隔得太遠。春天撒種，秋天收
穫，大熱天光了膀背在高粱地裡鋤土塊，雜草，這是莊稼的本分，與手藝
不同。他意識中總覺得凡是手藝人就不大規矩，穿得要整齊，說話也漂
亮，用不到老大的力氣卻會拿到錢，這與他家傳的事業不是一行。例如編
蓆子，編蒲鞋，這類手工他從沒想到也是手藝，何況並不是他家的正業。
以自己範圍中的經驗證明，所以他這時對於老杜說的外邊仍然沒有一個概
念。他總想即使任管如何拿錢，那不是本分，因此他並不欣羨，反而覺得
老杜要連他的梳著髻子的妹妹帶去，不免有些荒唐。

　　他沉在茫昧的尋思中時，杜烈早已到外間去將有玻璃罩的洋油燈點
著，拿到裡間的土窗臺上，異常的明麗的光映著兩扇木門上的兩張五色
紙，印的文武財神的印象十分威武。外面灶上的餘火這時通到炕洞裡，屋
子中充滿了暖氣。

　　大有覺得坐處的下面蓆子上的熱力漸漸增加，透過被打的創傷，頗有

些癢。再倒頭躺下，靠近紙窗，窗外的風聲小得多，有時吹得窗外的槐樹枝微微響動。

「天有不測風雲，……唉！取笑取笑。你也可謂是旦夕的禍福了。多快，一會兒地皮上滿蓋了一層雪，風也熬住，說不定要落一夜。……」杜烈將青布小襖脫下來放在空懸的竹竿上，露出裡面的一身棉絨衛生衣，緊貼住他的上身。

「啊呀！明天還落雪，走路太費事，再不回去爹又許來找，……」大有皺著粗黑的眉毛說。

「你又不是十歲八歲的孩子，怕什麼。老是離不開家。我還打算一半年中領你到 T 島去玩玩，這一說可不好鬧玩，你八成是不敢無緣無故的出門。」杜烈半帶著譏笑的口吻。

「怎麼沒離開家過？秋天上站推煤炭，春天有時往南海推鮮魚，不是三五天的在外邊過？」

「你自己呢？」

這是句有力的質問，推煤炭，推鮮魚，是與鄰舍的人往往十幾輛二把手車子一同來回的。一個人出門，在自己以前的生活史上的確找不出一個例子來，……大有傻笑著沒做聲。

杜烈又吸著他的紙煙笑了起來。「你簡直是大姑娘，不出三門四戶，一個人連門不敢出，你太有福氣了！有奚二叔，你再大還像小孩子，說來可嘆！像我，即使在外頭坐了監，誰還去瞧一瞧！我今年二十四了，從十七那年在濟南紗廠裡學苦工，整整的七個年頭，管你願意不願意，有膽力沒有膽力，盡著亂闖。為了吃飯什麼也講不得！從前說：『吃盡苦中苦，方為人上人。』杜二哥，如今晚咱們還想那個！苦頭儘管吃，能夠在人前

頭像個人這已經是求之不得的，人上人，還得那些有錢有勢的做！咱根本都不想。……」

「照你這個說法，我那村子裡的陳老頭也可算得是人上人了。」一個模糊的觀念在這頭腦簡單的青年農人的思想裡如閃電似的閃過來一點微光，他覺得莊長也有點像官，一樣的話他說得出比別人有力量，辦得到，於是有人上人的斷定。

「哈哈！老哥哥，他仍然是在人家的足底下哩！陳老頭，我聽見說還不錯，現在鄉間沒人出頭不更糟。譬如今天你這椿倒楣事，也虧得他出力。他一樣得向紳士，官長面前拍屁，多跑些腿，費些唾沫，還得吃得起。什麼事吩咐下來，不管死活就得馬上去辦。也夠瞧的！你問問，他心裡樂意？不過他可辭不了。在咱這近處，有老經驗還識得字說出話來大家信得過，像陳老頭也沒有幾個了。不過他究竟比咱們好，家道不用說，自種著二十畝地，又有在城裡幹事的兒子，—— 我記得去年時他的第二個兒子在城裡不是管著查學嗎？鎮上的人說他從中撈摸錢用？陳老頭該不是那等人，為擋堵門面他可不敢辭。誰沒有苦處，我想他也有難過的時候。」

果然這樣的擬議不對，似乎是後悔不應說陳老頭的壞話，……然而經過杜烈的無意的解釋之後，大有對於這一切事與名詞明白得不少。到如今，他方明白所謂人上人不是這等講說，因此他又聯想到老杜究竟比自己聰明得多。

「就是他的第二個兒，大號是葵園，自然還在城。一年差不多下鄉兩次，到家裡住幾天，我們都稱他師爺。他老是穿著長袍，也好吃紙煙，戴眼鏡，還看報，唉！他是咱這邊的怪人！……」

「噢！小葵真有一手。」

「怎麼？你同他很熟？」大有的反問。

「你倒忘了，我十多歲的時候不是在你那村子裡上過私塾，小葵和我同學，我們老是坐在一張破方桌上念《論語》哩。……你比我們大，你沒念書，那時你大約是放牛下野。」杜烈若有所憶的神氣，一面說話，一面仰頭看著空中的白煙。

「該打！記性太壞，也埋怨你太小了，誰還想得過來。老黃的學屋中有你這一群淘氣孩子。小陳在那邊上過兩年，以後便不知怎麼混的入學堂，……你為什麼走的，我可說不上。」大有也提起幼小時的趣味，因此對於杜的提示更願意追問。

「我在老黃的黑屋子裡整整待過一年，念了一部《論語》，到現在我還得感謝他，大字認得一百八十，還是書房的舊底子，算來已經十四年了。那時已經是彎了腰的老黃早已帶著竹板子入了土，咱總算沒出息，做了工人這一行。……為什麼離開？你不明白沒有閒身子會念書？家裡等著下鍋，只好向外面鬼混去。……」

「小葵闊起來，有時還穿著綢子大衫下鄉，自從上年連媳婦都搬到城裡。別瞧陳老頭有這好兒子，卻不對頭，說話老不合味。小葵到家一趟都是到鎮上去玩，總說是回家好聽，三天連半天都待不住。陳老頭聽見別人說起他來就搖頭。」

「哼！一定不會合得來。」杜烈輕蔑地回答。

「你常年不在家，怎麼知道？」

「有道理呢，你不懂。……這個我許比你明白，也像你會種地一樣，我不如你熟。」

四　落雪

　　大有瞪了瞪他的大眼睛，猜不透老杜話裡有什麼機關，他也不耐心再
往下問。「對，你不會種地，究竟我比你還有一手呢。」他的虛浮質樸的
誇示，微笑在嘴唇的兩邊。

五　沸騰

自從奚大有扮演過這一齣在鄉村中人人以為是愚傻的喜劇之後，一連落了三天的雪，因為道路的難於通行，一切事都沉寂了。陳家村西面的高嶺阜上一片銀光，高出於地幹線上，幾百棵古松以及白楊樹林子全被雪塊點綴著，那潔白的光閃耀在大樹枝與叢叢的松針中間十分眩麗。嶺上的一所破廟，幾家看林子的人家，被雪阻塞下嶺的小徑，簡直沒看見人影。與這帶嶺阜遙隔著村子斜面相對的是一條河流，冬天河水雖沒全枯，河面卻窄得多了。一條不很完整的石橋，如彎背的老人橫臥在上面。河水卻變成一片明鏡。河灘兩面的小柞樹與檉柳的枝條被沙雪掩埋，只看見任風吹動的枝頭，悽慘地在河邊搖曳。平常的日子沙灘中總有深深的車輪壓痕，歷亂地交互著，現在除卻一片晶瑩的雪陸之外什麼痕跡都沒有。有的地方將土崖與低溝的分界填平，路看不出了，即有熟練的目光也難分辨。四圍全被雪色包圍住了，愈顯得這所二百人家的鄉村更縮瑟得可憐。冬天，悲苦荒涼的冬天，一切可作鄉村遮翳的東西全脫光了。樹葉，嶺阜上的綠色，田野中的高粱，豆子，與玉蜀黍，以及各個菜園旁邊的不值錢的高大植物，早都變做火炕中的灰燼了。遠看去，一疊疊如玩具般的茅屋，被厚的白絮高下的鋪蓋著，時而有幾縷青煙從那些灶突中往外冒出，散漫沒有力量，並不是直往上冒。可見他們的燃料也是溼的，炊飯的時候不容易燃燒。原在河岸的上崖的地窖子不常見有人。從村子裡向那邊去，自然到夜間巡更的鑼聲也停止了，無論白天或是晚上輕易連一隻狗的吠聲都沒有。

五　沸騰

不恆有的今年的大雪將本來冷落的陳家村變成一片荒墟。然而在這不動的荒墟之中卻有一兩個青年人激動起沸騰的熱血。

奚大有從被打的第二天冒著風雪由杜烈的家中跑回來。除掉見過陳老頭與一二個近鄰之外別的人都沒見。雪自然是一個原因，人們都躲在有煙與熱氣的屋子中不願意無故出來，而鄉間人對於奚大有的屈辱都深深體諒他的心情，不肯急看來看他，反而使他不安。所以這幾天的天氣倒是他將養的好時機。靜靜的臥在溫暖的布褥上看被炊煙薰黑了的屋梁，幸得杜烈的洋藥，紅腫的腿傷過了兩夜已經消了大半。

經過這場風波之後，又聽了伶俐的小杜不少的新奇的談話，大有的心意也似乎被什麼力量搖動了。以前他是個最安分，最本等，只知赤背流汗幹莊稼活的農夫。他向來沒有重大的憂慮，也沒有強烈的歡喜。從小時起最親密的伴侶是牛犢，小豬，與手自種植耕耘以及專待收成的田間的產物。他沒有一切的嗜好，有飯時填滿了腸胃。白開水與漂著米粒的飯湯，甚至還加上嫩槐葉泡點紅茶，這是他的飲料。他有力氣，會使拳腳，卻能十分有耐性，不敢同人計較，也沒想到打什麼不平的事。一年年的光陰絕不用預先鋪排，預備，便很快的過去了。不記得有多少閒暇的時間，可是並不覺得忙，吃累。習慣成的用力氣去磨日子的生活，他從沒感到厭倦或不滿足。他不知道世界上有宗教這兩字，更不知為了什麼去做一輩子的人，有什麼信心去容受諸種的苦難。這一切不存在他的意識之中。他的唯一單純的希望是天爺的保佑。鄉間人傳統的淺薄觀念，有時是用得到。在平常的日子中誰也不把這天爺的力量看得怎樣重，用不到每飯不忘的虔敬與念茲在茲的祈求。大有也是這樣臨時迷信中的一個。至於他爹對於他也沒有更大的教訓的影響，當然他向來不會反抗他的意見，或不遵行他的命令，然而這單純的少年人沒讀過舊書，也不深知孝悌恭讓的許多道理，他

只是處處隨著鄉村中的集團生活走，一步也不差。他的知識與遺傳下來的平庸性格，使他成為一個最安然而且勤勞的農人。奚二叔的青年時代本來具有的反抗性與努力的保守性，都傳到他的身上。不過安穩慣了的鄉村生活，使他偏於保守性的發展。或者是一代與一代不同，二十年後靠近被外國人驅使著中國苦力造成的鐵道的近處地帶，在不知不覺中已經被那龐大奇異的生物征服了！如奚二叔現在也一樣得穿洋布，點洋燈，用從遠處販來的洋火，洋油。只餘下光榮的回顧，表示他當年的憤慨。至於大有與他的同年紀的青年人是早已想不到這些事了。仍然是在舊土地中掙扎著，爬上，爬下，可是由尊重自己與保守自己而生的反抗性日漸減少。經驗是個教訓的印板，沒曾經過的哀樂難以打動自己的靈魂。大有不會從文字與教育上受過知識的打動，所以對於另一時代中的父親的舉動是茫然的無所可否。他不很明白這忠厚的老人為什麼總是與兒子不對頭，其實自己在鎮上見過傳教的洋人一樣是青長袍馬褂，說的再慢沒有的中國話，勸人做好事，不偷不盜，愛鄰舍，孝父母，看他在大太陽裡摸著汗珠子不住聲的講，也未見得總是壞。難道這個樣兒便會吃人？大有雖曾有過這樣的模糊的評判，卻不敢向老人家提起，自己既不認字，更沒曾去向那毛茸茸的大手裡領一本教書。他覺得老人家也許另有不高興傳教人的理由，但這許多與自己無關的事值不得操心。他有他的揮發身上精力的趣味，只要能教額角與脊背上出汗，就算他沒白過這一天。此外的大小事件他看得如同秋天天空中的浮雲一般，來往無定，也不是一律的顏色，那全是在空中的變化，與自己的吃飯，睡覺，幹活，怎麼想也生不出關係來。於是他自幼小時便是個無憂慮也無變化的農人，——是多少中國農村中的一例模型中的一個。

被莫名其妙的鞭打之後，他似乎多少有點心理的變化了。他開始明白

五　沸騰

像自己這樣的人永遠是在別人的皮鞭與腳底下求生活的。一不小心，說不定要出什麼岔子。綜合起過去的經驗，他暗暗的承認那些灰衣的兵官們是在他與鄉村中人的生活之上。加上老杜的慰安而又像是譏諷自己的話，他在矮屋的暖炕上感到自己的毫無力量。陳老頭，搖搖擺擺的小葵，與氣派很大的吳練長，比起自己來都有身分，有無形中的分別。他在從前沒有機會想過，現在卻開始在疑慮了。

父親兩天不去打蓆子了，吃過早飯，拖起豬窩便跑出去。小孩子說爺爺是往陳家去了，有時過來問一句，或看看傷痕，便翹著稀疏的黃鬍子走去。老婆雖不忙著做飯，洗衣服，她還是不肯閒著，坐在外間的門檻上做鞋子。他料理著藥品給自己敷抹，每每埋怨人家下手太狠，卻也批評自己的冒失。是啊，在父親的不多說話的神色也猜得出對於自己闖下亂子的恚恨，因此他也不能同他們說什麼。

正當午後，空中的彤雲漸漸分散，薄明的太陽光從窗櫺中間透過來，似乎要開晴了。大有躺了一天半，周身不舒，比起尚有微痛的鞭傷還要難過，下炕赤腳在微溼的地上來回走著。

「咦！好得快啊。……好大雪，挨了一天才能出地窖，我應該早來看望你。」一個爽利的尖聲從大門口直喊到正屋子中來。原是宋大傻穿了雙巨大的油襪踐著積雪從外頭來。

「唉！……唉！你真有耳報神。」

「好啊，多大的地方，難道誰聽不見你的倒楣事。悶得我了不得，牌也玩不成。……」他跳進屋子中先到爐臺邊脫下油襪，赤足坐在長木凳上。

大有在平日雖看不起像宋大傻這類的輕浮少年，但從過去的兩天他的

一切觀念都似在無形中潛化了，他又感著窒息般的苦悶，好容易得到這個發泄的機會，於是立在木凳旁邊他毫不掩飾的將自己在鎮上的事，與到壯烈家過宿的經過很拙笨的告訴出來。

大傻的高眼角與濃黑的眉毛時時聳動，直待大有的話說完之後，他方有插話的機會。

「不錯，我聽見人家說的，差不多。該死！……老杜的話有理。你什麼不能幹，只好受！……不過受也有個受法。像這樣事一年有一回吧，你就不愁不把這間房子都得出賣。說句話不中聽，連大嫂子也許得另找主兒。……哈！……」

女人停一停針恨恨地看了一眼道：「真是狗嘴的話，怎麼難聽怎麼說！」

「哈……哈！笑話，你別怪！二哥，你細想一想可不是？能吃虧便是好人？可是生在這個年頭情願吃虧也吃不起！現在像咱們簡直不能多走一步，多說一句話，也不知從那裡來的不是，老是不清不混的向你身上壓，管得你馱動馱不動。……能夠像老杜就好，譬如我，能幹什麼，也想出去，賣力氣，總是可以的。強於在鄉間受氣……

「窮人到處都受氣，不是？憋在鄉間，這個氣就受大了！還講情理？……許是你不知道，我告訴你！前幾天夜裡一件事，……你也該聽見槍響了，半黑夜正在河東南方的楊嶺去了十幾個土匪，搶了三家，打死兩口，連小孩子，傷了四五個，……這不奇啊，每年不記得幾回，偏巧又是兵大爺的故事 —— 不能單說是外來的老總，連城裡的警備隊也下場，第二天下午好像出陣似的去了二百多人，幹什麼？捉土匪？左不過是威嚇，吃一頓完了。……那曉得事情鬧大了，他們說是這樣的大案一定在本村裡

五　沸騰

有窩主，翻查，楊嶺比咱這邊有兩個大，收拾了半天，一夜拴了幾十個人去，燒光了五六十間房子，東西更不用提了。……遭搶的事主也不能免。還有土匪沒拿去的東西，這一回才乾淨哩！……」

「……」

大有張著口沒說什麼，大傻擦擦還是發紅的眼角接著道：

「就是你被人家打押的那一天，這一大群的兵綁著人犯由村子東頭到城裡去，什麼嫌疑？我親眼看見好幾個老實人，只是擦眼淚，還有兩個女的，據說是窩主的家小，一個小媳婦還穿著淡紅扎腿褲，披散著頭髮，拖得像個泥鬼。這便是一出全家歡的現世報！……看來你受幾皮鞭倒是小事。」

「相比起來，幾下屈打本算不得大事。我不信這麼鬧那些莊長與出頭人也不敢說句話。」

「人家說我傻，應該送給你這個諢號才對，別瞧陳老頭為你能以去向練長，兵官面前求情，若出了土匪案子，他們如要講人情，皮鞭還是輕刑罰，押進去，不準過年難道是稀奇！……」

「可憐！這些好好的人家不完了？」

「也許真有土匪的窩家，卻是誰情願幹這一道？……何況兵大爺不分彼此，只要有案子辦便有勁發瘋，什麼事幹不出。這一回又有了題目了，報銷子彈，要求加犒勞，打游擊，倒楣的還是鄉下人！那些冤枉的事主還能說得出一個字？」

大傻將高高的油襪踢了一下，「以後還有咱的安穩日子過？能以跳得出的算好漢！」

大有沉默著沒說什麼，然而這慘慄的新聞更給他添上一番激動。

送走這位好意的慰問者從雪地裡走後，大有又緊接著聽老婆告訴自從自己闖下事後父親到各處裡去湊錢。隔年底還只有三五天，借得鎮上的款非還不可，還有繳納錢糧的一份，雖然是雪落得這樣厚，父親也無心在炕頭上睡覺。……這些事，大有聽了，半個字也答覆不出。悔恨與羞愧像兩條束緊的皮帶向自己的頭頰兩邊勒住。而因此激動的憤憤在心中如裹住一個火熱的彈丸似的跳動。他立起來重複坐下，覺得一切的物件都礙眼。捶著頭想不出更好的方法。忽地抓過一把豆稭來撕成滿地的碎葉，他用溼蒲鞋踏了又踏，彷彿是出氣，也像是踏碎了自己的心。

　　大傻走了不過一個鐘頭，他緊了緊腰間的布扎腰，一句話不說，也跑出矮矮的麥稭蓋搭的門簾到巷子外面去。

　　又是點上燈的晚間，他與奚二叔都拖著疲倦的泥腿轉回來。融化了幾分的厚雪晚上又被冷風凍住，踏在上面微微聽見鞋響。奚二叔兩夜沒曾闔眼的心事幸得解決，自從那天到鎮上去時的恐惶與疲乏，到這時才完全出現。五十多歲的人，不知怎的，這不敢想的疲乏像是從心底一直達到腳心，雪後的咽風吹得他不住的咳吐，一口口的稠痰落於雪地上絕無聲息的消沉下去。他雖然是頭一次歡喜兒子的能幹，居然借到四十元花白的大洋，交與作難的陳老頭還裕慶店的債務。但是怎樣再還一次呢？本來是說好的須待來春，看樣年還能過得去，可是這是一個張著大口的空穴，不早填蓋好以後怎能行路？……杜家那孩子固然不錯，在外邊跑的錢不好常用。……這些尋思的片段是隨著他的沉重的腳步往下深深的踏去，前前後後的泥鞋印彷彿是一個個的陷阱。說不定這片皎潔明亮的雪幕下是有什麼危險的穴窟。

　　兒子呢，雖然也是疲倦得走回來，他什麼也不再想了。本來沒有老人的縝密的思慮，而幾天之內不平常的種種變化，他已沒有往後怎樣計算的

五 沸騰

　勇氣了。他只是記清父親那一句話，當他把借來的錢遞到老人的手中時。

　　「想不到你還是惹得起辦得到！……看來真是不打不成呀！」「不打不成！」大有只記得這四個字，在暗光下，他彷彿到處可以看得到向自己追著來的鞭影。

六　淒清

　　一連忙過六七天，居然又是一個新春的第一日。陳莊長自從夜半以後是這樣的安慰著自己。照例，天還不明便穿上新衣，發紙馬，敬天地，祖宗，吃素水餃等等每年老是不變的花樣。他從學著放爆竹時記起，六十年來什麼也沒變更，唯有民國元年的元旦掛國旗，有許多人家在鎮上度新歲。但以後又是一切恢復了舊樣子。每到年底買回來的印神像的白紙，與做大爆竹的外皮紙這十多年來是改用洋粉連，這變化多小，誰也覺不到。至於過慣了的不安靖，與家家資用的缺乏，那不免使得年光比起多少年前冷落了許多，然而還不敢怨天，照例的燒香紙，拜，跪，與大家見面的第一句「發財發財」的吉利話；誰還好意思不說。不過陳莊長在這個新年的清早，他於敬神之後感到不痛快的淒清。第一是葵園居然連個信沒捎來，也不回家過年，眼見得合家的團圓飯是吃不到。其次是去年在鎮上答應下預徵的墊借項才交上一半，說不上不過五馬日便會有警備隊帶著差役下鄉催繳。這兩件事在剛在歡迎元旦的東方淑氣的老人心中交擾著，使他沒有每個新年時專找快樂的興趣。

　　還不過早上七點，全鄉村的每個人都吃過年飯，有的到鎮上與別的村莊去傳布賀年的喜音，有的穿著質樸的新衣在小屋子睡覺。年輕的人多半是聚在一起賭牌，擲骰子。這一年只有一度的休息日子，在許多農人的心中是充滿著真純的歡樂與緊張後的鬆弛的愉快。然而年歲稍大一點的人除掉嘆息著年光過的太快之外，對於這擾動愁苦中過的新年，沒有更好的興

致。雖然各個木門上仍然貼上「國泰民安，」「五穀豐登，」「忠厚傳家遠」等等的「桃符」，想著借重這可憐的好字眼以慰安他們可憐的心靈。然而多少事實都一年比一年嚴重地擺在這些鄉間人的面前，而且一年比一年沉重的使他們受到無法解脫的痛苦。所以雖是嶄新的「桃符」，——紅紙上的光亮的黑字，在大家的矇矓的眼光中也漸漸失去了光彩。

　　一大早的過年的工作過後，除去幾個穿著不稱體的花布衣的小孩在街上撿尋爆竹之外，一切都很清靜。陳莊長在本村幾家老親戚與有老朋友的地方走走，回家後，將家傳的一件舊紫羔大馬褂脫下來，自己在小客屋子中烤炭火。平常是冷清清的客屋，今日為了敬祖宗牌子的緣故，除去一桌子供菜與香菸浮繞著，便是新用瓦盆生上二斤炭火。陳莊長坐在光板的木圈椅，因為屋裡驟添了火力，他的額角上微微覺得出汗。一夜不得安眠，人老了，也不想睡覺，小孩子與家中女人的笑聲在後院中哄動。自己沒有同他們找生趣的活潑心情，儘是一袋袋的勁頭很大的旱煙向喉嚨裡嚥下。這辛苦的氣味偏與不是嬌嫩的腸胃相合。他向風門外看看半陰的天與無光的太陽，不自覺地輕輕地嘆兩口氣。一會低下頭又沉寂著想些什麼。

　　雖是冬日，隔宿做成的魚肉被煙氣與火力的薰化，不免多少有點味道，又加上屋子裡的空氣過於重濁。本來想過午到鎮上去拜年連帶著探聽事的計畫變了。他一面支開風門，一面鄭重地穿上馬褂，知道路上泥濘，撿出家裡新做的青布棉鞋包在毛巾裡。仍然穿著難看的豬窩上路。恐怕非晚上次不來，他又恭敬的對神牌磕過頭，稍為喘息著到後院中交代一句，重行外出。

　　到鎮上吳練長的門口已經是九點了，一樣是靜悄悄的。不過街頭巷口上多了一些疊錢的孩子，與賣泥人，風車，糖葫蘆的挑擔。門口的守衛見來的是熟人，提著槍迅速的通報進去。接著陳莊長便換上鞋子走進吳練長

的客廳。

　　像是才走了一批的客人，紙煙尾巴與瓜子皮鋪滿了當地。三間堆滿了木器的屋子中間，滿浮著各種的煙氣。靠東壁的有靠背的大木床上，吳練長正陪著一位客人吸鴉片。

　　只留著一撮上鬍，穿著青絲緞的狐腿皮袍的吳練長，一手拿著竹槍欠欠身子，招呼了一下，接著是相互的賀年話。直到吳練長將陳莊長介紹與那位不認識的客人時，他方由床上坐了起來。

　　陳莊長很驚訝地看著這位客人的面目，原來他是連部的軍需官。

　　他的菸量很可以，盡著聽主人的招應話，那一個個的黑棗往煙斗上裝，口裡是吱吱的風聲，盡在響個不停。煙氣騰騰中顯出他的鐵青的面色，兩隻粗黑的手不住的紛忙。煙槍從口中取下來，便是香茶，紙煙，還要偷閒說上幾句話。……舊緞子裱的新羊皮袍蓋住他的外強中乾的身體，顯然是也為了新年，一件十成新的發亮的馬褂，一頂小緞帽，帽前面有一顆珍珠，都在表示出他也是個拜年的客人。

　　直待到他一氣吸過七八筒鴉片以後，吳練長沒與陳莊長說幾句話，而這先來的客人更沒工夫說。沉寂了十幾分鐘，只有牆上掛的日本鐘的擺聲響動。陳莊長有話也不能說，還是從腰帶上取下煙包來吸旱煙。同時看看屋子中的新陳設，除卻北牆上掛的四鄉公送的「一鄉保障」的老金色木匾之外，添了一付金籤的篆字對聯，兩三個西洋風景玻璃畫框，別的還是一些薰黑的紙壁上的舊字畫，與長花梨木大幾上的幾樣假古董。

　　「清翁，你那裡弄來的這上等貨？」軍需官注意的音調即時將陳莊長的眼光從金籤的古字上喚回來。「上一回你請客沒吃到這樣菸。」他的口音不難懂，卻有些異樣。陳莊長聽口音的經驗太少，也斷不定他是那

裡人。

　　吳練長將肥胖的腮頰動了動，「哈哈」的不像從真正喜悅中笑著，「軍需長你到底是行家。可不是，這是年前人家送我的上好本地土；雖是本地土，你明白這可不是我這練上的，我不許種！── 給官家留面子，也是我平日的主張。話說回來，咱吸吸倒可以，可不願人人都有這嗜好。這是南鄉的一個朋友因為我給他辦過一點事送了我十多兩，一點料子沒得。我也不常吸，今天特地請你嘗新！……」吳練長的話是又漂亮又占地位。

　　「清翁，到底是出過事的人，話說出來誰都得佩服。頭年前縣長同咱的上司談起來，都十分恭維清翁，說是幹才，幹才！……」

　　「言重，言重！本來在地方辦這些小事，不是誇口，兄弟看得不值幾個錢。比起前清末年我在四川任上同那些大坐辦彈壓保路會，以及諸多困難事，這算得什麼！一句話，現在的事不好辦，好辦；好辦也難辦，無論到什麼時候，手腕要熟，話也得應機。……能夠如此，自然名利雙收。我有句話不好說，也是實情，明白人不用多講。現在的官長們是熱心有餘，辦事的能力欠缺些，── 年輕的時候誰也是這樣，歷驗久了自然可以畢業……」

　　「所以啦，像我們這些年輕的得處處領教。」軍需官的確年紀不大，從他的光光的嘴巴看來，還不見得過三十歲。

　　「豈敢，豈敢！無非比別人多吃幾十年飯。」吳練長這句謙恭話卻把坐在鏤花的太師椅上的陳莊長的心激動了一下，「不錯，我比你還要多吃十多年的飯，可是一樣也得處處來領教，這倒算是怎麼回事？」在心上躊躇著的話還沒有來的及自己判斷，緊接著又聽吳在繼續他的長談。

　　「自然，飯一樣有白吃的，兄弟幸而自三十歲便在外拿印把兒，當委

員，幹河工，作州縣，給撫臺衙門裡充文案，一些事都幹過。政績說不上，可是也沒曾白吃辛苦，不怕你不學習會。本來這些只憑聰明是作不來的，沒有別的，一個經驗，再來一個經驗，末後，──我說還是經驗。……哈哈！」吳清翁得意地說過之後，他便繼續軍需官的燒煙工作。

「我們在學堂中只會抱書本子，幹嘛用？除掉聽那些媽的騙飯吃的話之外，什麼不中用！一本本的講義現在看來只能燒火，──也不然，（他巧妙的將話收轉過來。）譬如當法官，幹律師的同學們，還有時用得著──敲門磚──像咱入了軍界那裡用得到書本子上的事！法律，訴訟，還有愈說愈糊塗的經濟，不適用的商業法，你該知道還有『商行為』，這些怪事，好在我還記得幾個名字。幹嘛用？清翁，不止是我那行法政學堂是不中用，別的還不是一樣。例如咱的連長，十幾歲還入過測繪學堂，現在不過認得幾個外國字：一，二，三，四，清翁，這不礙人家作官呀。」

「本來作官要的是手法，與會辦事，沒見有多少學問的便會做官。……」吳清翁一面吸著菸一邊回答。

「這才對！官是得做！」

「豈但官是得會做，什麼事會做就有便宜。」他這會偏過臉來對呆坐在椅子上的陳莊長看了一眼，意思是談這種話你也應該有加入的資格，「就是在鄉下辦事也不好處處按著定規呆板著幹，那是自己找倒楣，費力不討好……」

「可不？所以在清翁屬下的練裡真是弊絕風清，令出必行！」軍需官的神氣很足，像是鴉片的力量恰到好處，現成的文章居然連珠似的由他口中跳出來。

六　淒清

「這不是一位證明，——陳莊長，我們的老同事，不敢誇口，閣下問他：就像吳某人從民國元二年在地方上辦共和黨下手，誰不是共見共聞，即是換過的多少縣長與軍官，也還……」——又是一筒鴉片。

「自然嘍！咱們在這裡不到半年，都會看的到，陳莊長更能說的出。」

這狡猾的軍需他的語鋒一點不客氣的向陳老頭投射過來，這老實人口被燒磁的旱煙嘴堵住，靜聽多時，本沒有說話的機會，這時卻被這兩位的口氣逼得非說不可。他囁嚅著道：

「沒有不對，練長是一鄉之望，在咱這裡什麼事都得仰仗仰仗！辦起事來叫人佩服。……」除此具體的恭維話外，他一時想不起有何巧妙說法。

吳清翁心裡雖然不滿意口笨的陳老頭，但到底是向自己貼金，削長的胖臉上微微笑著，黃板牙在黑唇中間露了一露，同時他霍地坐了起來，將右腿向床下伸一伸，故意地憂鬱著嘆道：「沒有辦法啊！為鄉里服務，任勞還得任怨。」他將「怨」字的尾聲說得分外重，「陳莊長雖是過獎，……實在我這幾年為大家使心也不少。就拿著年前預徵的事打個比例，本練裡好歹在年除日前一天弄到了三千元——這個數目不大也不小，在大年下辦得到真費過周折！……」

自表功式的嘆息話引起了陳莊長的談機，「我可以證明，鄉間湊這幾個錢比索債還難，什麼時候，不是練長平日為人好，……即便原差與警隊下來也不好辦。」他雖然這末說，然而到「平日為人好」的五個字上也覺得自己是把話說得過於貼實了，有點礙口，但積習之下，陳莊長以為不如此說不能夠替練長打圓場。

「但是，宜齋，你那裡還差二百元，──過了年可不能再模糊下去！」

想不到吳練長的語鋒是這樣的巧妙與利害，陳莊長本來想敷衍上司的接語，卻反而打到自己身上來。他無聊地摸摸蒼白的下鬍答應著，「是，是，這大事誰能忘得了！我來也是同練長想想法……。」

「又來了！我何嘗不也為大家想法，可是軍需官知道，不是早到縣上去想法，宜齋，年都不能過！你曉得省城裡問縣上要款子的公事多利害？縣長不著急？他只好到鄉下打主意。……現在的學生都罵官，官又怎麼樣？一層管一層，誰也不能自己愛怎麼辦就怎麼辦。你又要問到上邊了，想想現在用錢本來就沒數，打土匪，討赤，養軍隊，你能夠說那樣不重要！」

「這就是了，咱們幹這一行的到處總碰釘子，有幾個開通人？如果都像你老先生說什麼不好辦？」軍需官也坐了起來。

陳莊長沒有插話的機會，可是他愈聽這二位的對談愈覺得沒法說，二百元銀洋的印象在他虛空的面前浮晃著，卻不知道怎麼能夠聚攏過來交到鴉片盤子前頭！耳朵中一陣哄哄的出火，忽然又聽到吳練長提高了聲音說：

「錢是不容易辦，但看怎麼拿法。鄉間人一個錢看的比命還重，情願埋在土裡捨命也不捨它，輪到事頭上也不怕不獻出來！就如你那裡，奚大有年前的亂子到底怎麼來？不是說他家裡只有幾斗糧粒，……一樣拿出錢來，情願認罰。託人情，沒有，……借的有人借，就是還的起。我向來不說刻薄話，這等情形也不敢說沒有。」

這刺耳的一段話又明明的向陳莊長臉上投擲過來，陳莊長原來有話替

那可憐的奚家分訴；抬頭看看吳練長心有成見的神氣，與軍需官眈眈著向自己注視的眼光，他的話早已嚥下去，口角動了動卻沒吐出一個字來。

幸而軍需官忽然提起一段舊事打破了這兩位間的僵局。

「人是苦蟲，一點不差。前年我同兄弟們在某處駐防，一件事說起來笑死人。也是在鄉下，春天旱的利害，麥子不能收割，一家小財主被許多鄉下老男的女的把他囤裡存的糧粒硬搶了去，他真是膿包，不敢報卻又不甘心，暗地裡託人找我們給他想法子。這已經夠笑人了，兄弟們閒得沒事幹，找不著的好買賣，那裡管得了許多。派了幾十個人去抓進人來押著，一面問這位財主要犒勞，他捨不得一點點費用，不幹，真媽的氣人！兄弟們白給他效勞，結果是抓進來的放出去，替他們充著膽子，再來一手這可有效力了。又一回把這守財奴的家具一概搶光，還燒了幾十間房子，也算出出氣。清翁，這東西真是苦蟲，也是傻蟲，吃了苦還不知道辣滋味，鄉間人不開眼，不打著不記得痛。……」

「鄉間人」，「鄉間人」，在吳練長與軍需官的口中說得不但響亮而且爽利，但在無論如何是道地的鄉間人的陳莊長的耳中十分刺動。似乎奚二叔與所謂不開眼的鄉間人都有自己的分子在內，雖然是好聽的故事，不過在吳練長點頭大笑的讚美之中陳莊長的兩手抖索索的連旱煙都裝不上，更說不到對於他的上司要如何懇求交錢的展緩了。

好在說故事者的結論還沒完全下定，緊接著那個青年伶俐的門上，揭開軟簾遞進一張紅名片給方在裝煙的練長，不知是什麼人又來拜訪，在躊躇著的陳莊長心裡正想借此跑出去，但是練長微笑之下，青年的門上已經替來客打起綿簾。一個帶金絲眼鏡的漂亮少年從容地走到床側。出其不意地在他的一手拿著寬呢帽，彷彿是向床上鞠躬的神氣之下，驚得陳莊長如

機械似的站起來。

從中間雙分的黑髮，圓胖的臉兒，寬厚的嘴唇，一身淺灰色的棉綢衣，一點不錯，正是在城中做委員的他的小兒子葵園。

原來沒曾十分留意於座間人的他，這時也從臉皮上微現紅色，但即時變做嚴肅。

「爹爹，安！我本想先回家去，可巧縣上有份公事須面交這裡練長，……不能耽誤下去。……」

接著吳練長又是一套的招呼，好在並沒問這新來的少年與陳莊長有什麼關係，不知所以的把縣政府的事問了十幾句，然後又照例介紹了躺在床上的軍需官。

「陳葵園，縣教育局的委員，——曾在師範講習所畢業。……」

陳莊長還半躬著身子立在茶几旁邊，話自然是一個字都說不出，同時他覺得這所大屋子正在轉動，他像從走馬燈上摔下來的紙人的輕巧，飄飄地墜在柔軟的泥土上面。

這一個為難的小時間中，從陳莊長的假貂皮的邊緣上沿著粗老的面皮滴下了幾滴汗珠，要走，恐怕被那位高貴的人物看出自己的土氣，與沒辦法的家長的無聊下場；再坐下去聽這位嶄新的學務委員的漂亮話，自己實在沒有那份勇氣。經過迅速的躊躇之後，他爭鬥不過歷久養成的自尊的心情，向吳練長告辭出來。那自始至終是持著冷觀的面目的軍需官，臉上絲毫沒有異樣，吳練長卻是一團和氣地下床跂著厚紙底緞鞋，送到門口，兒子呢，態度仍然是大方而且嚴肅的說：「爹先走，……今晚上我總可趕到家。……」

向主人家唯諾著一直的擦額角上的汗滴，陳莊長心頭上彷彿有塊重石

六　淒清

　　壓塞著，略略歪斜的腳步從那茶色布的軟簾外將他微傴的身體運到街頭。

　　一口氣跑出鎮外，這向來是現行矩步的老人沒感到疲倦，而且將尚在懸空的二百元的預徵的墊費也忘記了。

七 演說

　　在陳家村這是不常有的一個大會。

　　幸而還是剛過舊曆的第三天，全村子的人在苦難中仍然偷著心底上的清閒互相尋找一年開始的娛樂。相傳下來的習俗的玩藝，如踏高蹺，跑旱船，種種民間的樸直的遊戲，現在不多見了，閒暇與資力沒有以前的優裕，確也減少了那些天真的無念無慮的好樂心情。然而這究竟是個適當的時機，所以在陳葵園號召之下的勸告辦學的露天大會在村子中間的水灣南岸大農場上很容易的開了成立會。

　　這天大會的主席自然是剛由城中 —— 也可以說由鎮上來了兩天的陳葵園，他是這窮苦農村中在縣城裡有地位的一個新紳士，又是村長的小兒子，入過學堂，會說話辦事，比起陳老頭來得爽利敏捷。這次回來，他首先宣揚不止是到家拜年，奉了縣長的命令藉此勸學。村子中的男女多分對於什麼教育，學堂，這一連串的名詞在意識中原不起一點作用，可是有這位新紳士的傳布，又加上瞧瞧熱鬧的心理，連女人孩子差不多全體出席。太陽溫照的土場上爭嚷著複雜的語聲，遠遠聽去，彷彿是到了社戲的席棚前面。

　　沒有銅鈴，也沒有木臺，鑼聲敲了三遍，土場正中的木方桌，陳葵園站在上面，先向下招手。第一句話還沒聽見，一片喧笑的聲音浮動起來。

　　主席雖然不高興這些鄉愚無秩序的習慣，卻又禁止不了，靜了一會，

他方才提高喉嚨喊道：「今天……兄弟，……」他即時改過口來。

「今天我奉了縣長的命令，請大家，——請各位鄉鄰來開這個大會，沒有別的意思，一句話，要辦學。教育局，曉得嗎？——就是管理咱這一縣的學堂，學堂款項，教員學生的衙門。縣長告訴我們說：要取消私塾，勸大家不必再請師傅，按照鎮上的樣子辦一所小學。因為這不是一個人一家的事，譬如咱這村子裡有二百多人家，滿街的孩子都應該念書。私塾不算數，教的東西現今用不到，可是識字有多少好處，連說也用不到。……拿我來說吧，不入學堂，不在城裡見世界，不能辦事，也沒有薪水，以後不識字，一句話，不行！縣上叫辦學是為的大家，一片好意，誰不能說不對！可是辦學要有老師，有地方化錢，縣上叫咱們自己籌劃，有了錢什麼都好辦。咱們要舉人當校董——校董便是管理學堂的人。不過另外有校長，這得聽教育局派。大家到鎮上去的沒有不知道鎮東頭的學堂的，不信可以探聽人家的辦法，若說辦不成，我交代不了！而且縣上還要派人來查，沒面子，還出事。……」

這一片很不自然又有些費解的演說散到各個農民的耳朵裡，他們起初是分不出贊成與反對的分別，因為到底是民國十幾年了，他們見過的小學生與鎮上的學堂中的情形也不少。一講到識字，誰能說不對！……但許多人看見小葵在那裡漲紅了面孔高喊著像一件正經事，卻不由的都含著善意的微笑。主席說到上面少停了一會，看見幾百個黑褐色的呆呆的臉都向他抬望著。

「事情的頭一項是款項——錢，我是想不出方法的。先同……我爹談過，他說他太累了，學務又不在行，叫我一氣同大家商量，咱是窮，用項多，我頂知道，這為自己小孩子的事誰也有一份，辭不掉，須有公平辦法。好在咱這裡有的是出頭的人，只要立定章程，集少成多，再過一天，

我就回城去報，……」

　　他這時說的話漸漸拍到事實方面去，原來呆站著瞧熱鬧的人不免搖動起來。雖然走去的不多，可是有點動搖。交頭接耳的議論也漸漸有了，他們現在不止是覺得好玩了。及至這有精神的學務委員又重複申訴一遍之後，想著等待下面推出代表來同他商量，沒有開會習慣的鄉民卻辦不到，他用柔白的手指擦擦眉頭道：

　　「大會不能不開，叫大家明白這個意思，這裡有個章程，得請出幾位來幫著我辦。不用提，奚二叔是一位，……」

　　下面彷彿是喝采，又像贊同似的大聲亂了一會，就聽見找奚二叔的一片喊聲。主席按捺不住接著說出三四個鄉居老人與家道稍好的幾位的名字，末後他用幾句話結束了：「我一會約著幾位商量，有什麼辦法，大家可得聽！既然沒有別的話，這一段事一定告成。……」

　　身子向前一俯，他跳下木桌來，也擠在那些短衣的農民叢中。

　　土場中即時開了多少組的隨意談話會，他們各自告訴一個人的簡單的意見。女人們大半領了穿著紅衣的孩子回家去，她們對於這件事是沒有什麼議論的。

　　奇怪的是陳莊長沒有到場，找奚二叔又找不到。在群人的哄嚷之中，宋大傻斜披了青市布棉袍，沿著凝冰的水灣直向西走。雖然與小葵挨肩走過去，他們並沒打招呼。大傻裝著擦眼睛，而小葵是忙著找人去商立章程。他們正在各走各人的路，大傻低著頭愈向西走，已出了村子。孤獨的影子照在太陽地上，懶散的向青松的陵阜上去。他在這村子中是個完全的光棍，家裡什麼人沒有，除掉有兩間祖傳下來的破屋與他相伴之外，並沒得土地。兩年前的霍亂症把他的會鐵匠活的爹與耳聾的娘一同帶到異地裡

去，他是獨子，窮得買不起一個女人。他又沒曾好好受過燒鐵鉗，打鐵錘的教育，只能給人家做短工，編蓆子，幹些零活。窮困與孤苦畫夜裡鍛鍊著他的身體與靈魂。漸漸地使他性格有點異常。村子中的鄰人不可憐他，卻也不恚恨他，但到處總被人瞧不起！……新年來了，除卻他能夠多賭幾場論制錢的紙牌之外，任何興趣他覺不出來。什麼工作都停止了，他於睡覺，賭牌的閒時，只好到處流蕩。鎮上已經去過兩次，看較為複雜的街頭上的熱鬧，買幾枝冰糖葫蘆回來，送給幾個鄰家的孩子，得到他們的歡叫。在他卻感到天真的快慰！這天的集會與他毫無關係，可是他從十點鐘以前便蹲在土場邊的大槐樹下面晒太陽，所以這場演獨龜戲的滑稽大會他自始至終看的十分明了。

陵阜上的土塊凍得堅硬，一層層全是枯白的莽草披在上面，踏上去還很滑腳。他一直往上去，自己不知為了什麼卻是急急地想離開那些爭嚷的鄰人。一片孤寂的心情將他從熱鬧的人叢中拋出來。走的有點熱了，脫下破了袖口的棉袍，搭在肩上，雖然貼身只是一件毛藍布袂襖，幸得陽光給予他無限的恩惠，並不覺冷。上升到松林外面，他立住了。夭矯斜伸的松枝下面是些土墳，差不多每個墳頭都壓著紙錢，這是過年前人家的家族給他們的死去的祖宗獻的敬禮。他也曾辦過，所以一見這些飄動在土塊下的薄白紙禁不住自己的真感在心頭上咽塞著。

揀了塊青石條坐下，靜聽著松葉的刷刷響聲，與麻雀兒在頭上爭鳴。往下看就是在腳底下的小鄉村，一片煙氣籠罩著，這正是吃午飯的時間。漸漸消失了村子中間土場上的人語，不知那裡的公雞刮打刮打的高叫。他倚著樹根，在這靜境裡楞著眼望著許多茅屋的頂子出神。

那是些平板的斜脊的茅草掩蓋的屋子，永久是不變化什麼形式的，一律的古老的鄉村的模型。雖然在一行行的茅檐之下由年代的催逼遞演著難

以計數的淒涼的悲劇，然而沒有碰到大火與洪水的焚燒，淹沒，它們還在那裡強支著它們的衰老的骨架。時間已近正午，茅屋叢中的煙囪還散放出不成縷的炊煙上升，上升，消滅於太陽光中。大傻獨自蹲在清寂的松林之下，在他的心意裡也許有點詩人般的感動。他沒有更好的機會能夠學會一些華麗的字眼，可以表達他的複雜的理想，然而他自己也不明白為什麼平常不會有的感動這時卻教他呆在那裡出神！想什麼好？他也回答不出；想誰？他是任何人都想不到。可憐，孤寂，這類名詞他都解釋不來，只是在心頭有一段說不出的心事在忐忑著，並且不久他的微紅的眼角中漸漸溼潤了。

撲楞楞在頭上響了一陣，即時散落下一些細小的東西。他仰頭向勁綠的松針中看，原來是一群小鳥兒正在上面爭食。

他深深地從鼻孔中吐了一口氣，彷彿這點事給他一種完全寂寞中的安慰，—— 不，是在他窒息似的鬱悶中給了一個解答。

他因此也計慮到自己的吃飯問題了！他雖然不能小鳥兒一樣與人家互相爭奪，不過他是要求自己的身體上的力量同他的命運相爭的。一過正月，冬天便完全去了，他再要那麼遊蕩，自己從去年掙來的工錢卻不能供給去吃他的香菸，他一定要在各鄉村中替人家出力，向土塊中找飯吃。這幾乎是年年的例證了，從開春滴著汗忙到秋後，待到所有的人家將場中的糧粒都裝到家裡去後，到處都是黃樹葉子飛舞的時候，他也荷著兩個瘦瘦的肩膀，數著腰帶裡的銅元找地方休息去。三個月的放蕩期間，他住不慣自己的清冷的破屋，只能帶著乾餅買著鹹菜到人家的地窖子中去鬼混。這樣生活的循環已經十幾年了，他什麼也沒得存蓄，只是賺到了一個大傻的諢名，賭牌的一套方法，與漸漸覺得好吃懶做的與年俱來的習慣。農地裡的掘土推車等等的生活他覺著一點興趣都沒有，合算起來，一年年只是不

十分空著肚皮便是賺了便宜。田地的利益他是什麼也享受不到，加上這幾年來窮窘的農人都在十分節食的作窮打算，人工貴人，地裡收成得並不長進，向外的支出一年比一年多，人手漸漸的少，誰家也不肯多雇工夫。只要忙得過來，女人小孩子一齊賣在那一點點土地裡硬撐，與他們的生活相最後的苦戰。所以他也不像以前每到春日從不天明到鎮上的人市裡去，只是拿著一個鋤頭，一把鐮刀，便能夠不費事的被人拖去作活了。奇怪得很！上市的人愈少，而叫工夫的人家也隨之減少，因此，找工夫的農家與出雇的短工同樣在過著勞苦而不安定的日子。這樣的教訓使他漸漸地感到謀生的困難。他眼看見鄉村中的人家是天天的衰落下去，他也感到深深的憂慮！

在陽光下他的思念漸漸地引長了。本來是一個不會有深長計慮的頗為滑頭的農村青年，慣於生活的逼迫，早已使他對於自己與他的許多鄉人的生活起了疑慮，他原有他的父親的剛烈的遺傳，所以對一切事輕易不肯低頭，更輕易受不了人家的侮辱。在村子中因此受到多少人說他是不安分的批評，然而除了好說些打不平的話之外，他是沒曾做過不安分的事。

他向來看不起像小葵一樣的人，他從直覺中知道他們的周身是被不誠實所包圍，並且還到處向人散布。像小葵的紳士派對於他，時時惹起蒼蠅般的煩厭。他自然恚恨自己不曾認得幾個字，然而他寧可對陳老頭表示他的恭敬，而對於他的兒子的態度，言語，他認為那真是一個青皮！正如小葵瞧著他是個鄉間的道地流氓是一樣的不對勁。所以這天他特地去聽了這位回家的委員的獨演之後，不知是何意念，竟把他引到這荒涼的陵阜上來。

試探的口氣，狡猾巧笑的面貌，輕飄飄的棉綢袍的影子，自己勸說而是自己在發命令的辦法，宋大傻都看得清楚。然而他也會想：辦學堂，認

捐，拿錢，商議章程，與他完全隔離得很遠很遠，同時他也感到這辦法與全村子的人恐怕也隔離得不近。他雖沒有分析一件事的因果的能力，而從直覺中他敢於斷定如小葵這等壞心眼的少年能夠辦出好事給大家，他無論如何是不能相信的。

　　往前想去，一點都把捉不到的自己的問題已經夠他解答的了，何況方才在農場上親眼看到而使他感到恨惡的種種景象，他覺得這並不是令人可愛的鄉村，漸漸與自己遠隔了！他又想到大有口中的杜烈，在外面怎樣的硬闖，怎樣的知道多少事情，生活著又多痛快，越發覺得自己的無聊，這一點的尋思在大傻的心頭開始燃起了希望的火焰，一切感觸的湊泊使他不願意老照以前的法子鬼混下去。他漸漸決定今年春日他不再向人市中求人家領他往田地裡弄那套老把戲去，他也不願意到冬天往地窖子中去過日子了。他應該把自己的一份精力也向外面去衝一下，去！到更遠更闊大的人間求求命運。他有什麼眷戀哩！一切都一樣，他又何必像人家似的瞪著眼對土地白操心，……爭一口飯吃。

　　他計劃到這裡，彷彿得了主意。看看枝頭上的小鳥有的還在唧唧吱吱的爭跳，有的卻向別處飛走了。晴溫的陽光，闊大的土地，……他自己所有的健壯的臂膊，「哪裡不能去？哪裡也能吃飯！……」爽快的心中驟然衝入了不自覺的歡欣，像是他的生命不久便可到處放著美麗的火光，無論往哪邊去，只要是離開這貧苦衰落的鄉村，一切便可以得到自由與快樂！……他於是突然地立了起來，如同一個正在振著翅膀的小鳥，他向四面望去。

　　「咦！你在這裡麼！……我爹來過了沒有？」

　　隔著幾十步的土崖下面有人喊著向上走。

七　演說

「想不到，大有，……你來替小葵找奚二叔？」大傻挨著腳步往下走，「他老人家會高興到這裡來？……大約你家這一回又得攤上幾十塊大洋吧！……」

兩個青年已經對立在草坡上面。

「他那裡去？累我找了半天。……錯不了又到鎮上去，是小葵教我找的，說是正在他家裡開會，就缺少他了。……」大有跑得額角上都有汗珠。

「哼！不錯，就缺少他一個捐錢的人！」

「據說這是辦學堂，能叫小孩認字，有出息，你老是看人不起。……如果念洋書念得好，先可以不受人家的欺負，……就像上年，我，……」

「不受人欺負？等著吧！我看這又是一套把戲。那件事不說是好事，不過像小葵這種孩子一輩子不會幹好事！……念洋書，念得好！小葵是一個，……他可學會欺負別人！」大傻仰頭看著天空說。「怎麼啦！你愈來愈好生氣。小葵怎麼得罪了你？」大有摘下黑氈帽搔著光頭疑惑地問。

「他什麼事與我相干！得罪不了我，我卻好說他；真正得罪的人，人家還得供奉他，這才是小葵哩！……」

大有顯然不很明白他的話，只把粗黑的眉毛蹙了一蹙，往回路走去，後面大傻也跟了下來。

八　開殘

春天果然來了。

河冰早已溶解，流動的明鏡下面露出平鋪的沙粒。河岸上的檉柳都發舒出柔嫩的紅條，小尖的葉兒受著和風的吹拂已經長得有半寸長短。田地旁邊的大道上幾行垂柳輕柔地搖曳著，當中有穿飛的雛燕，田地中的麥子已經快半尺高，因為剛剛落過一場好雨，土塊都鬆軟得很，它們凍在地下面的根很快的將蓄藏的生力往上送來。沒種麥苗的春田也有許多人正在初耕，一堆堆的糞肥料像些墳堆，牛，驢，與赤足的人都在土壤上工作。大地上充滿了農忙的活氣。

正是輕寒微暖的北方的快近清明的氣候，多數在田間用力的人已經是穿著粗布單衫。婦女們挑著擔子送午飯去的，有的還不住的抹擦臉上的汗滴。人家的屋角與陌頭上的杏花已開殘了，粉紅的小花瓣飄散在潤溼的地上。

從郊原中的外面看來，一切都很繁盛，平安，並且農人們的忙勞情形，以及他們的古拙農具的使用，從容不變，同古老的書本中所告訴的樣子沒有多大分別。他們工作的努力自然還是表示他們對於農業的良好希望，在這裡似乎不但有對於種植物的收穫的期待，也應分還有心靈上工作的快慰，雖然自詩人的多感氣分中不免生出「汗滴禾中土」與「稼穡艱難」的輕微觀念，不過經過時代急轉的輪子在巨流中播動以來的農人，他

八 開殘

們對於這向來視為寄託興趣與專心期待的收成的農事的觀念早已不同於往前了。

一樣是在揮發他們的精力，對於視為終身倚靠的土地，還是得拋棄了一切，含嚥著苦辛去種植，發掘他們的寶藏。然而他們對於這樣工作的希望在無數的人們的質樸心中充滿了疑問，他們即使得到勞力的結果，有多少人早已打定計畫與不費力氣的去分割，或者搶奪，或者謊騙。一次，兩次，更有好多的次數。自然的經驗漸漸將疑惑與疲勞的白費警醒了安穩誠實的一顆一顆的心。

然而他們現在除去仍然與他們的或是種了別人的土地作白費的掙扎之外，他們能夠幹什麼呢？

春天的土地的景象自然還是春天的景象，不過用在發掘土地上的努力的心理多少有些變動。

奚二叔的東泊下的二畝良田中現在只有那副有臂力的大有與他的兒子，兩個短工，也一樣的在那裡工作。鬆軟的土地上卻看不見奚二叔的蹤影。這位思深的老人支撐著他的飽歷過苦難的身體，直到去年的風雪中為了兒子的事，一連幾夜中沒曾安眠。剛剛開春以來，又籌劃著償還罰款的錢債，更得按著俗例在清明節前方可辦理土地交易。忙勞與憂患，在他的身體與精神上加上了雙重的枷鎖。家中的餘糧還不夠一春的食用，他不能不忍著苦痛去出賣他的祖傳下來的土地。不止是罰款的重數壓在他的垂老的肩頭，如預徵的墊款，小葵辦學的一大筆捐項，鎮上的地方捐納，因為他在這小小的村莊中差不多有近七畝地的身分，一切事他閃避不了。在平日是可以年年有點小儲蓄的自耕自種的農家，近兩年已非從前可比，何況是更有想不到的支出。他勤苦了幾十年，曾經買過人家幾畝地，在他覺得

這在死後也可以對得起他的祖先，更能夠做後來兒孫的模範。不料今春賣土地的事竟然輪到自己身上，這真是從洋鬼子占了山東地方，硬開鐵路以後的第二次的重大打擊！因此在地的交易還未成交以前，他突然患了吐血與暈厥的老病。除掉一個月前曾出村子一次外，他終日蹲在家中，張著口看著屋梁，什麼氣力都沒有了。

大有自從遭過那番打押之後，雖然是過了新年，已經快三個月，他終於沒敢到鎮上去一次。除卻送杜烈出門時曾到陶村一次，連自己的村子也沒離開。不過他在沉靜中過著日子，把從前魯莽與好同人家抗談的脾氣改了不少。事實給他以嚴重的教訓，空空的不平的言語是任何力量沒有的。自從奚二叔病在家中，他更覺到前途的陰暗。

這一天他照例的耕地，然而幾畝地單靠自己的力量知道幾天方能完結，眼看人家都在急急的播種了，而他家的土地還不曾全掘發起來。他便託了鄉人由鎮上叫了兩個短工來，想著在兩天之內趕快做完。天剛亮，他們便踏著草上的露水到田地中來，一直到正午，當中曾休息過一次。他允許兩個短工過午可以在樹下睡一晌午覺，他自己在踏著犁，一個短工從後面撒肥料，另一個赤著足在前面叱呵著那頭花白毛的牝牛，盡力向前拉動套繩。

雖是比鋤地還輕的工作，而一連六個小時的作活，晒在太陽光中也令人感到疲倦。兩個短工：一個矮黑的少年，正是杜烈村子中的人，那個五十歲的有短髭的老人卻是鎮上的魏二，與大有是向來認識的。他們都肯賣力氣，在大有的田地中耕作正如同為自己的田地幹活一樣。大有說怎麼辦他們便隨著去。他們對於這等田間的雇活很有經驗，在左近村莊中誰家頂實在，以及誰家作得好飯食，他們都很知道。又加上大有自己是毫不脫懶的幹到底，於是他們便合起力氣來去對付這塊春田。

八　開殘

在前面叱領著牝牛的魏二，專好談笑話，而且他年輕時曾在好遠的地方作過工，見的事比別人多，因此他的話匣子永遠沒有窮盡。不怕是正在咬牙喘氣用力的時候，他能夠說得大家都會十分笑樂，忘記了疲憊。這是他的特別本領。他又有很大的旱菸癮，無論怎麼忙，那支短短的烏木煙管老是叼在口裡。這天他仍然不能離開他的老習慣，半熱的銅煙斗時時撞動著牛的彎角。他更不管後面那兩個人勞忙，卻是雜亂的談些沒要緊的話頭，縱然大有與那個小夥子不答理他，這閉不住口舌的老人還是曉曉的不住聲。其實在一小時以前的話他自己並記不清楚是怎樣說的。

大有家的這段地是東西阡長的一塊，與南北阡長的一塊，連接成一個丁字形。剛剛從那塊東西地的中間抬起犁子向南北地的中間去的時候，魏二一手先橫過煙管來道：

「今日一定完不了，大有，說不了明日還得來喝你一頓。哈哈！」

「鬍子一大堆了，就是吃喝老掛在嘴上。唉！」在後面幫著大有抬著木把子的小夥子粗聲的回答。

「說你不在行，你便不在行！風吹雨打，為的吃喝。哼！『人為財死，鳥為食亡』，有錢幹嘛？可也不是為的這個！」他說著卻用烏木管碰了碰他的突出的厚下唇。

「魏大爺，誰不在行？你看越老話越說得不對勁，咱見說是『人為財死，鳥為食亡』，你真會編派，偏說是『忙』。」

「小小人家不如我記得清楚，這些俗話是後來傳錯了呀。」他即時叱領著那頭聽命的牝牛轉過身來往前拉動繩子。

「好，魏大爺，我看你不必替人家作短工了。……」

「幹嘛去？」他又忙著吸了一口菸。

「耍貧嘴，說大鼓書去，準保你到處編得出詞來。」

「小夥子，說你不懂還不服氣，魏大爺幹的玩藝兒就是多。在關東沒說大鼓書。可曾打過魚鼓。」

「打魚鼓，哄鄉下孩子？你會唱甚麼？」「還用得按句學，十杯酒，四季相思，張生跳牆，武松大鬧十字坡，你不信，完了工在月明地裡，我來上一套，——可得說明，大有沒有二兩酒我還是不唱。」他一邊隨著牛蹄往前挪動腳步，一邊回過頭來向後說。

「好！大有哥，你就說句現成話，咱晚上聽聽魏大爺這一套老玩藝。」

彷彿正在心事中沉迷著的地主人雖然在犂把後面盡力的向崛起的土壤中看那些鬆動的土塊，然而他的尋思卻另有所在，關於這兩個短工的問答他並沒著意去聽。及至小夥子喊他「大有哥」的時候他才抬起頭來。

「喂！魏大爺說晚上喝酒唱一套魚鼓，酒一定有吧，大有哥！」

「啊啊！咱家那回請人來幫工沒有酒？」大有直率地答覆。

「有酒，一定要賣賣老！唉！說起來你們誰都不懂，在關東下鄉打魚鼓討飯，哼！說吧，比起在這裡賣力氣好得多！到一鄉吃一鄉，到一家吃一家，雖不一定每天喝關東高粱酒，又甜又香的高粱米飯總可以管你個飽，睡的暖和，談得起勁，又不怕鬍子不怕官。我過了一年多的那樣營生，真太寫意了！誰的氣也不受，不強於回到家鄉來還得賣力氣。」

「說呀，為什麼還回來？」

「又是孩子話。那個時候跑出去誰不想著去挖包人蔘，賣點銀子好回來買地發家，誰還打算死葬在外頭。那能像現在的小夥子跑出去便忘了家鄉，恨不得說他並不是本鄉人，……我就是想到關東去發財還鄉

的。……」魏二重重的用短皮鞭敲了那努力工作的牝牛的脊骨一下，自己深深地嘆了口氣。

「挖人蔘的換了銀子，真的還要剖開小腿肚填在裡頭帶回家來？」小夥子問他小時候曾聽到的傳說是否真實。

「哈哈！那得有幾條小腿才夠剖的。關東的銀子容易掙，卻是難得帶回家來。那是什麼時候，火車沒那末便利，一到深山裡去，幾十天走不出的樹林子，碰不到住家的人家，紅鬍子真兇，專門同挖參的行家作對 —— 可也另有說法，有的須要上稅給他們，也同拿給衙門一樣，包你無事。……我到過韓邊外，遠哩遠哩，那一帶有個大王是中國人，他手下卻是管得住老毛子，高麗，蒙古，他占的好大片，好大片的地方，中國官管不到，俄國人更管不到。他手下有幾千夥計，咱們這邊的人並不少，槍打得真精。……剛才不是說路難走，做幾年活剩回點錢來費事咧，卻實在用不到剖開腿肚子。……哈哈！」

「你老人家既然去挖參，還用得到打魚鼓討飯？」

「那是我到關外頭兩年的事了。討過半年飯， —— 其實並不像討飯，叫老爺太太那邊是應不著的，只要是有人家種地的地方，飯食可以盡你吃，湯盡你喝。沒有地方住宿，火熱的大炕上也可以有安身之處。人家不是到處都白楞眼瞧不起人，裝做小財主的架子， —— 總說一句：關外是地多人少，幾十里的樹林子，幾百里的荒田，不像咱這邊一畝地值一百八十塊。幾棵樹還得值錢。……

「可是現在大約也不能與從前比了。你瞧這四五年從這裡去的人頂多少，每年開春大道上小車接小車的整天不斷，往關外逃荒。卻也怪，怎麼走還不見少，不過關外當然見多了。」

「這麼說，現在的關東的魚鼓打不得了。」

「自然不比從前容易。小夥子，你可知道那是多大地方？誰也計算不出有多少地畝。只要到荒涼所在，哼！準保你有飯吃。雇工夫比鎮上的市價還要大，── 我回來差不多三十年了，眼看著一年不如一年。咱這裡簡直是終天受罪，管的人愈多，錢愈緊，地愈賤，糧粒收成得愈少，又是兵，土匪，還要辦聯莊會，幹什麼？天知道！沒有別的，得終天終夜裡預備著『打』，不是你死是我活。我在關外多少年，其實並沒用得拿一回槍桿。哈！現在什麼年紀，明明家裡沒有東西也得在數，每年一樣得跟著年輕的出夫，抗火槍，過的什麼日子！前幾年是有錢的人怕土匪，現在輪到莊農人家也得想法與土匪作對，不，你就得瞪著眼看他們的！上年你不記得人家耕地都不敢到泊下去，牛要硬牽，人要硬拉，不管值得起三十塊，五十塊，也要幹一回。是啊！土匪愈來愈沒出息，可是地方上日見其窮！……早知道過這樣鬼日子，還不及我在關外打魚鼓好得多！」

魏二這時連煙管也從厚黑的嘴唇中間取下來，插在腰帶上。他想起過去的自由生活與對於現在的鄉間的苦難的印證，他的稀疏的小黑鬍子都有點抖動。同時老是在後面跟著犁子走的地主人，突然接著魏二的話道：

「魏大爺，你那句話都對！日子真不能過，說不上半空裡會落下石塊來打破頭。我家的事你是知道的。這幾年來已經不是從前了，然而賣地還債今春是頭一回！我爹說：別家賣地總是自己不會過日子，譬如他老人家誰不說是灰裡想捏出火來的能手，現今卻把北泊下的二畝半賣了！前天才由中人言明，說是明兒成交寫契，你猜多少價錢？」

「多少？……」魏二忘其所以地立住了腳步。

「多少？好算，歹算，合了六十五塊錢一畝。」大有的眼往前直看，彷

彿要從虛空的前面把那片地畝收回來。

「哈！再便宜沒有了。年光雖不好，也得合九十塊才是正數。」魏二這時方記起應該追著他呵叱的牲畜往前去，然而已經是幾乎與大有並肩而行了。

「有什麼法子！」這個壯健的農人嘆了口不常有的鬱氣，「左近村莊簡直沒人要得起，指地取錢，更沒有這回事。找人四處賣，已有兩個月了，不是照規矩過了清明節便不能置地？我爹又十二分小心，怕以後更辦不了。只能讓人賣到鎮上去，—— 人家還說原不樂意要，再三的自己落價，後來人家便說看面子才要！……」

「到底是鎮上那一家？」

「中人不說，到寫契時給個名字填上就行。如今什麼事值得這麼鬼祟，魏大爺，人家的心眼真多！……」

「所以啦，莊稼人只是『老實蟲孳』，他教你自己上鉤，跳圈，死也死不明白，你不能說看不的！我魏二可比你靈便，我準知道這份地是誰要的，別人不夠疑，也不會玩這套把戲！……」

「是誰？你說出來。」小夥子走的也慢了。

「不用明提，提出來幹什麼！總之你要不了，我沒有錢，他，—— 大有乾乾脆脆得出賣，這就沒得說了。……」他沒說完又重新裝煙。前面那個衰老的牝牛也同他的主人一樣更遲緩了。四個分蹄左右擺著，任意往前踏著土地。細鬆的尾巴時時向身上揮舞。

暫時三個人都不做聲，卻也不像清晨時那樣努力於工作，任著瘦骨的牛在犂子前面拖動韁繩慢慢地拔掘地上的土塊。他們幾乎是跟著牛在後面走。太陽的光輝在這春天的郊原中覺得分外溫暖，它到處裡散布著光與

熱，長養著無量的自然物。壓服在酷冷積雪下的植物的根芽現在是爭著揮發它們的潛在的力量。茫茫的野中，彌望全是柔綠的浮光。春地上面三三五五充滿著創造的活力。這真是個自由的發展的令人欣愛的春日，然而在一陣亂談之後的這三個年齡不等的農人卻共同沉默在一種難於言說的情感的窒悶之中。

多年畜養的牲畜牠對於主人的土地的熟悉並不少於主人家庭中的一員。牠的分蹄在滯重中走到那段地的邊界時，沒曾受到叱呵自然的住下了。牠抬起長圓的大眼向前看，擺動左右兩隻尖彎的黑角，大嗓中似在微微喘動。

「咦！不覺的到了地邊子了。」大有首先開口。

「真是畜類也有靈，咱們還說不清，牠倒不走了。」是小夥子的驚異話。

「別瞧不起這些東西，比人好交得多，牠就是一個心眼。」

小夥子聽著魏二的議論便提出了一個疑問，「依你說，人到底有多少心眼？」

「可說不定，── 是多就對！比干大賢不是心有七竅，── 就算七個心眼吧。越能幹的人心眼越多，心眼多更壞。咱這老百姓大約連原來那一個心眼，── 直心眼，現在都靠不住了！弄來弄去都像傻子一樣，還不是一個心眼也沒有！」

「魏大爺，你說傻子，你知道這村子裡的宋大傻？」大有放下了犁把。

「那小子左近誰不認識他，可是有人說他跑走了，真麼？」沒等得魏二開口，那急性的小夥子先問了。

「真啊！現在約摸個多月了。誰也不知道他是向那裡逛去。有人說是

去幹了土匪，魏大爺你說可像？」

「照大傻的脾氣說，誰不敢保他不去幹『黑活』，本來他是一身以外無所有，──也像我一樣，那裡不能去。年輕輕的亂幹也好，──不過我斷定他這回還不能去『落草』，他也不能下關東。……」

「怪了，他還能以出去挨餓？」

「餓的著他！你別看輕那小子比你能得多，窮能受，可是錢也能化。我猜他準保是往城裡去了。這是有點苗芒的，不是我瞎猜。前些日子我影影綽綽地老是看見他在鎮上逛，他似乎同那些老總們很說得來。常聽見人說他同他們稱兄道弟的喝大碗茶，耍錢。鎮上的人都知道他是個光棍，誰也不會打理他。然而過了些日子便不見了。你想他是幹什麼去？」

「不成他敢去當兵？」大有似乎不相信。

「沒準，我看倒有八成不差。」

這時雖然隔正午還不過幾分鐘，然而他們都會看看高懸在天空中火亮的大時計的影子，便不約而同的住了手。大有坐在地邊子上用手爬去毛腿上的溼泥，一邊卻細想魏二的話。記起正月初上在松樹下大傻的不平，他漸漸承認這老人的猜測是近於事實。本來近幾年由鄉村中跑出去找地方補名字的人並不少見，不用說像大傻是光光的一條身子，就是有爹娘妻子的許多人也偷逃出去，丟了鋤頭去扛槍桿。向來都說當兵的是混帳行子，誰也看不起，這可不是近幾年的事了。土地的荒涼，吃食的不足，鄉間一切活沒法幹，何況眼看見多少當兵的頭目到一處吃一處，伸手拿錢，就像自己的容易。只要有一套灰色衣服，鄉下人誰敢正眼去看一下，年輕的貧民一樣也有被他人引誘的慾望，一批批地往外跑，至於生與死，危險與平安，這些問題在他們質樸的心中是沒有計較的。

大有從前沒敢斷定那個浪蕩與好說大話的大傻究竟幹什麼去了，這時卻明白了許多。不知怎的他對於這位朋友的行動不像以前對付別人似的瞧不起，而且在他的意識中覺得如果大傻真的去當兵，他認為於他也頗有榮耀。而一種說不出的希望在他的未來的生活中引動著。這時他無次序的尋思，卻把定時的飢餓也忘了。

　　「多早咱也幹去！比作短工好得多。」那年輕的黑臉小夥子撫著牛項歡樂地說。

　　「沒受過蠍螫，不懂螫的利害。當兵好，我還幹去！你知道他們容易？現在這時候我看什麼都一樣。」

　　「魏大爺，你會說現成話，你是老了，就想去人家會把你攆出來。幹這個麼，一輩子沒點出息頭。」

　　好大的口氣！不瞧瞧你自己的臉面，講出息；正經說能夠積點錢，說上份老婆，小夥子，這出息大了！……你想當兵幾年就可以做兵官，真是作夢！官鬼也輪不到你身上來，你得預備著身子挨揍，吃槍子！」魏二的議論與大有的理想，小夥子的希望完全分在兩邊。

　　小夥子聽見這滑稽的老人的喪氣話，馬上便給了他一個白眼，兩片腮幫子鼓起來不再置辯。然而忘了飢餓的大有卻將粗重的左手一揮道：

　　「這個年代不見得坐在家裡就是平安！」他意識地記起了去年自己的事，「也不見得個個當兵的一定吃槍子！槍子是有眼的，該死的誰也脫不過。魏大爺，咱們莊稼人誰不想攢點錢弄幾畝地，說個媳婦，安分本等的過日子。現在怪誰！咳！別提了，越少微吃的起飯日子越沒得過，就連咱們這等身分也成了土匪的票子。自然嘍，咱可以幹，但是夜夜防賊，怎麼防的了，賊去了還有，……」

八　開殘

　　「是啊，說來說去你能說補名字的都是好東西！」魏二將銅煙斗向土地上重重地扣了一下。

　　大有並沒再反駁，然而總覺得魏大爺的話說的過分。對於兵的詛咒，他有親身的經驗應當比魏利害得多，可是不知怎的，自己總也不會完全贊同這樣的議論。什麼理由呢？說不出。他楞著眼向這片寬闊的土地上盡力看去，是一片虛空，遼遠，廣大，也如同自己的心意一樣，雖是覺得比起這老人的心寬廣，卻是虛蕩蕩的沒有個著落。

　　再向前看，從東北的斜方有個淺藍衣服的女人挑著兩個筐子向這邊來。

　　食物的慾望在當前，將他們各自尋求的心全壓下了。

九　皎月

　　一群破衣的孩子，一群汗臭味的男女，一行柳樹，一輪明麗的月亮。在這片農場上人與物都是朋友，他們不太親密，卻也並不疏闊。正同許多農民與許多農民的關係一樣。什麼友誼，交感，共鳴，諒解，他們原沒有這些名詞的成見，更不會用種種方法去應用這些名詞。他們在廣大的土地上東一簇西一堆的住著，在阡陌中，土場中，菜園中，鄉間的小道上他們能夠天天的互相看見。墾地，收割，鋤，打葉子，拿蝗蟲，補屋，打土牆，編蓆子，他們在各家的工作上彼此相助。沒有請託也沒有揀擇。過著自然的而是混同的日子，正是不密結卻不鬆散，對於一切的東西也是如此。譬如這時的春夕的皎月，與輕曳的柔條，郊野中飄散過來的青草的幽香，偶而聽見遠處有幾聲狗吠。空中的青輝是那末靜，那末淡，籠罩住這滿是塵土垢渾不美麗的地方的一切，若是能講賞鑒，這當然可以有個人的情感的揮發。偶而由各種車輛與廣告的電光的網的都市中跑出來的人，見到這幽靜的自然、不是發狂似的讚嘆，也要清寂的驚奇，然而這群孩子，這群男女，對於這些光景就是那樣的不驚奇，也不厭惡。一日的苦勞，倒在簑衣上面粗聲喘著氣，望望無邊際的青空月亮，星星，銀河，都是一樣。小花在暗中垂淚，流水在石灣中低鳴，柳絲褭娜著似有所等待，他們並不覺得這是詩，是有趣的散文，是難於描畫的圖畫，他們只在這樣的空間與時間中感到輕鬆的快適。在一個個質實心中不容易為這等自然的變化所擾動，刺激，以至於苦悶，跳躍，或者是流淚深思。

九 皎月

　　他們這樣與一切不太親密也不太疏遠的意識，是從久遠的過去一代一代傳留下來的，所以他們不輕易沉悶，更不輕易歡喜。在平板不變的生活之中，種地，收糧，養家，生子，十年，百年，幾百年的過去，一點形跡沒有的練成了他們的固定而少變化的一個整個的心！這並不是很奇怪的經過。

　　然而時代的飛輪卻早已從遠處的大海，海岸，與各大地方中飛碾到這些輕易不變的土地之上了！

　　因此，他們對於一切的意識狀態在無形中也有了不少的變化。

　　在農場的東南角的柳陰下面圍坐的一圈黑影中間有 —— 的調弦聲音，即時許多小孩子都跑過去。喧雜的笑聲中便聽見在當中的魏二道：

　　「別忙，別忙，我還得想想詞兒，這多年不動的玩藝真還有些生手。……罷呀，奚老大你就是有四兩酒，難道還真叫我賣一賣？」他說著咳嗽了兩聲。

　　「不行，不行！魏大爺，這麼年紀說話盡當著玩。今天在東泊裡咱怎麼講的？好，大家都知道了，全等著聽你這一手，你又來個臨陣脫逃。」蹲在旁邊的小夥子像報復似的向圍聽的大眾宣言。

　　「來一下，來一下！……」大眾都鼓舞起聽魚鼓的興致。

　　「來一下還怕什麼，我還怕賣醜？可是你知道陳老頭也要來，一會聽見，他究竟是識文解字的，我唱上那末幾口，……也有點不好意思。」

　　「又來了，陳老頭子他管得了這個。他怎麼常常到鎮上去聽大姑娘說書哩。」小夥子下緊的催逼。

　　魏二就黑泥大碗裡喝了一口濃茶，深深地呼吸了一口氣，彷彿是嘆息道：「打魚鼓不能不唱詞，大家，我還是那套老玩藝。當年預備往關

東討飯時的本事。再來幾句可是聽得來順耳朵，做起來卻不一樣了。我說個〈莊家段〉，這是我當年在鎮上由那個教了多年書的老徐秀才學了來的。……他現在可只能躺在床上吸鴉片了！」

〈莊家段〉這眼前的風光的題目更引起大眾要聽的興趣，都一齊催他快說。

魚鼓雖是舊了，但是魏二的兩隻老手在那片中空的木頭上打起來，簡單的響聲初聽時似乎是毫無意味，及至他把手法一變，在急遽的調諧的拍打中間，驟然把一個農場上的聽眾引到他的樂聲中間來，一個人的語聲也沒有。在這個銀輝的月光之下，只有他身後的柳條兒輕輕擺動，似是在點頭讚許。

拍過一陣以後，魏二將頭一仰，高聲喊起老舊的大鼓調來。

言的是 —— 名利 —— 二字不久長，
俱都是 —— 東奔西波 —— 空自 —— 忙。
見幾個 —— 朝臣待漏 —— 五更冷，
見幾個 —— 行客夜渡 —— 板橋霜。
皆因為 —— 名利牽繩 —— 不由己，
趕不上 —— 坡下農夫 —— 經營強。

乍起首時的聽眾因為驟然聽見魏二的啞喉嚨迸出來的不很熟悉的說書調，似乎都在忍著，沒好意思大聲笑出來。然而在他唱過兩句之後，這直截而又抑揚的剛勁的調門，合上一拍一擊的魚鼓崩崩的音響，那些農民都把逼在喉中的笑聲嚥了下去。一種簡單的音樂的引動，一種字句間的趣味的尋求，使得他們是莊嚴而肅靜地向下聽去。

大約是久已不唱了，魏二又咳了幾聲，接著唱道：

九　皎月

蓋幾間 —— 竹籬茅屋 —— 多修補，
住一個 —— 山明水秀 —— 小村莊。
種幾畝 —— 半陵半湖 —— 荒草地，
還有那 —— 耕三耙四 —— 犁一張。
到春來 —— 殷殷勤勤 —— 下上種，
牆而外 —— 栽下桃李十數行。
早早的 —— 擁撮兒孫把學上，
預備著 —— 一舉成名 —— 天下揚 —— ！

突然他將魚鼓一拍道：「列位這是從前哩，……」他沒接著說下去，又不唱，大眾都被這句話楞住了。誰也沒說什麼，拿著粗泥茶壺的大有卻突然答道：

「魏大爺，你說是現在請不了先生，孩子都沒法上學吧？」

「對，我唱的從前的事，大家聽的可不要比到現在！……」他有意在分別地說。

「現在也有學堂呀，你不知道村子裡也辦成了，就只差先生還沒有來。」旁邊一個答語。

「哼！先生！錢都交上了三個月，他還不知在那個地方沒餵飽，——不過是在看門房子旁邊掛上一塊喪氣的白牌子，……」又是一個人的聲音。

「唱呀，唱呀，怎麼啦，又上了魏大爺的大當。」小夥子大聲喊著。

一陣笑聲之後，魏二沒說什麼，接著一氣唱了十幾句。

結就的 —— 怪子蓑衣多方便，
勝似那 —— 紗帳羅幃象牙床。

．．．．．．．．．．．．．．

還有那五穀雜糧 —— 十數倉。

早早的 —— 付上錢糧 —— 納上草，

千萬的 —— 莫叫衙役來下鄉。

．．．．．．．．．．．．．．

過罷了大雪紛紛隆冬至，

看了看 —— 家家戶戶把年忙。

．．．．．．．．．．．．．．

買上些 —— 金簪，木耳，黃花菜，

買上些 —— 菠菜，莞荽，與生薑。

常言道 —— 閒裡治下忙裡用，

預備著 —— 過年請客擺桌張。

．．．．．．．．．．．．．．

不多時 —— 買罷菜品還家轉，

大門上 —— 吉慶對聯貼兩旁 —— ：

頭一句， —— 一統太平真富貴，

次一句， —— 九重春色大文章。

他把末後的「章」字的餘音扯得很長，雖是粗澀的喉音，然而使人聽去也覺出餘音裊蕩，有不盡的深長的意味。這眼前的過舊年的風光，都是圍繞的聽眾們聽熟悉的事。買菜，蒸糕，放爆竹，祭天地，不是刻不能居的時候，總要在破舊的門旁貼上兩聯善頌善禱的好句子。年年一度的歡喜節，在鄉民的記憶中印象很深，自然聽魏二排句唱去，感到親切的興味。不過他們盡聽見這次唱句中敘述的安樂悠閒，對照到現在彷彿少了一些必需添說的東西似的！一會，魏二又接著唱了些奠酒，燒紙，與「真正是一

九　皎月

年一度民安樂，都說是隨年隨月過時光。」直到拜節，上廟，飲春酒，與過罷了正月十五，他陡然將調門低沉下去曳長了聲音唱一句結尾道：

「無奈何，——　大家又把　——　莊農忙！」

接著魚鼓崩崩幾下，他把手一拍做了收場。卻深深的嘆口氣，什麼都不說，鄉間人沒習慣機械似的拍掌叫好的方法，也有幾個年輕的空空的喊過兩聲好。多數聽眾的感情鬆緩下來，個個人影在大土場上簇簇的擁動，後面的大有與最初提議的小夥子都沒來得及批評。柳條披拂下挨過一個身影來，嘖嘖道地：

「好！多年沒得聽見，魏老二怎麼高興的唱一口，嗓音還不壞呀！」

「啊！陳大爺，想不到你也來，這真是哄孩子不哭的玩藝。不是他們逼著誰還好意思唱。」魏二隔著十幾步便看清楚穿著肥大的長衣向他走來的陳莊長。

「有意思！你忘了在燈節下扮燈官，你在獨木轎上老是好唱這一段。那時我替你打小鑼子在鎮上瞎鬧。……」陳莊長已走到他們這幾個人的近前。

「咳！提不的了，這是三十多年的事了。陳大爺，老了，人老不值錢，——　怎麼唱也唱不出那時節的味道來了！還好，詞句還沒錯。」

「用到的工夫。老了，什麼都變得不像樣，現在徐秀才也不能再教了！」陳莊長撿了地上的個小馬踏坐下去。

「他就再出來一定不能教我這個〈莊家段〉了。我說是不是？他於今還壯實？陳大爺，現在那些唱光光調與耍西洋景的，唱〈紅蝴蝶〉，〈駝龍報仇〉，才是時行的唱書，就連〈單刀赴會〉，〈孫二娘賣人肉包子〉，還不及那新玩藝唱得動人。……」魏二幸得到陳莊長的知音者，便發起說鄉書的

大議論來。

「不差，」小夥子拍著胸口插話道：「我在鎮上聽過幾回，他們都是撿新篇子唱。」

「自然嘍，舊的調門也不時行，從前鄉間唱的〈五更調〉，〈十杯酒〉，現在會的人都不多 —— 本來就難怪，誰有工夫學這個，不是忙著趕活，就學放槍，不用說有些新調門把舊唱法都變了。話說回來，新調門在咱這裡會一句半句的也太少，沒有工夫是真的。」

「陳大爺，你算看準了，如今年輕力壯的人不是想打土匪，就想當兵，膽子比從前大得多。像咱年輕的時候誰見過套筒與盒子槍是什麼東西？好，成了家常便飯，放槍誰不會，打人更敢，你想和咱們唱秧歌唱冒周鼓的時節簡直的成了兩個世界！」魏二說這些話的聲音頗高。

「坐住是這樣，頭二十年不要提，明火案子是沒有這回事，年中路上有個路倒，左近村莊的人大驚小怪的了不得，還得報官驗看，班房四出捉人。現今哩，現今哩！槍斃了人，砍下頭來掛在圍子門上，樹頭上，連小孩子都看個飽，一點不奇！每逢殺人就像賽會一樣，說誰信！若是在前些年的時候，女人都能拿槍？ —— 罷呀！魏老二，真不知日後是作弄成什麼世界！你唱的那一套國泰民安的情景，就譬如做了一場好夢！」

「這光景我小時還記個大概，年紀再小的人恐怕想不到了。」呆坐了多時的大有無力地說上一句。

陳莊長看看柳葉中間的月光慢慢道地：「以前莊農人家總還有個盼頭，春種，夏鋤，秋收，冬藏。到得過年，自然還覺出點味道來。現在大家還得這麼過活，但是咬著牙根挨日子無奈何呀！真是無奈何！『趕不上農夫經營強』這話，成了反個了，什麼經營也比農夫好吧！」

九　皎月

「叫我說，陳大爺比別人好得多，自己還在鎮上走動，小葵哥也有了出息。」旁邊坐的一個中年人說。

「梧仔，你這是說的什麼話！」陳莊長一聽到小葵哥三字他從心胸中迸發出不可遏抑的怒火，「這不是存心譏誚我，什麼小葵，他是他，我是我！他做他的官差，我吃我的米餅子！他與我沒有關係！現在只要有狗一般的本事，原來就是一個人，誰都可以不管，況且他幹的那些把戲，我不但不看，也值不得我想。魏老二，我人是老了，我可還有一顆人心！我到鎮上去城中去辦事，我並不像別人求好處，使分子，我為的大眾；不然，我這把年紀向那些人臉前去犯醜，值得過嗎！時勢逼的沒有法子想，苦了兩條腿，你別提出息，我沒有出息的孩子！如果有的時候，我也不至到現在還受人背後唾罵，他在城中幹的什麼，天知道！居然成了少爺胚子，哼！我陳宜齋沒有這麼大的福氣！……」

說話的人想不到很適合的插話會惹動莊長的怒氣，竟然大聲說出這一套話來，便都不做聲。

大有與魏二對於陳老頭的動氣都不十分奇怪，因為自從小葵挾了縣上的勢力回家創辦小學校以來，他們父子的關係更隔阻了。陳老頭不能阻止，卻也無法救濟，眼看著在自己的力量之下任憑年輕的小孩子來分派學捐，指定校舍，可是直到現在並沒開門的這等行為，他縱然平日對一切忍耐慣了，也抑壓不住自己的怒氣。然而怎麼辦呢，他只能瞪大了老眼看著他的兒子的未來的動作。

因此他對於本村的熱心也大為減落，雖然大家對於這位公平誠篤的老人仍然是如前的敬服，自己卻感到羞憤的難安！他覺得不止是損失了自己的莊嚴，並且少了對別人說一切話的勇氣。更不愛到鎮上去見人，除卻為

去聽吳練長為不久就辦討赤捐的一次談話外，這幾個月的春天多半工夫是消磨於住房後的菜園裡面。

「如今管不了許多，兒孫自有兒孫福，我說，陳大爺聽憑他去混罷。咱看開點，該唱兩口就唱，該喝幾壺就喝，──說句實在話，我沒有男孩子，有兩個女的，好歹都出了門，成了人家的人口，省心多了。葵園好壞他總還自己能幹，難道你不知道吳練長的少爺？有那個才叫沒法，你能生氣生得起麼？吳練長真好肚囊，他一隻眼睜一隻眼閉著，任著那榮少爺鬧去。一位年紀輕輕的媳婦，有去年新成的姨太太，還得在外麵包住人，結交那般青皮，吃，喝不算數，下局屋，抽，一年中還得兩次出去玩，那一次不得化個一千八百塊。葵園可是化不著你家的錢哩。」魏二比較著議論。

陳莊長沒有答覆，大有卻觸動了話機。

「魏大爺說的真對，我曾在上年送這位榮少爺去過一次車站，他真有能耐，槍法太好了，在路上他放手槍打遠遠的樹梢，東邊是東邊，西邊是西邊，說話也還痛快。」

「這樣的少爺還不痛快！有錢，有勢力，他如何會不快活！在鎮上他常常帶上兩個護勇，半夜五更的出來串門子，小戶人家誰敢不教他去。事情是一樣，管誰也不發愁！──好在這裡沒有人向他說，他的作為還了得！簡直是個花蝴蝶。……」魏二低聲說出後面的幾個字，他向四圍看看，土場上人已散了大半，還有幾個躺在蓑衣上面呼呼地睡著了。

「怪哩，鎮上的團丁那一個不是他的護兵，出來一樣是打立正，舉槍，他比起練長的身分來得還大，」有點瞌睡的小夥子倚著樹根說。

「還有他同鎮上的兵官打起牌來，一夜裡就有幾百塊的輸贏。陳大

九　皎月

爺，你也明白這是咱這裡從前會有的事？……」

「說怪是怪！」陳莊長的氣已經消了不少，「不怪麼，咱瞧著吧！從前不會有的事慢慢的什麼都會有了！咱是不知道，沒有法，老守著田地過日子，據說外頭大地方現在改變得利害。」

「他彷彿回想起舊事來，略遲頓了一會接著說道：

「年輕的人都擴大了膽子，不好安靜，我想這是大毛病。誰也不安分，恨不得上天去摘下月亮來，他不管捉得住捉不住，就是無法無天的幹！── 我真不懂，只可歸之氣數了！── 有要錢的，就有辦錢的；有殺人的，就有去找死的，這古董的世界！魏者二，你說咱會看的透？在我說，這份差事辭辭不掉，又沒有別人托，活受罪，三天一回，十天，八天一回，不是辦差，便得湊錢。弄得頭昏眼花，還轉不出臉來。咳！──不必提了！……」陳莊長這時一變怒容成為無可奈何的感嘆了。

「不是說現在又一次籌捐？……」魏二的捐字還沒說出，忽地從睡在地上的人叢中跑過一個小孩子來，老遠便喊著：

「爹……爹！……爺爺這回又吐血呢！」

大有一聽這是聶子的聲音，便從魏二的身後跳出來，什麼話沒來及問，領著那個不很高的影子走去。

陳莊長搖搖頭道：「大約奚二老沒有多久的日子了！這個人毀得可憐！」

「可不就是為的大有的那回事？人真不能與命爭，奚家在這村子裡只差不如你，有吃，有穿，大有又是出力過活的孩子，奚老二掙扎了一輩子，想不到晚年來碰到這樣的彆扭！── 聽說今春裡地也出脫了幾畝。」

「將來這家人家怕不會有好日子過了！奚二老有個好歹，我懂得，大有也許有點變呢。……」陳莊長的話雖不很肯定，卻正合了魏二的猜測。

「沒法子，這樣的混日子難保年輕的人不會變！除非像咱這樣走不了爬不動的老頭子，── 白天我同他還談到宋大傻子的事。」

「他更不稀奇了，本來不是很安分的孩子，無家無業，這怪誰？……」陳莊長若有所思地點著頭緩緩的說。

「如果大有也有變化，陳大爺，你瞧他兩個能走一條道？」

「一條道？ ── 那一條道？不好說，噢！是了，不見得準吧！他兩個的性格究竟差得多。」

誰都沒有結論，不過話說起來，兩位久經世故的老人心中都忐忑著懸想鄉村中年輕人的未來的變化。尤其是較有知識的陳莊長，他明白這古老的相傳下來的種種模型不能夠堅實的束縛住少年人的身心，雖然是親眼看明的實情用不到恐怖，也用不到憂慮，然而安土的慣性，與回念以往的心情，使得他有失望的悲哀！何況他個人的環境更逼得他處處如在荊棘的圍層中，沒有快適的可能。雖是老年的睡夢時也不能得到靈魂上的安寧。當他在這夜靜月明的清寂時間中勾引起這樣在他視為是淒涼的思路時，心上窒悶得如同壓了一個石塊。

魏二沒有言語，他仰望著空中閃爍的疏星漸漸想睡覺了。

九　皎月

十　初生

這一夏的乾旱使得農夫們夜夜裡望著天河嘆氣。

從四月到六月底只有幾場小雨，當然不會溼潤了烈日下爆乾的土地。僥倖將麥子收穫之後，一切小苗子類的長成大感困難。每年到了這個時候，高粱已經可以藏人了，現在卻只是枯黃的有尺多高，滿野中半伏著無力的披葉。豆苗出生不久，便遇到酷熱如焚的天氣，過於乾燥的空氣抑塞住初生的生機，一對對的小圓莢的邊緣，變成焦黃的色彩。農人早已用不到下力的鋤，掘，因為在這樣乾旱之下，田中的莠草也一樣是不能爭著生存。一片片土地上裂著龜紋，正同冬日的嚴冷後現象相似。壞一點的河邊鹹質地，更多上一層白質，由土中滲出。除卻田野的農作物之外，村莊旁邊的菜園與成行的果子樹，也受到這同等的影響。本來這是一帶有名的雪梨的產區，今年在樹葉中間，卻沒掛住多少梨果。有的又十分瘦小，沒得到充分的水分的養力。瓜地更可憐，大葉子與細瘦的長蔓表露出難於結瓜的憔悴狀態。雖然瓜地的主人還可從井裡提水澆灌，那有什麼用處。艱難的人力，笨的法子怎能救濟這樣的荒象。何況無邊的旱田，田邊原沒有灌溉的設備，一切全憑每年的運氣去碰收成。他們終年縱然手足不閒的勤動，不過是按著久遠久遠傳下的方法分做春地，秋地的換耕，與一鋤一鐮的努力，一遇到連陰的大雨，幾個月的亢旱，蟲災，農作物的病狀，只可仰首看天，憑了自然的變化斷定他們這一年的生活的投機成功或失敗。

陳家村的全村子中屬於他們所有的土地，合起來也不過七十畝有餘，

十 初生

然而其中就有百分之四十是給人家佃租的，下余有幾十畝歸他們自有。譬如陳莊長家有將近二十畝，他是這小村子中唯一的富裕人家，其次都是幾畝多的，不足十畝的一家便是奚大有了。其餘的農家有完全是佃祖的，而佃租與自耕的家數為最多。不論如何，由春末的乾旱延到現在，那一家都受到這種不情氣候的懲罰了！存糧最多的陳莊長家中已經是吃高粱米與玉蜀黍兩樣的雜和麵，輕易不見有白麵的食品，至於大多數的人家都攙上米糠研餅子做食料。各家雖然還有點春糧，因為他們對於以自己的力量辛苦獲得的糧粒是比什麼都貴重的，眼見秋天的收成不知在那一天，他們都不肯浪費那少數的存糧，他們寧肯用些難嗛的東西充塞於腸胃之中，坐待好日子的來臨。各個鄉間都充滿了憔悴的顏色，與怨嗟的聲音。當著酷熱的天氣，大家望著空中偶有的片雲。沒得活作，他們充滿了活力的筋骨一閒下來分外感覺到沒處安放的不舒適。這多日的乾旱不止是使他們為著未來的失望，有精神上的惶惑與恐怖，肉體上也像沒了著落。六月中的熱風由遠處的平原中吹來，從一個鄉村到一個鄉村，由一個人到一個人的將薰蒸與乾燥盡量地到處傳布。每天由黎明時起，如火的太陽映照著血一般的顏色去焚燒著一切的生物。陳家村東頭的河流本是這數縣的大水，經過不少的鄉村與田野，河的兩岸，以年代的久遠生發一簇簇的小樹林子給它點綴上美好的景色，但現在卻有些地方可以完全看見白沙的河床了。窄窄的用泥土與高粱稭搭成的小橋，在每年一過春日，雨水大，往往不到夏季便會沖壞，直待到十月間的重修。這時卻還好好的彎伏在差不多沒有水流的乾河上，像一個消失了血肉的骨架，躺在一無所有的地上，那些和成泥的黃土多已爆於脫落下來，剩下高粱稭的粗根，如一排死人的亂髮。偶然有從上面走過的生物，更恰像是乾癟過的屍體上的虱子蠕蠕行動。離河不遠的一片柞樹林子，每一個夏季，濃陰下是村子中的公共水浴後的游息地。如

今卻只有乾黃的簇葉在不很潤澤的弱枝上煎熬著大災中的苦難。陰影不大，那些稀葉中間晶明的小石砂熱得可以炙手，因為沒法灌溉，連接的平原中除卻焦土之外，就只有那些垂死的可憐的植物了。

自然生活於沒有人力制伏自然的變化與靠天吃飯中的農民，他們當這少有的災難的降臨只能從絕望裡激發起求助於天的宗教上的靈力。相傳的老法子是乞雨會，誦經，扎紙龍取水，他們不是一無所知的動物，他們卻又是對一切並不甚明白的人們。他們不肯在這樣情狀之下白坐著等待天災的毀滅，在危急的無從展手的困難之中他們只能誠心團結起來以籲請無意的挽回。

然而時代卻不許他們能夠安心去從容地乞求了。

並不是十分稀奇的事，鄉村中的中年人都能記得，有幾回對於天災的對付方法照例的是那些事，縱然無靈，然而至少可以略減他們精神上的紛擾。記得前六七年，有一回因為積雨的關係，洪流爆發，河身從沙灘下面暴漲起來淹沒了一些土地，甚至將村子中的茅屋沖壞了不少。他們卻能夠在不斷的雨聲中跪在龍火廟的天井裡，崩著響頭虔誠禱祝。眼看著自己手造的房舍漂倒，他們還是咬著牙關安分乞求龍王的心回意轉！但是相隔不多年之後這樣的老文章已經變了筆法了。因為在較為安靖時候的官府，紳士，雖然一樣連他們自己也不知道是偽善者，然他們卻總以為他們還是對於這些地方上的一切事是應該負責任的。如同乞災，禱雨，種種的一無所能的會集，正是那般嚼過經書的善人所樂於倡導的。他們覺得自己當然是農民的先覺，一切事便作了領導人。於是往往對於團集辦法，儀注，款項，都很有次序地做去。而鄉民便容易安然地在他們後面追隨著，而且稱讚官府與紳士的熱心。現在這些官府，紳士，他們的本身已經變了，他們的意識，卻已比從前的鄉民統治者更見得伶巧與學得多少新的方法。他們

十　初生

在自己的能力中盡著想去收穫，——金錢的剝取，責任的意義他們早已巧妙的給它改變了顏色。自然他們批評他們的前身不是迂腐便是拙笨，不是無識而是呆子，因此除卻有他們的收穫之外，什麼能夠激動他們呢？也因此鄉民在不自覺中彷彿失了領導，也像失了保障，然而這樣的變化卻擴大了他們求知的意識，與漸漸破壞了他們的虔誠的安分心了。

再一層，便是生活的艱難支持了。本來鄉民是極容易在簡單的慾望下討生活的，他們即使沒有多少蓄積然還能忍著苦痛去挨受一切，以求未來的安定。何況以前他們在節衣縮食之下每年總有存糧的可能，近來呢，這可怕的近來，為了種種的關係，他們幾乎沒有很大的蓄積，更不知為了什麼他們的心是容易焦灼著，蠢動著，再不能像前時的安然度過任何時候的苦難了。

這一個夏季在陳家村左近的人民都搖動了他們的心，他們的足腿在厚重的土地上似乎不很容易站得穩當。

陳莊長與奚大有家的自種地也一樣受著災難，然而陳莊長的地還有在略遠的村子中與人分租的，那裡在春天多了兩場雨水，所以還可以樂觀，而大有在春間辛苦耕種的田地中不高的高粱穀子卻已乾死了一半。他自從在家用十分拮据中埋葬了他的永遠記住了債務，賣地的痛心事，而死去的爹，他對於田地上的盡力已見疲乏了。不知怎的，他漸漸學會了喝酒。在重大的打擊之後，完全復現了他的爹的遺傳。他寧肯每天多化費十個銅板在菸酒雜貨店裡去買得一霎的痛快。自從四月以來，他成了這村子中唯一的雜貨店的常主顧了。雖然銅板不能預備得那末現成，這有什麼呢，善做生意的老闆向來是不向他伸手要酒費的。

家裡是想不到的寂寞，在從前他並未覺得到，好說閒話的，老是計算

著吃糧的妻，與終天被逐出去拾柴草牛糞的孩子，因為大有的性格漸漸變成無謂的爆怒，都不敢跟他多說話。那頭不容易吃一頓好飯的大瘦狗，有奚二叔時，常是隨著老主人身後搖著尾巴各處去的，現在牠也不願意與少主人為伍了。牠怕他的大聲喝叫，與重蹴的足力，牠只好跑到街中與野外去尋找牠自己的食物。大有覺得寂寞是每天在自己的左右增長，而他的脾氣似愈變愈壞。對於死去的父親說是追念卻也不見得，有什麼追念的表現？那座在村北頭自家地內的土墳，除卻栽上三四顆小松樹之外，他不是為了土地的事並沒特意去過一次？對於家庭的不滿他根本上沒從著想，本來是很能做活的妻，與不很頑皮的孩子，他也沒有厭惡的念頭。然而這匆匆的光陰中間並無他人的引誘，而大有竟然有點變態。雖然對耕種的本分事他還不懶，一樣是按著時候同鄰人操作，不過他的一顆心卻似乎被什麼壓住了！總不如從前的平靜與舒適。

他向來是不大對於過去的事加以回念的，過去的恥辱與痛苦，他十分樂意將它拋出記憶之外。不過他是因此惹起了難於遏抑的苦惱！

旱像已成的期間，他也如他人一般地焦憂！未來的生活恰像一個尖銳的鐵鉤鉤在心頭。眼看見手種的小苗子被那不可知的神靈要完全毀壞，他覺得分外憤怒了！在這寂寞與無聊的襲壓之中，比較著認為快活的事是想到辛苦的收穫。然而這預想顯然是變成了水中的月影，於是在各種的不高興的情緒中又加上一層重大的失望！

於是雖在奇熱的夏日，他的每天的酒癮並不曾減少。

正是六月的末後的一夜，大有蓋著布單在院子中的大棗樹下睡。昨晚上從恆利雜貨店中回來的時候已經在家中人吃過晚飯大後了。他怕熱，便拉了一領蓆子放在樹下。過度的白乾的疲醉，一覺醒後已經聽見雞屋內的

十　初生

喔喔的啼聲。一個大蚊子正在他的右拇指上得著空兒吸他的血液，他即時光了背膊坐起來，用蒲扇將蚊蟲撲去。黑暗中嗡嗡的蚊聲還似向他作得意的譏笑。一會聽見院子中東南角落的糞坑內的母豬嚕嚕的叫著。他摸一摸被單上有點潮溼，看看空中只有遠近稀密的星，星下耀著暗空中的微光，一定明天又是一個晴熱的天氣。遍村子中的樹上可以聽得見知了的夜鳴。他們在高的有蔭蔽的地方吸著清露，向著這些在黑暗與失望中的人唱著宛轉得意的高調，這在大有聽來十分煩厭。的確，比起偷吸人血液的蚊蟲來還要令他憤恨！他的小小的蒲扇在高空的四處鳴聲中失卻了效力，這並不是一擊之下可以中止那些可惡的東西的鳴聲的，他向東方看去，仍然是黑沉沉的沒見有何亮光。他盡力地看，在那一顆大星之下似是映耀的有點明光，或者距明天不遠吧。他不能再睡了，突然記起今天是全村的第二次祈雨會。昨天陳莊長還囑咐自己明天就要到龍火廟裡去同著那個道士布置一切。他因此覺得有點心事不能再繼續睡下去，但是他明明記得頭半月時舉行的那一次祈雨會，到現在並沒有什麼效果。現在據說是聯合了相距五里地以內的小村子中的人一同祈雨，人多了，或許有效，這是他這時的疑問。看看明星炯炯的空中，他自己也不敢相信這疑問的可靠。上一次的印象分明如擺在眼前，那些有鬍子的老人含著眼淚的在烈日下跪求，他們忍受著灼熱的苦痛，在香紙磚爐旁不顧煙氣的薰眯。道士的高聲誦經，自然也出自真誠。雖然平日這道士是不甚安守清規，因為他一樣也有土地，在作法事的餘閒還得耕種，這不是為別人的事，他也有分。大有再推測出去，凡是需要土地吃飯的人誰沒有分呢！誰肯騙著自己！——騙著自己與他們家中人的口腹呢！但有一件事，他微微感到奇異了，怎麼到會的幾乎全是老年人，年輕的才兩三個，再就是老人領去的童男，難道這也是必需麼？記得十幾年前的祈雨，祈晴，卻不是這樣，年輕的人一樣也有跪求

的應分，怎麼現在變了？他想到這裡微微皺著眉頭，不能判別這是年輕人的躲懶，或是他們另忙別的事？

　　由祈雨聯想到春天的魏二唱的魚鼓詞，真的，那些豐收與農家的快活光景簡直是成了過去的夢似的東西了！自從自己過了二十歲以後，在這偏僻的農村中眼見得是無論誰家只有年年的向下走去，除掉偶來有幾個從關東發財回來的人以外，地土的交易不常見有人提起。更奇怪的是地裡的產物不知怎的總覺得也是一年比一年來得少。按照自己在田地裡用的力量，與一切應辦的事，不是比以前減少，糧米老是在兩塊大洋左右一鬥，還是繼續向上升漲，怎麼家家卻更貧窮了呢？大有懷抱著這個疑問卻沒得答覆，偶然與鄰舍家說起來，他們的斷語不是：「年頭兒刁狡」，便是「谷貴，百物都貴」，或者「化錢多了」這一類的話，大有在前幾年也是一個對一切事不求甚解的鄉下人，所以任憑這難於思議的自然法則所支配，不能有進一步的質問。但是自從去年冬天到現在，他的生活有些變異，他的一顆誠樸的心也不像前此對一切完全信賴，自己永遠是不去問難的了。尤其是奚二叔，忍受著難言的痛苦，攥著拳頭死去之後，這一幕的生活映片過於刺激大有的精神，他也從此失去了在他的環境中由小時候起積漸養成的忍耐力。

　　雖然心裡躊躇著預備天明後的祈雨會，然而在這將近黎明時的靜默中他是有另一種的動念在心中閃耀，——他很有力地斷定他的未來的生活，怕不能永久靠著那些土地了！

　　紅的微光剛從東方耀出，地上一切的景物方看見了一個新的輪廓。大有早已用井水洗過臉，並不告訴家裡人，便跑到村子西北角的木柵門外。

　　村子中起身外出的人很少，但是柵門已經開了鎖。一個輪班守夜的

十　初生

十七八歲的青年正在門旁扛著槍防守。這一夏中的搶劫綁票事情如同天天聽到喜鵲叫的平常，左近的每個村莊雖在白天也加緊了防守。像陳家村是沒有土圩的，防守的聯絡很不容易，只好從各家土牆連接的空處，伐了陵上的松樹與其他的樹木結成柵欄。從鎮上買來大捆的鐵蒺藜交纏在木頭的中間，在要緊的柵門旁堆上土障，由村中的年輕人輪流防守。這自然不是完全無慮的設防，而且更沒有幾支新軍器，—— 步槍，可是這一筆化費與人力的空耗已經是他們拮据辦成的。幸而抬槍，土炮還是舊的存餘，這些笨拙的軍器用土造的火藥加上碎鐵，瓦片，小石塊，放一響雖不能有很遠的火線，四散出去就像一個小砲彈的炸裂，用在堅守上還較易為力。而且不知從那裡來的傳授，鄉村中有些極笨的鐵匠現在也會利用洋鐵筒與空的罐頭造成重量的炸彈，這是較好點的村莊必備的武器。

那個青年斜披了布小衫倚著柵門，看見大有跑來便跳過來道：

「奚大叔起來的早，陳老頭剛才到廟裡去了。」

「早啊，我覺得我是到會的第一個哩。」大有將一雙赤足停留在柵門裡的鋪石道上。

「陳老頭倒是認真，他還穿著粗夏布大衫，到這裡我向他說不如脫下來，到燒香時穿上才對，免得出差。現在各村子的聯莊會還沒到，他穿著長衫怕不教土匪帶了去！」青年武士將步槍從肩上卸下來。

「還是你想的周到，怪不得陳老頭老是好派你守夜的差事，土匪太多，誰也料不定不出亂子。」

「瞧著吧，我看今天就得小心，到會的人多，各村的首事都來！……」

「怕什麼！不是早調好聯莊會來保護嗎？」

「奚大叔，你猜能夠來多少人？一共六七個村子，人家還能不留下人自己看門，這是在外面，不同於村裡，要個頂個！哼！土炮怕不及盒子槍中用呢！」

「這可是善事！……」大有意思還沒說完。

「啊！好，奚大叔，這是善事？不差，凡是莊農人家誰還不願意天爺快落雨，不落，今秋什麼都完了！然而土匪還是土匪呀，他們還等得大家好好的祈下雨來再辦事，那可太善良了！……」

青年武士從他的紫黑色的臉上露出了判斷的勝利的笑容。

大有點點頭，頗現出躊躇的態度。

「照你猜，豈不是今天還得預備打仗？」

「這也不是奇事呀，那個村子在這一夏季裡不是天天預備打仗！」青年夷然地答覆。

「我太大意了，什麼家具沒預備。」

「一會咱這裡還去十多個人，可是沒有大用，只有兩桿快槍，這不是一桿，——」青年順手將槍橫託過來。

「好吧，現在咱們辦一下，你帶這桿去，連子彈帶，我另找桿土炮在這裡站崗。」

就這樣，大有緊緊腰帶將灰布縫的子彈帶斜紮在肩上，把那桿漢陽造的步槍用左手提起。

「小心點！已經有頂門子了，只要拉開保險機就行。裡邊有四顆子彈，記住！」青年對於這武器的使用很在行。

大有不再說什麼，肩起槍走出柵門。

十 初生

經過他們的談話與換槍的時間，村外的郊原中已經全被鮮明的陽光照遍了。柔弱的植物幸而得到夜間的些微的露滴，乍呈滋潤的生態，被尚不十分毒熱的太陽晒著，頗有點向榮復甦的模樣。

龍火廟是這村子的久遠的古蹟，據說《縣誌》上曾在古蹟門裡有它的一個位置，也是這些小村落中間的唯一的舊建築物。除去四周的紅色粉牆之外，山門兩旁的鐘鼓樓，內裡的龍王閣子，都是青磚砌成。那些磚比現在普通的燒磚大得多，似乎也還堅固。不過上面全被苔蘚封滿了，斑駁的舊色足能代表這野廟的歷史。廟的南面是一帶松林，稀稀落落的連接到村西那片陵阜上去，其他三面雖也有不少的楓樹，榆樹與高個而好作響的白楊，卻不如正面松樹的密度。廟北頭有幾畝大的一片義地，不知是什麼年代與什麼人家的施捨地了，裡面卻僅是些貧苦人家的荒塚。有的已經坍壞。露出碎磚，斷木，有的土塚已經夷為平地在上面又有新塚蓋上。這片地方已經有不可計數的死人得到他們的長眠，而左近鄉村的看家狗子也是常到的熟客。再遠處便是些人家的農田，一片青黃，看不到邊界了。

廟的面積不小，其中的建築物卻也毀壞的不少。有幾座樓閣已經成了幾堆瓦礫，上面滿生著蓬蒿與一些蔓生的植物，石碑也有臥在院子中間做了道士的坐凳的。總之，這雖然是一所偉大古舊的廟院，現在也隨著年代漸漸凋落，與那些鄉村的過去的安榮相比，恰好是相對的比照。

因為它們都只存留著古舊的空殼，任憑風雨的毀滅了！

大有穿過鬆林走到廟門裡面，靜的很，一個人沒遇到。直到正殿上看見陳莊長正與鄰村的一位老首事在供桌前分配香紙。道士還沒穿起法衣，光著頭頂，一件圓領小衫，乍看去正如一個僧人一樣。

「好！到底是年紀輕，好玩，居然先扛起槍來了。」陳莊長說。

「這是小豬仔告訴我的防備，防備不壞，不是聯莊會還要來？」大有走入了正殿門。

道士方抱著一抱香向外走，他的短密的繞腮鬍子並沒刮剃，雖在清早，額角上的汗滴映著日光，很明顯的見出他的職務的忙迫。他聽見人語，抬頭看著大有左手的槍口正對準他的胸口，便下意識地向側面一閃。

「這東西可開不得玩笑！走了火咱可乾了！」

「怎麼沒膽氣！看著槍口便嚇丟了魂，你終天在野廟裡住呢！」大有已經將槍倚在門側。「老大，你說話又要留點神，別不三不四的，今天是大家給龍王爺求情！那裡野不野的！……終天在這裡有神人的保佑，那些野東西來幹麼。今天可連我都有點膽虛，到的各村的首事總要小心！……」

「做好事，顧不得這些了，——怕者不來！來者不怕！」

吸水煙的鄰村王首事從容的插語。

「即使來也沒法，橫豎這麼下去是沒有好日子過。咱們那能眼睜睜的看著什麼都乾死，不想個法子，——這只好求求神力了！」陳莊長究竟還認識得一些字，對於這完全信賴神靈的法力的念頭本來就認為是另一回事，然而他既有身家，又有莊長的職責，在無可如何中這樣按照古傳的方法來一回「神道」，這也是多少讀書人辦過的事，不是由他開端。經過這番虔誠的儀式之後，他至少尚能減卻良心上的譴責，也許「神而明之」就有效力？化育的奇怪力量本來不是人們能夠參贊的。多末藐小的人類，只能在自然的偉力之下低首傾服，再不然便是祈求，除此，他與他的鄰居們能夠幹什麼呢？所以他用「只好」兩個字表示在一無辦法之中的唯一的盡力。

十 初生

王首事將長水煙筒向供桌上一擱道：「管他的！咱弄到現在怎麼還不是一個樣，果然該死的向這邊找事，拚一下，省得年輕的閒得沒事幹！今天咱預備的不差，什麼，合起來怕不到二百人。⋯⋯」

「不見得吧！」陳莊長對於人數頗有疑問。

「多少一樣揍，老陳，不要滅了自己的威風。」王首事的脾氣很急暴，雖然上了年紀，還有當年跟著鄉團打捻匪的勇敢。

他們各自整理著種種東西，還有王首事帶來的幾個有武器的農民一齊下手，沒到八點，一應的陳設供品以及灑掃屋子等等都已停當，而各村來祈雨的人眾到的也不少了。

照例是先行鋪壇，念經，這時獨有道士的驕傲，在神像前挺身立著指揮一切了。龍王他長髯與細白灰塗成的神面，被神龕上的幾乎變成黑色的黃綢簾遮住看不清他的真像，殿內的武士與文官的侍立像，雖然顏色剝落了不少，而姿勢的威武與優雅還能在永無言語與行動之中保持住他們的尊嚴。紅色的大木案前方磚地，與廊下石階下的鵝卵石的地上很整齊地直跪著七八行的虔誠的祈求者。一條彩紙糊成的瘦龍放在東廊下面，有一大盆清水在龍的旁邊。院子中間的香爐從四個小磚窗中放散出很深厚的香菸。

不出大有的預料，跪在地上的人就有過半數的老人，有三分之一的中年人，三十歲以下的卻沒有一個。他們被熱太陽直曬著，黧黑與黃瘦的臉上誰都是有不少的折紋，汗滴沿著衣領流下來，溼透了他們的汗臭與灰土髒汙的小衫褲。他們在這一時中真有白熱以上的信心，對於冥冥中偉大的力量，──能以毀滅與重生的顛倒一切的神靈，他們什麼也不敢尋思，只將整個的心意與生活的稱量全交與「他！」

這一群祈求者中間卻沒看見奚大有，也沒有王首事帶來的那幾個武裝

農民。原來大有被陳莊長分派出去帶領了本村的人與別村子來的聯莊會在廟的四周布防。因為他有一桿步槍，便沒用到在偶像的前面跪倒，而成了「綠林」中的英雄。

近幾年中鄉村的聯莊會完全是一種無定規的民眾的武力組織。雖然有規則，有賞罰，然而所有的會員全是農家的子弟，有了事情丟下鋤頭，拾起槍桿就拚著性命向搶掠劫奪他們生活的作戰，役有事，仍然還得在田地中努力作業。不過他們為了自己的一切，為了防守他們的食糧與家庭，以及青年農民好冒險的習性，所以聯莊會的勢力也一天比一天的膨脹。不過等到他們的有形的敵人漸漸消散下去，他們這種因抵抗而發生的組織也就鬆懈了。因為原來只是一種簡單的集合，並沒有更深的意識，所以他們的興衰是與那些掠奪者的興衰相比例的。

陳家村左近都是少數人家的小鄉村，鎮上雖然有常川駐的軍隊，器械，服裝都整齊的民團，卻不大理會這些農村中的事。有時那些新武裝者下鄉來，還時時要顯露他們的招牌給小村莊的人看，因此無形中便分做兩截了。

這一天他們因為保護這些信心的祈求者，事前便由各小村的首事用十分周到的布置調派年輕的農民，在八點左右已經到了一百五十多個。他們因為沒有大集鎮的富有，所以武器是不很完備。不到人數十分之一的步槍，還是由各種式樣湊合來的，類如日本槍的三八式，漢陽造與俄國舊造的九連燈槍（這是鄉間的名字），下餘的便是些扣刨的火槍與大刀，紅纓長槍，鐵的明亮都在各個的武士頭上閃耀著。然而驟一看來如同賽會的這一群鄉民自動的防護者，散布在紅牆青松的左近，是有一種古舊的爭戰的趣味。各村的首事雖是花白鬍子的老人也有自帶小小的手槍，掛在衣襟旁邊的，這都是他們出賣了土地忍痛買來的武器，雖沒曾常常希望用它，然

而有這個彎把的黑亮的小怪物在身上，也像在瘟疫流行時貼上硃砂花符似的，自信的勇敢心以為可以戰勝一切的邪祟。近幾年來這樣已成為很平常的現象。鄉間的人民對於步槍的機構與兵士一樣的熟練。而膽大的企圖也使他們對於生命看得輕的多，比起從前的時代顯見得是異樣了。

　　形成一個相反的對比，古老的剝落的紅牆裡面是在土偶的威靈之下祈求他們的夢想，迷漫的香紙煙中有多少人團成的一個信心，雖然在鵝卵石上將膝蓋跪腫，他們仍然還是希望龍王的法力能給予一點生活上的灌溉！而古舊建築物的外面，在松陰之下卻活躍著這一百五十多個少年農民的「野」心，健壯的身體，充足的力量，尖利的武器，田野中火熱的空氣的自由，他們也正自團成一個信心，預備著用爭戰的方法對待與他們作對的敵人！兩個世界卻全是為了一個目的，──那便是生活的保障；甚而可說是為生活的競存，神力與武力兩者合成一種強固的力量，他們便在炙熱的陽光下面沉默而勇敢地等待著。

　　大有加入這樣的武裝集會不是第一次了，然而除卻一年中一二次的練習打靶之外，他沒有自由放射步槍子彈的機會。鄉間對於子彈的珍貴比什麼都要緊。他們由各地方或者兵士們以高昂的價值將子彈買到，自然放掉一個便是防守上的一種損失，也便是他們的生活少一份保護。所以火槍可以隨意扣放，而新式的武器子彈卻要嚴密的保守著。大有從站崗人身上取過來的子彈帶，他曾數過一次，不多，那只有五十顆。在灰布的九龍帶中看不出高凸的形樣來。然而他統率的一小部分的本村子中的農民唯有他是扛著這一桿僅有的步槍。他自然感到自己的力量的充足，也像是夠有統率那些同伴們的資格。他沒曾對準敵人放射過一回槍，然而這時也不恐怖，的確沒想到真會有敵人的攻擊。他以為這不過是過分的預備著爭鬥，原不會有事實的發生。

他這一隊武士正被指定在西南方面的斜坡上面，密簇簇的青松到這裡已是很稀疏了，坡上有片土堆，相傳是古時的塚子。除去幾叢馬蘭草之外一點墳墓的樣子也沒有。再向上去有一個矮小的土地廟，比起鄉間極小的茅屋來還小得多，塌落了碎磚的垣牆裡面探出兩棵如傘的馬尾松。從樹幹上看去，可知這難生的植物的光陰的熬煉。大有這一隊的十幾個穿了藍白布小衫的青年，就在這斜坡上形成一個散兵線。大有坐在土地廟前已是側倒的石碑上面，他的大眼睛老是向著去村子西南方的高陵阜上望著。別的夥伴在坡下的，在廟內的牆缺處的，還有四五個肩著火槍在稀疏的松樹間來往走步。他們占的地勢較高，可以俯看龍火廟裡面跪在院子中的人頭，尤其是那個尖圓頂的香爐更看得清楚。風向很準，那一陣陣的濃煙常是向著北正殿那方向吹去。道士的法器聲響聽得分外響亮，而廟前後的防守的同伴，都隱約的看得到。唯有南門外的松林中的武士遮蔽得很密，只有幾支明晃晃的紅櫻槍尖從那些松針中閃出光亮來。

大有根本上想不到打仗的事，雖然在柵門口聽了那個站崗的小夥子的話，到廟中來又看見大家這份鄭重的預備，像是警戒著要馬上開火的神氣，他樂得在綠林中裝一回臨時的英雄。然而這有什麼呢，多平靜的青天白日，又有這麼多的人，難道他們肯來送死！他過於迷信他同他的夥伴的武力了。他雖不從神力的保佑方面想，也斷定沒有這樣的事。他呆坐在石碑上面初時還努力要作出一個統率者的樣子，正直地向前注望，表示他正領著兄弟孩子們在幹正事。過了兩個鐘頭以後，看看日光快近東南晌了，夜裡睡眠的欠缺與天氣的毒熱，漸漸地使他感到疲倦了。廟裡的祈雨者已經換過一班，道士的法器不響了許久，再過一會大家都要吃午飯。好在都是自帶的乾糧，等著廟裡送出煮好的飯湯來，便可舉行一次野餐。時間久了，疲乏的意態似乎從田野的遠處向人身上捲襲過來。有的忍不住腸胃的

迫促，坐在地上乾口嚼著粗餅。大有這時已經半躺在石碑上，那桿步槍橫放在他的足下。

「老頭子們真膽怯，上一次祈雨也沒這些陳張，……」一個黑臉高個兒的農人站在大有身旁焦躁地說。

「到底什麼時候完事？ ── 這玩藝更壞，幹嘛！還不如跪在石頭地上哩。」另一個的答語。

「不要急，停一會有事也說不定！」年紀較大的瘦子半開玩笑道地。

「真不如開開火熱鬧一回，火熱的天在這裡支架兒更不好過！」

大有本來想說幾句，然而他的眼瞼半合著不願意聽他的心意的支配，方在 ── 中靜聽這幾個夥伴的閒話，突然在東方破空而起的有連接著兩聲槍響。很遠，像在陳家村的東河岸，這是一個電機的爆發，即時警醒了這野廟周圍的防護者。大有下意識地從石碑上滾下來，摸著槍桿迅疾地跳上土地廟的垣牆頂，向東望去，那十多個農人不自覺地喊一聲，全集合在土地廟的前面。

「那裡來的子彈？」

「河那面……截劫！」

「廢話！我聽明白了，這兩顆子彈是向咱這面飛過來的。」

「沒有迴響？」

「怕是真土匪到了！」

他們從經驗與猜測中紛紛亂講，同時可以看見龍火廟裡人已站滿了院子。道士的法器早已止了聲響，而大門外的松林中有多少人影也在急遽的移動。大有竭盡目力立在高處向東看，什麼也沒有，還是那一些繞在村子

後面的半綠樹與微明的河流。他雖然笨，而在匆促的時間中也有他的果斷力，即時他喊那個說玩話的瘦子到下坡的大隊中間問情形。

經過沒有三分鐘的快度，很清楚的密排的槍聲全在村東面矸拍的響起來。無疑的顯見陳家村要有何變故，大有與他的這一群夥伴不用商量都拿著槍要跑回去。他們顧念村子中的婦女，孩子，平板黃黑的面目上都變了神色。然而下坡的人還沒跑到紅門外面，奇怪，由廟的西北兩面連接著飛過十幾顆子彈從他們頭上穿過去，這犄角式的攻擊出乎他們的意外。大有原來立在土牆上面斷定這是土匪去攻打他的村子，有這一來，他才明白今天的祈雨會是真遇到勁敵了！隨著槍聲他跳下牆來向大家發命令道：

「走不的！土匪真要從兩面來，回去更辦不了。……唔！大家散開點，都在廟門上可危險！」守土圩與柵門的經驗曾告訴過他躲避子彈的方法，即時這十幾個人在樹後，牆邊，找到了各人的防禦物，都顫顫的將槍托在腋下。大有仍然跑到石碑後頭，半伏著身子將步槍的保險機扭開，推動機一送之後，他的右手指在小鐵圈中放好，預備作第一槍的放射。臉上的汗滴從眉毛直往下落，已忘記了擦抹。

松林中的聯莊會的大隊也向西北方放了十幾響火槍，接著就是有人吹著單調的衝鋒號，淒厲的聲音由下面傳出，同時步槍也在無目的的向遠處回禮。

於是他們的野戰便開始了。

大有只叫他們隔幾分鐘放幾響火槍，意思是告訴敵人這斜坡上果有人預備著他們過來。他手裡的步槍隔一歇才放射一回，他每次放槍時手頭上覺得很輕鬆，然而遇到這一次的勁敵，他的粗手指把住槍桿自己也覺得驚顫。東面的，西北兩方的此住彼起的向村子與野廟中愈打愈近的密集槍

聲，可以知道土匪的人數不少而且他們的子彈是頗為充足。這時兩方都彼此看不見身影，龍火廟的地勢窪下，西北方的農田接連著東面河流蜿蜒過來的上岸，向下面射擊，是居高臨下。而大有這一群占住的斜坡，較好也較為危險。因為由斜坡上去，樹木多，農田只是幾段豆地，容易望遠。

大有在初開火時他只是注意著向前方看，還可以靜聽槍聲從那方射來，懸念著村子中的情形與廟裡的那些少有武器的老人。他並不十分害怕。然打過十幾分鐘以後，戰況更緊急了，先在陳家村東面響的槍聲倒不很多，只不過似作警戒的很稀疏的放射，而從西北兩面逼過來的子彈愈打愈近，拍拍……的響聲聽去像不過半裡地。聯莊會的人初下手還能沉住氣，吹號，放槍，經過這短短的時間後，顯見得軍器的優劣與攻守的異勢了。他們在廟門外，樹林子中，沒有什麼憑藉，明明知道土匪一定是在小苗子的田地裡與土岸旁邊，然打起來不知那裡有人。而敵人的槍彈卻一律向廟門外的松林中很有範圍的往下射擊。尤其是西面的槍響，圍著土地廟前後盡著放。情形的危急，很容易看得出他們不敢向廟裡跑，恐怕被人家圍住；又不敢向陳家村去，那一段路上怕早已埋伏住人，經過時一定也要橫死多少人，而當前的守禦，既無土牆，又沒有及遠的好多步槍，……這自然使他們想不到土匪會來這麼些槍支一定要收全功！

沒有辦法，大有已經放過兩排子彈，在石碑後面粗聲喘著氣竭力支持，他知道他的槍若不努力使敵人不敢近前，這一角的局面一定要被人搶去。他向那裡退哩？下面只有幾棵小樹，大約用不到跑入松林，子彈已可穿透他們的脊背。他聽明了，有十幾支盒子槍在對面的土阜下頭專來對付他自己，有時從石碑的側面似乎可以看見土阜下的人頭，相隔不過二百步，比初聽時由西面來的槍聲近得多了。他的左手緊緊握住槍身，彷彿如握著一條火熱的鐵棍，子彈帶著了汗濕緊束在胸前，呼吸分外不利便。然

而他把一切都忘了，家庭，老婆，孩子，田地，恥辱，未來，……在這一時中他聚集了全身的力量使用他的武器，整頓起所有的精神作生命的爭鬥！雖然事情是完全出於他的預想之外，而他的當事實到了面前卻絕不退縮的堅定性，在這個炎熱與饑餓的時間中得到充分的發展。

他知道在土阜後面的敵人要從斜坡上沖過來，直奪龍火廟的大門，這是一條要道，若有疏失，自然關係他們全份的失敗。自己萬不肯放鬆，且是沒有退路，下面的夥伴們急切分不出幾桿步槍跑上來打接應。這些沒有指揮者的農民，只知把守住廟門向外亂放子彈與火藥，沒想到這一面的危急。大有一邊盡力抵禦，又囑咐身旁那個黑高個滾下坡去趕緊調人。黑高個身子很靈活，抱了火槍即時翻下坡去，到了平地，他起身的太快了，恰好一個流彈由背後穿過來，打中他的左脅，他尖銳的叫了一聲，倒在一棵老松樹下面，作了這次戰爭的頭一個犧牲者。

這一聲慘叫驚壞了斜坡上面與松林中的防守者，不曾料到這好打拳棒的高個兒便應該死在這裡，從亂雜的還擊的槍聲中可以知道他們的憤怒與急遽了！

命令沒有傳到反而葬送了這一個好人，大有從石碑後面被慘叫的聲音叫轉過來，看清在血泊中翻滾的受傷者，他不自覺的呆了，雙手中的步槍幾乎丟在地上。受子彈傷死在戰場上，這是第一次的經驗，何況這高個兒是去傳達自己的話而死呢！他無論如何勇敢卻沒有看死人一點不覺涼訝的習慣，他正在惶張與急躁之中，手上少放了兩槍，對面一陣喊聲，從土阜後跳出七八個漢子，手裡一色的短槍，射過來，槍彈在空氣中連接振動的聲響，如同若干鬼怪在他們身邊吼叫。大有的那些夥伴也喊著放了數槍，速力既差，又無準頭，在曠野中那些舊式的裝藥火槍哪能與連珠放射的盒子槍抵抗。他們沒曾管領，便爭著往斜坡下跑。只這一陣亂動，已經被對

方打倒三四個。大有盡了所有力量連射去一排子彈，居然使那群不怕死的凶漢傷了兩個，略略緩和了一步，他知道站不住，也學著那高個兒的滾身方法翻下去，更顧不得那些夥伴們是怎樣逃走的，唯有躺在土地廟前的一個，傷在胸口的年青人，瞪著眼從絕望中看了大有一眼，在這一瞬中，大有已經滾到坡下。

加入松林的大隊，與由廟裡出來的那些老年人，他們一面竭力頂著打，一面卻急促著商定趕緊退回陳家村，因為這野廟中沒法守禦，怕有被敵人完全繳械的危險。

沖過這條半里路的空地卻不是容易的事。這一百六七十個農夫與一群狼狽的老人，以及廟裡原來的住人，連合起來作成三隊。一共有將近二十支的步槍，施放開僅有的子彈，由松林中向四面射擊，同時那些避難的與武器不完備的防守者從他們中間急速地跑。大有偏偏是有步槍的一個，在這危險的時間他不能逃避，也不能將武器交付他人，自裝弱蟲。他不顧滿身的泥土與像澆水似的汗流，他又同那些大膽的青年由松林中沖出來。當然，從西南方攻下來的敵人也拼了性命努力於人的獲得，由斜坡上往下打，據著非常便利的形勢，北面農田中的匪人早已逼近。這已不是為了財物與保護地方的戰爭，而是人與人的生命的爭搏。兩方都有流血的死傷者，在迸響的槍聲中誰也不能作一秒鐘的躊躇與向後的顧念。大有餓了半日而且原來的瞌睡未退，恰好來作這樣的正面的防戰，分外吃力。然而他這時咬緊了牙齒，似乎平添上不少的力量，那斜坡上兩個受傷的一堆血痕在他的眼前暈成火團，颼颼拍拍的槍聲似炸碎了自己的腦殼，他隨著那些勇士跳出密蔭之外，彎著腰且打且走。果然是他們拚命的效果，相距半裡地的敵人終於沒敢靠近，及至他們退到陳家村的柵門邊時，又與在近處的幾個埋伏者打過一次。

其結果，他們的大隊究竟跑回村子去，大有在一邊只聽見自己這一群中不斷的喊哭的聲音，傷了多少他來不及查問。幸而敵人的子彈經過在松林中一陣激烈的圍打之後，似乎已經不多了。四周的喊聲中射過來的子彈已稀少得多，然而他到柵門外時斜拖在腰上的子彈袋除卻布皮也是一點份量沒有了。

這一群勇敢的農民雖然也有受傷的，他們卻掙扎著跑進了柵門。大有一看見自己村子中的鄰人迅速的拉開木栓開門，將他們納入，他心頭上一松，同時腳步略緩一緩。後面敵人的追擊又趕上來。幸虧木柵外只是一條小路，兩旁有不少的白楊作了逃避者的天然保障。所以敵人沒敢十分近逼。不幸的大有剛從一棵樹後彎了身子轉過來，右腿還沒抬起，在膝蓋上面有一個不大的東西穿過，他趁勢往前一跳，卻已倒下來。臉前一陣昏黑，全身的力量像被風完全吹散了。只是大張開口伏在土地上喘著，跑在他身前的兩個人回過身來絕不遲疑地一齊拖著他塞進柵門去。

稀落的來往槍聲中，大有只覺得天地完全是傾陷了似的，他臥在他人汗濕的肩頭上並不覺痛，右腿像是離開了自己。

十　初生

十一　屍首

　　鎮上的三間屋子的西藥房兼醫院，為了這次野戰已住滿了受傷的勇士。大有在腿部被洞穿了一個窟窿，本來不算要急，大家為的分外體恤他，便將他用人抬著送到縣城中的醫院裡去。

　　近幾年的鄉間流行著子彈的戰爭，便有了西藥房與醫院的供給。雖然這裡距鐵路線還有幾十里地，而城中與大一點的市鎮上早已有了簡單的西法治療的設備了。那些在大地方藥房中當夥計的與醫院中的看護，他們很明白這樣買賣在下縣的獨占與賺利，販運些止痛劑，******，與箝取子彈的器具，雖然手術弄不十分清爽，比起舊醫的笨法子自然見效得多。他們也與到處流行的灰衣隊伍與一些紳士們相似，是這個地方的新式的供給者。因生活而蜂起的土匪，作成了多少人的新事業，他們也是有利的投機者。受傷人確也受到他們的實惠。

　　經過一夜的昏迷，大有在路上被人用繃床抬走時，當然感到劇烈的痛苦。創口他沒看有多大，用破布塞繫住，血痕還是一層層的從裡向外殷發。右腿完全如炙在烈火上的灼熱。昨天的劇戰與飢餓，到這時一起壓倒了這個健壯的漢子。他不記得那末危急的戰爭是怎樣結束的，但聽見說聯莊會上死了四個，傷了六個，幸而沒有一個被敵人擄去。他更知道死的中有他領率下的兩個鄉人，—— 那黑臉的高個與瘦小的于麟。他回想起在斜坡上的情形，忘記了眼前的痛苦，他開始睜大了火紅的眼睛想找抬他的抬夫談話。

十一 屍首

受了陳莊長命令的這四個抬夫，他們幸而沒有受傷，而且土匪雖多還沒攻進村子來，現在抬著這受傷的勇士，他們便覺得有點驕傲了。

「奚老大，你渴嗎？——張著口待說什麼？」在後頭的一個中年人道。

「我只是記掛著小於與高個兒的屍首！……」大有說話也變了聲音。

「哎呀！幸而你沒和他倆一個樣！死是死了，虧得那些行行子後來打淨了子彈退下去，恰巧鎮上的軍隊與保衛團也由後面截追了一氣。……他倆的屍首究竟收回來了！」

「什麼時候鎮上出的兵？」大有對於昨天他受傷以後的事完全不知道。

「咱們跑進村子來不久，其實他們不出來土匪也會退下去。」

「怎麼樣？」大有意思是質問鎮上生力軍的戰績。

在前面的矮子從光光的肩上次過頭來冷笑了一聲道：「怎麼樣？遠遠的放一陣槍，還是頭一回在大路上開了機關槍，——那聲音奇怪得像一群鴨子叫，我還是第一回聽見，——哈！怎麼樣？這又是一回！不知得報銷多少子彈，將咱們打倒的土匪他們搶了去，問也不問，管他死沒死，大鍘刀一個個的弄下頭來，早到城裡報功去！」

「啊！這麼樣到底殺了幾個？」大有臉上一陣發紅。

「不是三個是四個，因為都死在龍火廟的松樹行子前面，鎮上的軍隊那會還沒轉過彎來呢。」

大有不願意再追問，他想他與鄰人共同居住的地方居然成了殺人如殺小雞似的戰場，大家拚命的爭鬥，又加上軍隊的「漁人得利」，這算做一回什麼了！何況雨祈不成，天還旱乾，家家除掉沒得糧粒之外還要白天黑夜裡準備著廝殺！將來，……將來，……一片漆黑在他的面前展布！無邊

無岸，只聽見悽慘恐怖的減叫，死，餓，殺，奪，像是在這裡爭演著沒有定期的悲劇。他覺得浮沉在這片黑流中，到處都塞窒住呼吸，他想爭鬥，但也失去了爭鬥的目標；更不知對壘的藏在什麼地方！⋯⋯

苦悶昏迷中他覺得由黑流中向下沉去。

醒後，他看見陽光從小玻璃窗外射過來，自己卻臥在一個小小的白布床上。

也許是由血戰中得來的報償，他是有生以來第一次安臥在這樣明淨闊大的屋子裡。自然這間屋子仍然是磚鋪地與白紙裱糊的頂棚，改造的紅色刷過的玻璃窗子，在城中像這樣的房間很普通，並不值得奇異，而大有卻覺得自己是過分的享受。他望著陽光，想著村子中的慘痛，與大家湊起錢來送他到這好地方治傷的厚情，他不覺得有滾熱的淚珠滴在白枕頭上。這是自從奚二叔死後他新落的淚滴，雖然不多，在大有卻是很少有的熱情迸發，方能將忍不出的淚從他的真誠的心中送出來。

醫生並沒穿什麼異樣的服裝，白夏布小衫褲，黃瘦的面孔，顴骨很高，帶一付黑框的圓眼鏡。他給大有洗滌，敷藥，包紮，還給了一個玻璃管夾在大有的腋下，說是試試發燒的大小。

這一切都是嶄新的經驗，大有在以前想像不到受了槍傷會能安居這樣舒服的地方。醫生的細心像比自己的老婆還周到。然而他也明白這不是沒有代價的，所以他對醫生頭一句的問話沒說別的。

「多少錢一天，⋯⋯住這裡？」他覺得對這樣有能幹，又是上流人問話太笨拙了。

「你真老實！」醫生笑了，「打成這樣還對錢操心，有人給你交付，管什麼，咱都是本地人，還好意思要高價？── 本來沒定數，你在這裡兩

塊錢一天，別的錢一概不要 —— 我已經與送你來的人講好了。」

醫生瀟灑的態度與滿不在乎的神氣頗使這位受傷的笨人有點忍不住。他要說什麼呢？再問下去更小氣，寒傖。醫生一定可以批評他是個不打折扣的捨命不捨財的鄉下老。兩塊錢一天，他吃驚的聽著，一斗上好的白麥，逢好行市可以賣到這價錢！若是十天以外呢，是合幾畝地的一季的收入？他不敢往下算去，不過他卻很覺高明的另問一句。

「先生，這須幾天全好？」他指著自己的右腿。

醫生拿著未用完的白布卷機伶地了一眼道：「不多，不多，好在沒傷了骨頭，不過一個禮拜。」

「一個禮拜？……」他早已知道這個名詞，可是沒曾用這樣規則的日子過生活，驟然記不起這算幾天。

「就是七天！你不知道鄉下教堂中作禮拜？還是不知道有學堂的地方到七天準放一回假？」顯然是這位醫生太瞧不起這位新主顧的笨拙，他取過器具，不等大有的答話一直走出去，至門口時卻回頭來囑咐了一句。

「這裡管飯，晚上是六點，有人送來。」

白布簾向上一揚，屋子中便剩下大有自己了。

雖然簡陋，然總是在醫院中。在大有是初次的經驗，對醫生的神氣當然不很滿意，不過敷藥的止痛效力，與屋子中的安靜，整潔，他覺出到底是城中人來的聰明能幹。「怪不得他們都能賺錢，」這一點點由驚異而佩服的心理漸漸的克服了他的不平，同時自己卻也感到缺少見聞，老是守著田園的荒傖，任怎麼樣也不如這些有心眼的城裡人會想方法。漂亮，有能幹，想是這樣想，但這只是淺薄的激動，衝擊起他的想像中的微波；偶一閉眼，那些血水，滿天飛舞的子彈，死屍，如瘋狂的喊叫，汗，殺，追，

拚命的一切景象，片片段斷地在身旁晃動。別的受傷的鄰居，吃驚的老人，膽怯的小孩子與婦女，日後村莊的生活，死人的家庭，又是一些不能解答的疑問！儘管大有是個不知遠慮又沒有很大的幻想的樸實人，現實的威逼，他經過這次空前的血戰後不能不將他的思路改變。怎麼樣活下去？這正是他與他的鄰人以及左近農村的人共同的難問題！沒有解決的方法，卻又沒有令人不想的方法。他在這柔軟的小木床上不能繼續安眠，身體上所受的痛苦已感覺不到，而精神上給予他的紛擾使他的腦子中不得暫時的寧靜。

　　第二天天剛剛放亮，他已經坐了起來，傷處經過昨天晚上又換一次藥與繃布的手續，好得多，忍耐力較強的他在床上覺不到疼痛，本來不是習慣於躺得住的，有充足的睡眠之後他又想作身體的活動了。試試要走下床來，右腿卻還不受自己的指揮，他只好順手將向南的兩扇窗子開放，向外看。這四合式的養病院中什麼人都沒有。當窗的一棵垂柳，細細的樹幹上披著不少的柔條，一缸金魚在清水裡潑刺作聲，太陽沒有出來，天上有片片的白雲與灰雲。一夏季是很難得有這麼微陰的一個清晨，一股清新與富有希望的喜悅湧入他的心頭。他想這或者是陳老頭與大家祈雨的感動？不，大約是由於前天與土匪作戰的效果吧？不然，怎麼第一次祈雨後接連著來了十五個晴天？死人的慘狀與沒有打死的淒涼，或許真能感動吧？……無論如何，只要下兩場大雨什麼事都好辦。他從去年冬天雖然漸漸把他的完全靠天吃飯老實度日的人生觀由種種的事變上改變了不少，然而他總是一個十分本等的農家青年，安分與保守，希望得到土地的保障的傳統性，不容易急切的消滅。所以一見天陰就又馬上恢復他對於鄉村復興的情緒，只要能落雨，充滿了田野，溝，河，一堆堆的穀穗不久就可以在農場中堆滿。土匪呢，子彈的威力呢，兵大爺的對待呢，他都忘記了！收

穫的欣喜不止是為得到食物，也是一種趣味的慰安！

　　他呆呆地坐在床上作他簡單的夢想，不知經過了多少時候，門簾一動，闖進來一個紮著皮帶穿得齊整軍服的男子，……不錯，那是宋大傻，高高的眼角，瘦身材，與還是微紅的眼光，可是自己不敢叫，是在城中，而且他是曾經得過兵大爺的利害教訓的。

　　近前拍著他的膀子坐下來，善意地微笑，「大有哥，不敢認我麼？直到昨天晚上我才知道你到城治傷的消息。……」

　　他歡喜得幾乎跳下床來，那軍人又繼續說下去：

　　「你一定想不到我會在城裡穿上灰色衣服幹起這樣活來？我也不想叫你大家知道。不過這一回你太勇了，真有勁；我查聽明白你在這裡，我不能不來看你！下半夜老是望著天明，我來的時候現打開外門進來的，不是穿著這身衣服準不許過來。」

　　「我說不出怎麼歡喜！虧得這一子彈，要不是準沒法同你見面！」大有拍著光光的胸脯高聲回答。

　　「對，我原想混過三五年再瞅空到鄉下去看你。記得咱自從年初三在村西頭的陵上見過之後，不是就不常見我了？一個正月我老是到鎮上鬼混。……」

　　「老魏二春天曾說過。」

　　「我去混就是為的這個！老大，你懂得我是會玩的，賭牌，踢毽子，拉胡琴，都有一手。憑這點本事才認識了隊伍上的連長。又過了些日子才求他薦到營盤裡來。咱不想一進來便升官，發財，可是也得瞅個門路向上走！要曉得當營混子是怎麼回事，所以我情願托他說到警備隊上當小頭目，不要在團部裡當火夫。老大，我到隊不過三個月，弄到小排長的把

式。……所以村子裡前天與土匪開火的詳細當晚上我們都知道了，不過傷的，死的，直到昨兒我才從鎮上次來的兄弟們打聽明白，就是你腿上掛綵進醫院，我也是昨兒聽說的。」

「打不死就有命！真是子彈有眼！往上挪半尺，咱兄弟就不見得能再見。」大有雖是模仿著大傻的活旺的神氣這樣說，在他心頭卻微微覺得發酸。

「對！你從此也可以開開眼兒。在這年頭，沒法子就得幹，你不幹人家，人家卻把你當綿羊收拾！我情願當兵是為的什麼？老實告訴你，為發財不如當土匪為安穩，不如仍然在地窖子裡爬！……老大，你猜？……」

「那自然是為做官！」大有靈機一動覺得這句話來得湊巧。「做官自然是對！不然我為什麼想法子當小排長？大小總是官，我還管得住幾十個兄弟。可是我也另有想頭，我放蕩慣了，要從此以後認識認識外面的一切事。要知道拿槍桿是什麼滋味，以及城裡人的種種事。說做官也許是吧，我可是要看看許多熱鬧，不願老在鄉間幹笨活！……」

「現在我信你的話了！幹笨活，笨呀，什麼方法，只得挨著受！你是一個光身，愛怎麼就怎麼，像我，有老婆，孩子，更累人的還得經營田地方能吃飯，管你怎麼樣，不在鄉間受？……」大有蹙著眉頭又向這位知己的鄰居訴說他的感慨。

大傻笑了笑，用力著看這位老夥伴的平板厚重的臉道：「我一個人的胡混，不幹本等，自然不是勸你也脫了簑衣去給人家站崗。從前我蹲在鄉里屢次與你家二叔與陳老頭抬過槓，老人家只管說年代不好，大家全來欺負老實人，可是不想法子，白瞪了眼受那些行行子的氣！老實說，誰沒點血性，我看不慣才向外跑。遠處去沒得本錢，我又作不了沉重活，究竟弄

十一　屍首

到這裡邊來！沒意思是沒意思，咱又不會使昧心錢，好找點出息，我就是愛著看他們這另一行的幹些什麼事！幾個月來，……多哩，說出來要氣死你這直性人！可是大家看慣了誰說不應該那便是頭等傻子！……」

大有不知這位來客要說什麼話，聽他先發了一段空空的議論，自己卻摸不著頭腦。便呆笑道：

「我想你一進城來換換名字才對，應該叫機伶鬼！」

「笑話，傻的傻到底，土頭土腦任怎麼辦都難改過來。……現在我告訴你一個人，小葵，你該記得那孩子吧？」

「是啊，春間在村子裡我像是見過他一面，以後也沒聽過陳老頭說起他來。」

「這小人真有他的本領！怪，城裡現在辦什麼事少不了他！這一個委員，那一份差事，他眼活，手活，也擠到紳士的行裡給人家跑腿，當經紀，人事不幹！……他不說到鄉下辦學堂？屁話！從城裡領一份錢，捐大家的款，除掉掛了牌子不是連個教員也沒有請？哼！連他老爹都不敢得罪他，他滿城裡跑，大衙門，小衙門，都有他一份，你猜他現在有多少錢？……」

他明知這一問是大有說不出答語的，少停一停，接著道：

「少說他現在也有一萬八千。春天才用別人的名字買的房子，與城邊的上好地二十多畝，這是那裡來的錢？這小子也真會來，那位紳士老爺他都說得上話，什麼事他也可以參預一份。軍隊裡來往的更熟，就是警備隊的大隊長，我那上司同他是拜把子的兄弟，打起牌來往往是二十塊的二四，……啊！這個說法你不明白，就得說每場輸贏總有他媽的一二百塊，你想想一二百塊這是多少？他就幹，請一次客要化三十塊，聽見說過

嗎？……」

大有被他口述的這些數目字弄糊塗了，打牌他不懂，只知是大輸贏，這還罷；三十塊大洋請一回客，吃什麼？他想像不出，只好伸伸舌頭聽大傻續說：

「這城裡別的事不行，吃喝是頂講究。據人家說比起外頭來局面還大。三天五天有一回，真吃什麼？咱還知道！錢呢，是這樣化。小葵也是一份好傢伙，老大，你想想現在還成個世界！」

大有呆呆地聽，同時幻想小葵是從哪裡學來的「點鐵成金」的故事上的神仙方法。

「話又說回來，老頭子在鄉下辦事怎樣作難，他一概不管，還向人說他是不能為了私家，耽誤了公事！……不久他又可以發財了！你大約還沒聽說，縣上已經開過會又要錢叫做討赤捐。」

「討吃捐，怎麼的，吃還要捐？」

「難怪你不明白，就是我現在也才知道這兩個字怎麼講。說是省城裡督辦近來在南邊與赤黨開火，沒有軍餉，要大家捐，可不叫做預徵。數目大哩，一刃地丁要二十多塊現洋，票子都不要，公事來了，急得很，十天之內就得解款！」

「赤黨是大桿的土匪？……二十多塊？」聽得奇異的新聞，使這新受傷的勇士著實激動。

「不，土匪是土匪，這卻是干黨的幹的事，也叫什麼╳民黨？他們可說是赤黨，—— 就是紅黨。誰懂得這些新奇的玩藝！據說他們是公妻，共產！……」

「更怪！我真是鄉下人，公妻？共產？……」

十一 屍首

「老婆充公，你的產業是我的，我的也是你的，叫做共產。你說這新鮮不新鮮？」

「那有這回事？老婆成了大家的東西，那不大亂了宗！共產也許有這麼辦的？」大有不很相信這位新軍官的怪話，同時他卻想起了蓬梳著亂髮的妻，她的工作，她的身體的各部分，還有從她身上分出來的孩子，他不知怎的覺得全身微微的顫動。

「這些怪事在城裡的也不見得全能懂，然而要錢可是真而又真！大約陳老頭又得跑起來。」

「怎麼外頭又打仗？」

「打了一年多呢！我近來也學著看小報，藉著將小時學的字擴充擴充，只能看白話報，咱們隊裡有一份。我看不了的報還有個書記先生，他也是學堂出身，什麼都能看，所以知道了很多的事，不必盡著說，說你也不懂，例如廣東軍打到了湖北，南京孫軍現在江北硬撐，革命黨等等的事。……」

「真夠麻煩，單是記記人名，地名就得好好用心！」

大有如聽天書似的，他想不出那些更遠的地方，更多的人物，更怪的一些事。但是他可明白外頭的世界一定有許多許多的想不到而且是自己不能了解的事，天天發生。這些他暫可不管，唯有那討吃捐又須臨到乾枯的地畝的主人身上，又是弄錢，他知道自己家裡現在連一塊大洋也搜不出來。

望望天，還是那樣淡淡的陰著，像是隔下雨還早。

他忘記了自己是在病中，忘記了在身旁高談闊論的這位軍官，他紛亂地想著苗子地裡的焦枯，想到每晚上赤紅的落日，這要怎樣可以變成一個

個的大銀圓在自己的手中。

「唉！別要發痴！真是咱們鄉下人，一聽納錢就什麼事都忘了。你瞧，城裡那些終天辦官事的誰不是很高興的辦新差。雖然向人提起也會自然地蹙蹙眉毛，人家為什麼不開心哩！我說老大，你別的老在木頭心眼裡鑽，別忘了咱今年開頭在西陵上說的話，把精神打起來！你愁死難道還有人給你豎碑不成！混到那一時說那一時。橫豎你不過有幾畝自耕自種的地，好人家比你多哩！……再一說：咱也要另找點路子走，難道真要坐在家裡等屋壓？年輕力壯，你能與土匪打仗，這就不用說了，往後還怕什麼？」

他說著大聲縱笑起來。

大有多少有點明白這位軍官鄰居的寬心話，沒有別的可說，他問明了他的隊伍住的地方，預備好了腿傷後去找他痛快的玩玩。

大傻又同他說了許多城中的新聞，末後他吸著香菸很高興地走去。

十一　屍首

十二　變遷

　　六天的靜靜的懲罰，幾乎將一個活力充足的大有在那所小醫院中悶壞了。這時他從舊貢院房子中同大傻，還有穿夏布長衫的書記走出來，沿著城牆根往南去。他看著陰沉沉的空中與高大的生長著荊棘，小樹的土牆，以及那矗立的城樓。在這過早的時間中，他覺得自由活動的興趣比什麼都要緊，而城牆外的寬廣的田野更引動他的懷念。雖然不是極大的縣城，有的是石街，瓦房，城門洞裡來回的水車，店鋪，與叫賣食物的小攤，肩挑的負販，還有一群群的小學生。穿長衫的到處可以碰得到。他隨著腰圍皮帶的軍人與像是文縐縐的書記一路走，不免對自己的短衣的身影多看幾眼。鄉下人對事畏縮的意識他會不自覺地帶出來。但在街道上來往的一切人，就是那些一樣是穿著短衣的小販，推水的車伕，卻全是毫不在乎的用力於他們的動作，他們也是為生活的爭存在許多穿華麗大方乾淨的衣裝的人面前流汗，紅著臉，或者高聲叫著讓道，甚至為一個銅子與顧主爭吵多時。明知道為公務為私事的紳士們根本上看不起這些群眾，然而生活與工作逼迫得他們沒有閒暇心思去作體面或恥辱的顧及，在這一點上，大有感到雖然是很光榮似的同著這兩位夥伴沿著靠城牆的路走去，他的兩隻手呢，空空的什麼也沒的幹。全身十分疲懶，提不起在田野中下力，與拚命同敵人開火時的精神。

　　他跟著別人空手在城中遊散，十分不得勁。

　　轉過幾條小巷，到了南北的熱鬧大街，在大有的記憶裡這頗像生疏的

十二　變遷

大街不是以前的景象了。他有快兩年沒進城，因為納糧有人代辦！而賣柴草，糶糧食，可以就近往鎮上去，所以城中的生活他是不熟悉的。變得真快，在他心裡充滿著驚訝。這不過兩個年頭，而小小的縣城的大街上已經滿了新開的門面。玻璃窗與洋式的綠油門裡面掛的光亮而奇異的許多東西，他一時說不出名目，與它們的用途。從前很難找到的飯館子，現在就他所見到的一條街上有三家。一樣的窗子中的白桌布，新的漂亮的磁器，爐灶前刀勺的一片有韻律似的響聲，出入的顧客，油光滿面睞著肥肚子在門口招呼著的大掌櫃。還有許多歪戴了軍帽，披著懷，喝醉了在街上亂撞的兵士，口裡唱著小調與皮簧。而一輛一輛的自行車上很飄逸的坐著些微黃臉色的學生。也有大腳短裙的女子，三三兩兩在街上閒逛。這一切的驚異的現狀，紛亂地投擲到這位陌生的鄉下農夫的眼中，他無暇思索，只是忙著四處裡去搜尋。

「你瞧這多熱鬧！又不怕土匪，你也該心饞吧？」大傻挺直了腰板在一旁打趣著說。

大有呆笑了笑，搖搖頭，他是說不出什麼的。

那位穿夏布長衫的書記，把草帽在手中搧動道：

「奚大哥真是老實好人，你何必打趣他。土匪沒有，我看到處都是！……」他年青，像是在學堂裡的學生，也像人家的少爺，不大梳理的分髮，圓的下頦，疏疏的眉毛，卻有一對晶亮圓大的眼睛。雖然也是不很豐腴的面貌，而是壯健的表現，從他的微紅的皮膚上可看得出，他不是本地人，據說是跟著大隊長由省城來的，然而口音並不難懂。

大有認識他才兩天，卻似乎被他那付鄭重明敏的態度征服了。據他所見的人沒一個可以同這位外鄉客相比較的。鄉村中的人老實，無能；那些

124

由城中下鄉去的滑頭少年，以及鄉紳人家的少爺，他也見過了一些，但找不出一個這麼精神莊重的年青人來。雖然與好說好鬧的宋大傻作同事，根本上他兩個是兩種出息，擦槍與弄筆桿。而這位姓祝的年青人，對於原是很浪蕩的小排長偏合得來。大有聽他為自己說話，正對準了自己的性格，便回過頭來。

「老客，你不知道宋排長是咱那邊有名的尖嘴子，專會挑人的眼。他現在居然作弄起我來，──這有什麼，多早晚我沒的吃了還不一樣也向城裡來？」

「不，不在鄉下幹也可以出去工作，何必到這裡頭來活現眼！有力氣幹什麼都成，這裡邊比鄉下土匪還利害。」

「怎麼啦？你簡直罵苦了城裡人。」

「不是罵，罵中什麼用？是實情，出處不如聚處；有明搶的也有暗奪的，有血淋淋殺人的，可也有抽著氣兒偏叫你不死不活的受，強盜也不是一樣的手法。……」

「說話仔細些，這可不是在營裡扯談！」大傻機警地四下看看。

書記微微笑了笑，「怕什麼！現在發發議論還不至於砍頭，也許有這樣的一天，何況這城裡的事還在咱們手裡。」

「在咱們手裡？」

「不對？那些紳士老爺，走動衙門的人，他們精明得很，對於咱們雖然是狗一般的支使，叫喚，卻也當著哈吧兒似的養著呢！」

大有攪不進話去，然而書記的尖利的議論卻深深印在他的心底。因而連接著記起去年杜烈的很嚴重的話，他覺得這位祝書記不單是個聰明的青年。

十二　變遷

　　在縣衙門的東首，正當賣柴草的集市中間，一所高大的青磚砌成的房子，門口有帶了槍刺站守的兵士。門裡面高懸著紅字剪貼的大紗燈。門右首有一方黑字木牌。白粉牆上有不少的蓋了朱印的告示，告示下面很多的人都在爭著看那些方字上的意義。從縣衙門的大堂外面起，直擁擠了一條橫街的閒人。這一定是有什麼新鮮事。大有看不懂告示上的意思，向那書記詢問，書記與大傻都相對著苦笑。

　　「想叫你跟著來看一看砍頭的事，不預先告訴你，現在你可以明白了！」大傻忍不住的說。

　　「砍頭？倒沒見過！又是殺土匪？」

　　「不見得是準土匪！這是南鄉的聯莊會上送進來的，不干你們那裡的事。團部，──這就是團部，──與縣長商量好，住一會就押到西北門外去開刀。」

　　「幾個？」

　　「五個，連嫌疑犯聽說也當真匪一齊辦！」

　　「不明白，──準都是土匪？」大有有力地反駁。

　　「你這老實人！誰來管是真是假，這年頭殺人不是家常便飯？省城裡整天的幹，城門上的告示人家都不高興看，還有那些黑夜裡送他們回老家去的呢。就像你們打土匪，也不能說扛的全是壞人。」「土匪就是壞人！」大有直爽的肯定話。

　　書記向人叢裡擠去，回過頭來打量了大有一下道：

　　「壞人未見得不是好人！許多好人，你敢保不壞？就像我吧。」

　　大有來不及答話，因為從團部的門口衝出來一群武裝的兵，看熱鬧的人都亂聲吵嚷，有的退下去，有的趁勢向上沖擠，有人喊著「囚犯下來

了！」大門口的石階下立時成了人潮，擁上去又退回來。大有與書記都被擠到衙門外的石獅子一邊，而大傻卻早已被人衝到團部門口去。

「這自然比祈雨會還熱鬧！」大有心裡想。而書記的難懂的話也時時在他的心中動盪。何況自己剛剛不久與土匪開過交手仗，這一幕的表演他很可自傲地作個看客！

預定在城裡多留一天，是為了大傻的友情的招待，其實大有雖是子彈傷剛愈，他又記念著他的沒落雨與血戰後的村莊，他不能久蹲在城裡作閒人，更過不慣土圈子中的生活。然而想不到的今天的活劇卻給流連住了。他見過槍彈貫穿人的胸膛，腦蓋，是怎樣的情形，而用刀砍頭雖然住在縣城中的婦女也看過了，他還是第一次。群眾的擁擠著，看熱鬧的高興，以及如赴宴會出發的灰衣兵士，在高傲與嘻笑的談論中押解著犯人赴殺場，這都是新的印象。他曾用自己的手將槍彈送到別人的身裡，然而他沒有現時的被激動的心緒。那是迫不得已的自救，你死或者我活的急促的機會，與這樣從容擺設著的殺人禮節確乎不同。

他到底沒曾看清犯人的樣子，——那知道快被人殺又絲毫沒有抵抗力的是怎樣的態度，誰也捉摸不著。他老是被人擠在後面，出了那彎黑的門洞之後，前面的大隊忽而停止，據說是犯人在飲食店前或別的店鋪口要酒喝，肉吃。他們雖然要用鐵器給一個屍身與頭兩下分離，卻偏大量地容許他們吃這最後的滿足的食物。大有還是擠不上去，及至又出了城關，他終於隨著大傻與書記爬上土圩的牆頭，占了個居高臨下的位置。而囚犯的行刑處就在他們立的下面。

因為有一付武裝，兵士們並不干涉大傻與他的朋友的犯禁的看望。

人眾圍成了一層層的頭圈，作成半圓形的槍刺明耀在日光之下，同時

賣花生的，糖食，香菸，與水果的挑擔也在外面喊叫他們的生意。這像是
一個演劇的廣場，人人都懷著好奇與歡樂的湊熱鬧的心來捧場。不驚怖，
也不退避！殺人的慣習與歷練養成了多少人的異樣的嗜好，小孩子也不害
怕。大有立在書記與大傻的中間。土圩年久沒有修理，已經有一處處的坍
塌地方，生了白茅絨的亂草，到處都是。

　　四個光頭的漢子，其中還有沒剪髮辮的一個，最瘦不過，脫去上衣，
他的隆起的肋條與細長有汗垢的脖頸，分外明顯。聽不見他們是否在說
話。後面彷彿有六七個執著寬厚明亮的大刀的兵士。其中一個還沒得到命
令便用刀向那跪著朝南的瘦脖頸的老人試了試，回頭向他的同伴哈哈的
笑，意思是說這個工作一定十分順利！因為大刀的寬度比起那脖頸還寬
得多。

　　大有雖然只看見被砍人的後背，並見不到他們在臨刑時的面貌的變
化，然而他覺得這很夠了！他沒有勇氣再去看他們的正面。

　　恰巧是正午。

　　大有偶一失足從土圩的缺口處滑下來，幸而沒沾上死屍的熱血，他在
大傻與書記的苦笑中，用顫顫的兩條腿把他拖到回家的路上。他的心頭
時時作惡，彷彿真把那些兵士染過死人的頸血的饅頭塞到他的胃口裡去
似的。

　　他自己也不能解釋為什麼在樹林子中與土匪開火並不曾那樣的驚恐。
土圩上所見到的大刀分離開活人的頭顱與屍體有多慘！濺出去的血流與旁
觀的人的喝采的大聲，這一切都將他驚呆了！被大傻的取笑誠然應該，
不是曾用手打殺另一個活的肉體吧？在旁觀的地位上卻又這樣的畏怯不
中用！

他想著，一路上沒有忘記。究竟腿上方平復的創痕還不很得力，到村子時已經快黑天了。

是許多的新經歷，在這六七天中他彷彿另變了一個人。酒固然還是想喝，但是他認為日後沒有方法是再不能生活下去的！就這一次的僅僅避免了破壞全村的戰事，死了兩個，打掉了一隻手的一個，連他都算為保護村子而有成績的。但這一來便能安居嗎？飄忽不定的匪人，誰保的住多早來同他們作對？而凡在祈雨會的各村又共同出了一筆犒勞費送給鎮上的隊伍，他們除掉報銷子彈之外，什麼都沒損失，反而收到十幾隻母豬與百多斤好酒。不能貪便宜的是那些農民，忍著餓去弄錢給人家送禮，打傷了人口，雨還沒有落下一滴！

果然，討赤捐的足蹤直追著他們沒曾放鬆一步，當了衣物，糶下空，出利錢取款，不出奇，都這麼辦。大有在這炎旱的夏季，從城裡回來，又賣去二畝地，價目自然得分外便宜。

經過秋天，他還有以前的酒債，手頭上卻不曾有幾塊錢的蓄積。

然而這老實熱烈的人的心思愈來愈有變化了。

他打定主意，叫聶子的孩子隨了陳老頭的孫子往鎮上的學堂裡念書。他情願家中多雇個人工收拾莊稼。陳老頭很不以他這麼辦為然，然而他有什麼可以分辯？自己的孫子不也是在學堂中讀教科書嗎？他總以為他的後人還可以學學自己的榜樣，所以非多識幾個字不行。大有是要所有的人口都得動手在田地中盡力，識字也白費，學不好要毀掉了他這份小產業！總之，陳老頭在無形中覺得自己在本村的身分究竟高一些，這籠統的意識驅使著他雖忍著難言的苦痛伺候別的人，混沌著過日子。他固然是始終不願孩子入學堂，然而看看城中與鎮上的紳士人家都化錢叫子弟們這麼辦，他

十二　變遷

不能不屈服，而且希望著。他每每看著自己的孫子 —— 他的大兒子從春初就跑走了，—— 便忘了小葵對他的面目。

大有卻另懷著一種簡單的意見，他沒有想著孩子入學堂找新出身，將來可圖發跡的野心。因為從這新出身能夠像北村李家的少爺們到關東做官，那不是容易的事。他不但是沒有這筆大款子供給孩子，而且在他的意識裡根本上沒敢預想到像他這份家當能有做官的資格。至於陳老頭的意見，他完全反對，認得字當官差，出力不討好，是再傻不過的事。他知道自己也抬不出這點身價來。

他為什麼這樣辦？

因為他覺得自己對一切事是太糊塗了！世界上的怪事越來越多，變化一年比一年快，就是他近來見到的，聽到的，他不過隨著人家混，為什麼呢？自己被諸種事情簸弄得如掉在鼓裡頭。他從城裡回來，更覺得往後的日子大約沒得鄉下安分的農人過的，為叫後人明白，為想從田地之外另找點吃飯的本事；其實隱藏在心底深處連他自己還不自覺的，是想把孩子變成一個較有力量的人，不至於處處受人欺負！因此在家家憂苦的秋天，他用了賣地的餘錢，送孩子往鎮上去入學堂。

遼遠的未來與社會的變遷，他想不到，也不能想。他對於孩子的培植就像下了種子在田地裡，無論如何，他相信秋來一定有收穫的！

十三　殘秋

又到了秋末冬初。

這一季，陳家村的困苦慘淡的景象使得沒有一個人能夠常常歡笑！穀子與高粱完全犧牲在烈日的光威之下，除卻從田野中弄來一些乾草，所有的農人白費了力氣與空虛的祈望。豆子開花的時候幸而落了兩場小雨，到收割時還可在好地裡收得三成，然而這一個半年中他們的支出分外多，催收過的預徵與討赤捐，差不多每一畝裡要有四塊左右。而種種小捐稅都在剝削著他們的皮肉，買賣牲畜，挑擔出賣果物，蓆子，落花生，凡是由地裡家裡出產的東西，想著到鎮上出賣的，都有稅。只是稅罷了，他們不知道為什麼要交拿那些？經濟，財用一類好名詞他們不會解釋，唯有看見鎮上每逢市集便有不少的收稅人員，長衫的，短褂子的，也有穿灰衣服的，十分之九是本處人，他們白瞪著眼打著官腔，口口聲聲是包辦的稅務，有公事，不然就拿人押起來。自然在鎮上有武器的人都聽他們說。於是雖有些許的小利，而老實點的鄉下人便不願意到鎮上去做生意。

經過夏秋的苦旱，田野與村子中是一片焦枯的如微火薰過的景象。一行行的高大的楊樹，榆柳，都早早脫落了乾黃的病葉，瘦撐著硬條向天空中申訴。田野中用不到多少人的忙碌，更是完全赤裸了全體。割過豆子後種麥田的人家也不很多，如疏星似的在大地中工作著的農人，疲倦地勉強幹活，見不出農家的活動力量的充滿。

十三　殘秋

　　土匪仍然是如打蝗蟲般的此起彼伏，然而農民的抵抗力卻不及春天了。他們沒有餘錢預備火藥，也沒有更大的力量去防守，實在多數人家是不怕那些人們來收拾的。有的是人，他們全拴起來看怎樣辦吧！這是一般貧民的普遍心理，無所戀守便無所恐怖，一切都不在乎的窮混。

　　陳家村雖然在夏天表演過一出熱鬧悲慘的戲劇，除去受了驚恐多添了兩家的孤兒寡婦之外，有什麼呢？雖然土匪也知道他們這邊的窮苦不常來騷擾，其實他們也一樣是無心作那樣嚴密的守禦了。

　　陳莊長仍然是得每月中往鎮上跑兩次，練長那邊的事情多得很，說不出幾天一回的分傳這些小村子的老實頭領去下什麼命令。有一天這花白鬍子的老人又從鎮上喘著氣跑回來，在他兒子召集大家捐款辦學的空農場上，他向許多人說趕快，只須半天預備車輛到鎮上去聽差。縣裡派著隊伍在鎮上催押，為的又送兵。

　　突來的消息，大家都互相呆看著，一個個的平板沒有表情的純樸面目，先是不做聲，後來有人問了：

　　「那裡來的兵？……多少？往那裡去？」

　　「多少？……你想這鎮上管的村子一共就要二百輛，多少還用提咧！……大約要送出二百里以外去，誰知道他們叫到那個地方住下？」陳老頭的聲音有些啞了。

　　誰也不再答話，同時槍托子，皮鞭，皮鞋尖，與罵祖宗的種種滋味，都似著落到各個人的身上。出氣力是他們的本等，沒敢抱怨，誰教他們生來沒有福氣穿得起長衫？然而出氣力還要受這樣苦的待遇，他們有與人一樣的血肉，在這個時候誰甘心去當兵差！

　　五輛車子，再少不行！自帶牲口，草料。到過午，鎮上的保衛團又來

送信，辦不成晚上就來人拿！

　　陳老頭急得要向大家跪求了，他說他情願出錢僱人去一輛。在這年代
誰情願？怨天？跑不掉有什麼法子可想！到後來好容易湊上兩輛，車子有
了，人呢？老實的農人他們被逼迫得無可如何，情願將瘦骨棱棱的牛馬與
他們的財產之一部的車輛，甘送上作他們的贖罪！可是誰也沒有勇氣去作
推夫。除掉陳老頭化錢多，雇了兩個年輕人外，還差五六個。時候快近黃
昏了，再不去就要誤差！晚風凜冽之中，陳老頭在農場裡急得頓腳，大家
縱然對這位老人同情，卻沒有說話的。

　　想不到的奚大有大聲叫著，他首先願去！誰都想不到，自從去年他這
沒敢往鎮上再去賣菜的老實人，現在有這樣的大膽。

　　「老大，這不是說玩話，你真能幹！」本來已經出了一頭牲口，陳莊
長萬沒想到他真敢去給兵大爺去當差。

　　「別太瞧不起人！你們以為我永遠不敢見穿灰衣服人的面？……我曾
經打過土匪，……也吃過子彈的！」他的話顯然是告訴大家，兵大爺縱然
利害，也不過如土匪一樣！

　　大眾的精神被他這個先告奮勇的勁頭振作起來，下余的幾個究竟湊得
出。在微暗的蒼茫野色中，這銜接的三輛二人推的笨重木車走出了村外。

　　大有在獨輪的後面盛草料的竹籮裡藏上了一瓶燒酒，幾個米餅，還有
一把半尺長的尖刀。

　　剛剛走到鎮上，從那些店鋪的玻璃燈光中看得見滿街的黑影。鎮上的
空地閒房與大院子住滿了各種口音的軍隊。炮車，機關槍的架子，子彈
箱，驢車，土車，也有他們推的。這樣獨輪車，牲口，行裝，填塞在巷口
與人家的檐下。究竟有多少兵？無從問起。鎮上的住戶沒有一家不在忙著

十三 殘秋

做飯。

　　大有第一次見到這麼多的軍隊，又知道這是沿著海邊由南方敗下來的大軍。聽他們異樣的罵人聲口，與革命黨長革命黨短的各樣咒罵話，他明白是前些日子在城中宋大傻的話的證實。他與幾個同夥找到了辦公所，替陳莊長將車輛報到，便聽那些人的支配。三輛車子，人，都吩咐交與聽不清的第幾旅的機關槍連。於是這晚上他們便隨同那些兵士露宿於鎮的東門裡的吳家家祠的院落裡。

　　不知道什麼時候動身？更不知向那裡走？好在既到了這邊，一切只可聽他們的皮鞭的指揮，問什麼呢！當晚上還發給了每人三張厚麵餅，與一個萵苣的鹹菜。

　　吳家家祠是荒落而廓大的一所古舊房子。大有以前記得只到過一次，在二十年前吧，他隨著奚二叔過年到鎮上來看那些「大家」的畫像，香菸繚繞中他曾在朱紅的漆門邊偷看那大屋子中高高懸掛的怪象，在兒童期的記憶中，這是他最清晰的一件事。足以容納他那樣矮的孩子可以到難於數計的空洞洞的大屋，已經使他十分驚奇，而北面牆上寬的，窄的，穿著方補子，黑衣服，紅纓帽上有各色頂子的不同的畫像，有的瞪著有威棱的大眼，有的捻著銀絲似的長鬍子，也有的在看書喫茶，下棋，還有他叫不出那些畫中人在幹什麼玩意的畫軸，他在一群孩子中從門口爬望了一次。長的桌子，豐盛的筵席，各樣的盆花，比他的腰還粗的銅爐，與那些時來時去的穿著方補花衣，坐車，騎馬的一些老爺，演劇般的活動，都是照例到大屋子中向畫像恭恭敬敬地叩頭。他那時覺得這些高懸起的神像一定是有說不出的神力與威嚴，自己甚至於不敢正眼久看。除此以外，這古舊的家祠對他沒有留下其他的記憶。彷彿有不少的大樹與石頭堆，然而已經記不很清了。

在高黑的殘秋的星空下，他覺得很奇怪，又到這所大房子中重新做夢。他與同夥們都睡在院子中的車輛上，藉著剛進來時的燈籠映照，他留心看出這繁盛的吳家家祠也同他們的後人一樣漸漸的成為破落戶了！房頂上的情形不知道，從那些倒塌的廊櫓與破壞的門窗，以及一群群蝙蝠由屋子中飛出的光景上著想，一定是輕易沒有人修理，以及到這邊來保護他們的祖宗的靈魂的安居。這一連的兵士紛紛地背了乾草到正殿中睡覺。大有由破門外向裡看，快要倒下來的木閣子上的神牌似乎都很凌亂，灰塵，蛛網中沒失了他們古舊的莊嚴。地上的方磚已損失了不少，方桌沒有一張是完全無缺的。他從黑影中張望了一會，沿著石階走下來。

廣大的院子中滿是車輛與兵士的器械，大樹下拴著不少的牛、馬，在暗中互相踢動。推車的鄉下人就在這裡，幸而地上滿生著亂草，厚的地方幾乎可當作褥墊。不知名的秋蟲在四處清切地爭啼。大有找到了同村子的夥伴，黑暗中吃過晚飯，沒處找開水喝，他們只好忍著乾渴。

正殿中的搖搖的火光中間雜著異鄉人的大聲笑語，不知他們從那裡弄來的酒，互相爭著喝，猜拳與打鬧叫罵的聲音不住。他們是到處都快樂的！雖然從遠遠的地方沿著長的旱道敗下來，仍然有這麼好的興致。大有慚愧自己太固執了！他想：怪不得大傻樂於當兵，當兵的生活原來有想不到的趣味，同時幾個左近村莊的車伕也低聲談著他們的事。

「到底什麼時候動身？把咱們早早的弄在一處，說不上半夜裡就走？」受了陳老頭的雇錢的蕭達子咳嗽著說。

「管什麼！你才不必發愁，你又不推，只管牽牛不出力氣。陳老頭這份錢算是你使的頂上算！」二十多歲的徐利不高興著答覆。

「別頂嘴！出力不出力，咱總算一夥兒，這趟差說不定誰死誰活，誰

十三　殘秋

也猜不準！我那會聽見連長說明天要趕一百里地住宿，當然不明天就得走。……一共從鎮上要了一百幾十輛的二手車，套車，牲口不算，聽說軍隊還有從西路向北去的，大約總有四五萬。」另一個別的村子的推夫說。

「那裡下來的這麼多？」有人問。

「真蠢！到鎮上半天你難道沒聽見說這是由海州那面敗下來的？」

「這一來，經過的地方吃不了兜著走！」

「說話也像說的！」那個頗伶俐的人把這個冒失問話的推了一把。「瞧著吧，誰教咱這裡是大道躲避不了，跟著幹就是了！……」

正殿中亂雜的謔笑，那個曾來注意這一群像牲畜似的推夫！大門上早已站了雙崗，不怕他們偷跑，既然勉強來當差的這些農人，現在沒有跑走的想頭。他們設想再到一個大地方有了替代他們的另一夥，自然可以早早趕回來。不過有些送過兵差的經驗的卻不存這樣的樂觀。

無論明日如何，當前的渴睡不能再許他們這些賣力氣的作嘆息的談話。唯有大有在這樣的環境之下又犯了他的不眠的舊病。天氣太涼，幾個人共同在地上，車子上，搭蓋一床破棉被，愈睡不寧，愈覺得瑟縮。高牆外面現在已經沒了那些人語爭吵與雜亂的足音，一切都歸於靜寂。人太多了，巷子中的狗也不像平時的狂吠。正殿上的兵士大都在夢中去恢復他們的疲勞，與妄想著戰勝的快樂，只有一盞燈光慘淡的由沒了糊紙的窗中射出。四圍有的是呻吟與鼾齁的睡聲。他仰首向空中看去，清切切的銀河中如堆著許多薄層的棉絮，幾個星光永遠是在上面著眼看人，偶然來一顆流星，如螢光似的飛下去，消沒在黑暗之中。身旁的大百合樹葉子還沒落盡，飄墜下的小扇形葉械械作響。夜的秋樂高低斷續，永不疲倦地連奏。大有雖是一個質樸的粗人，置身在這麼清寂的境界之中，望著大屋上瓦做

的怪獸的淡影，也不免有點心動。

　　本來是激於一時的義憤，而且要努力自己吃苦，多歷練歷練這樣的生活，也可以一洗從去冬以來怯懦的譚號，所以強硬的自薦來當兵差。自夏天與土匪開火後，他已經膽子大了許多，比起從前是有大的改變。城裡的遊覽，與種種刺激，使他漸漸對於什麼都可以放膽作去的心思是在他的意識中暗自生長著。他看見握槍與武裝著全身的人，縱然時時提起他的舊恨的顫慄，卻沒有畏懼的意思了。而現在又是為另一份大兵當推夫，原來給他侮辱的那一隊早已開拔。

　　對於毒惡的人類，他現在要盡力看他們的橫行，卻不怯陣。不過在這樣陰森森的古廟般的大院子中，他反而有點空虛的畏怖。雖有天上的溫柔明麗的光輝，終敵不過這人間暗夜的森嚴。

　　彷彿有幾顆咬牙瞪眼的血頭在草地上亂滾，院子的東北角上有幾點發藍的閃光，他覺得那一定是鬼火。大樹的長枝也像一隻巨大的手臂，預備將他的身體拿過去。他驚得幾乎沒跳起來。從別人的腋下拉拉被頭矇住了眼睛，心頭上還是卜卜地躍動。

　　第二天，從掛上紙糊的燈籠時摸著路走，子彈箱裝滿了車子，有時還得輪流著上去兩個老總。沉重的鉛，鐵，比起柔軟的農作物下墜得多。大有情願賣力，他推著後把；車子是一輛一輛的緊接著，他不能往後看，也來不及向前張望。鄉道上是多深的泥轍，兩只腳不知高低地硬往前闖，只可緊追著前把。兩條用慣了筋力的臂膊端平了車把，肩頭上的絆繩雖是寸半寬，而往皮肉中下陷的重力彷彿一條鋼板。他與許多不認識的同夥走的一條道路，擔負著同一的命運。在天未黎明時趲行這不知所止的長道。他們想什麼呢？都小心提防著盡力推動他們的輪子，任誰也來不及在這樣時

十三 殘秋

間中有閒心情作利害的打算！

總之，他們許多車子與許多同夥正在聯繫成一條線，成了一個活動有力的有機體，在曠野中尋求他們的歸宿！

自然在周圍監視著他們奴隸著他們的又是一些同夥，那些人認為天下是由混打來的，穿起武裝，受著戰爭的鞭打，在擔負著另一種的命運，顯然與他們不同！

初走起來都還抖著新生的精神與體力，在難於行動的路上盲目似的向前趕。兵士們也是朦朧著眼睛，有的還認不清本營或本連的車子在前在後。及至曙光由東方的冷白的霧氣中騰躍出來，大地上都分清了各種物體的形象，那些破衣帶鞋絆的倉皇狀態的兵士便有點不容易對付了。

有的叱罵著推夫們走的太慢；有的又嫌牲畜瘦得不像樣子；有的抱怨天氣冷得早，而大多數是用力的咒著現在清閒沒有戰事。敗，他們不忌諱，然而不承認是真敗。為什麼打仗？誰也說不出，他們以為開火便是應該的事；只要打，總比敗下來閒著好。至於敗得容易，或者死傷，在那些神氣明明像不值一打的疲勞的漢子們的心裡滿不在意。大多數已經從輾轉的苦戰中變成了不與尋常人一樣的心思，為的他們上官的命令，拖著疲弱的腿，從福建拖到江南，從江南一路流著血汗又拖到這個苦地方來。他們還不知道怎樣解決他們的生命。他們還沒找到怎樣恢復他們健全精神的方法，他們急切還沒有鐵一般的自己的組織，他們只好將那股說不出的怨氣向到處的沒有武裝的人民身上發洩。

的確他們也是每天在疲勞苦難中掙扎著。涼風清露的早上，在大多數的人都穿上裌衣了，而都會中的行樂的男女應該是披上呢絨的時候，他們還是那一身又破又髒的單軍衣，領子斜下，袖口上缺了一片，有的連裹腿

都不完全，鞋子更不一律：皮靴，紅番布鞋，青布鞋，有的還穿著草履。泥土與飛塵深浸在他們的皮膚裡，黃黑中雜以灰色，映著閃閃的刺刀光亮，如從地獄中逃出的一群罪犯。就是那些馳驅在血泊裡的戰馬，在這平安空闊的田野中走去更顯出柔弱瘦削的體態。他們的腿彷彿是用不多的錢買來的一樣，盡力的用，盡力的驅迫著它們，走過平原，越過山嶺，穿行在森林中間，泥，水，石塊，都得拚命地去向前踏試。其實這些兵士的頭腦也像買得他人的一樣，茫無頭緒，又是一點主張沒有的。戴在他們的肩上，自己對它們似是什麼責任也不負。

大有與同夥們隨從的這一連兵士，一切都較為整齊。因為他們的武器全都裝在車子上，除掉有幾十支步槍與連長的手槍之外，別的人可以空著手走。然而他們還有鞭子，木條子在手中時時揮動，如驅羊群一樣的監視著這些喘著粗氣汗滴在自己的足下的推夫。究竟是比較別隊的兵安逸些，自然也減去了不少的火氣。大聲罵及祖宗的後，挨著聽，可是實行鞭打足踢的時候還少。這些奴隸般的推夫都在不幸中互相慶慰這暫時的好運氣！

好容易推出了一段泥轍，走上平整的官道。太陽已經在這個長行列的人群中散布著溫暖的明光。大有近來不常作推車的工夫，就在這兩點鐘的時間中已經把青布小袷襖完全溼透。及至走上大道，驟然覺得輕鬆了許多，兩肩上的鋼板似乎也減輕了份量。他這時才能夠向四處望望，並且奇異的探查他的主人們的態度。

愈往北走，便可看見遠遠的山峰在朝日之下一派淡藍的浮光罩在上面。永久的沉默，卻似乎貯存一種偉大的力量，向這群互相敵視的人類俯看！脫葉的疏林向上伸著一無所有的空枝，像要從無礙無拘的大空中拿到什麼。在瘦硬的樣子中顯露出它們不屈的精神。郊野裸露著剝去了皮膚的胸膛，無邊際的延擴去，在微微喘動它的郁苦的呼吸。多少枯蓬，碎葉，

十三 殘秋

在這片生氣凋殘的地衣上掙扎著它們零落的生命。大有沒有詩人的習感，對於這些現象一點淒清感嘆的懷想生不出來，從悶苦的暗夜中好容易挨到能以清視這清明光景的時候，他覺得有說不出的歡喜！兩膀下驟添了充實的力量，雖然是被他人驅迫，喝斥著，他仍然不能消滅了他的在郊野中出力的興趣。他看看那些紅眼灰臉的武裝人們，疲懶的腳步都懶得向上抬動的神氣，他頗有點瞧不起！他想如果將這些點綴，或者只是夠威嚇鄉下人的武器加在他與他的夥伴們身上，豈不分外露出勇敢的精采！自從夏季的祈雨會的血戰以後，激發起他的好動與勇於拚命的潛在的生力。他漸漸對於以前很畏怕的兵士另懷了一種蔑視的心思。他們只知圖快活，與裝老虎的做作，足以暴露他們的怯懦，現在有這樣的機會，親眼見到從遠方脫逃的大隊狼狽的情形，在他心裡更覺出自己有應分的驕傲！

「他媽的！這些地方真不開眼！昨兒我拿了一包碎銀子首飾到一家雜貨店裡，只換它兩頭光洋。那個年輕的夥計死也不肯留下，一口咬定沒有錢！混帳！管它的，我終竟問他要了兩包點心。」

車子旁的一個兵同別一個的談話，引起了大有的注意。

「怯！老標，你真不行！如果是我，給他媽的兩槍把子，準保會弄出錢來 —— 你知道這些人多刁？他怕留下銀子，我們再去要，狠心的東西！全不想想我們弄點彩頭也是從死人堆裡爬出來的！好歹這點便宜都不給，難道一包銀首飾只值兩塊大洋？」這個粗聲的漢子的口音像是江北人，大有從前往南海販魚的時候曾聽過這樣口音的魚販子說過話。

「老百姓也有老百姓的傻心眼，別淨說人家的不是！前三天忘記是到了什麼集鎮，五十八團的一個兄弟牽了一頭牡馬向一家莊稼人家送，只要五塊大洋。那個人貪便宜就照辦，可是教別一位知道了，去過第二次，說

是這是軍隊上的牲畜，他私自留下，非拉他去不可！……又是五塊完事。你猜，住了一天，聽說就去過四次人。末後，這個莊稼人一共化了二十多塊才了結，……老百姓怎麼不怕？」

這個黃臉的兵似乎還為老百姓爭點理，大有不禁歪著頭向他狠狠地看了一眼。

「貓哭耗子般的話！虧你好意思說得出。橫豎還不是那會事。我們從福建奔到這裡，誰不是父母爹娘生養的？這份苦又誰不記得？── 記他媽的一輩子！拚了命為的什麼？老實說，官，還有窮當兵往上升的？扛槍桿，站崗，掘戰壕，永遠是一個花樣。碰運氣不定多會掛了彩，半死不活的丟在荒野裡，狗都可以一口咬死！兄弟，你說我們圖的那一條？不打仗沒活幹，打起來卻令人死也不明白為什麼！自然，這根本上就不是我們應該問的。命令，命令！還有說得中聽的紀律！什麼？就是終歸得要你的命！……難道這份窮命一個大也不值？老百姓與我們弄到現在成了兩路上的人，其實我們有幾個不是老百姓出身？還有什麼不知道？可是幹什麼說什麼！我們連命都保不住，餉，他媽的沒的發！衣服冷熱這一套！打死還不及拍殺一個蒼蠅！怎麼我們光光的拿出好心眼來做善人？……人家都罵當兵的沒有好東西，強搶，騙人，姦盜，……可沒有給他們想！不錯呀，人一樣是血肉做成的，誰願意做壞人！……自己連人也算不上，管它好壞！……」

初時高喊老標的這個大黑臉，楞眼睛的高個，他毫不顧忌地高聲反駁著黃臉兵的話。在前面散開走的他的同連都回過頭來瞧著笑，而那些推夫卻毫無表情的靜靜地聽。

「對呀！做一日和尚撞一日鐘。那天咱得安安穩穩地當老百姓，也是

十三　殘秋

那一派！」

「老黑真帶勁，幹就像幹的，做一點好事也不能不入在死城！」

「餓著肚子，拿著性命開玩笑，難道就只為那一月的幾塊錢？—— 人家得到好處的怎麼盡力的摟咧！」

應和著這有力的反駁議論的人很多，那黃臉的兵帶著淒惶的顏色慢慢道地：

「兄弟們只顧口快。前兩個月我接到家裡一封信，真見鬼！像是從天上掉下來的。幸虧在上海郵局的一個親戚，他設了許多法子方才遞到。你們猜，我們老鄉在這連裡的並不少，好！我家還住在城裡，被×× 軍的× 旅進去，又沒曾開火，收拾得乾乾淨淨。一個去年娶過門的小兄弟媳婦，被那些狗養的活活奸死！—— 這是什麼事！」

「怪不得你說，敢保咱這裡兄弟們不幹這一出把戲？過了江的那種情形，無法無天，什麼幹不出來？—— 你太小氣，乾脆不管，權當咱是出了家！」另一個兵士苦笑著這樣說，其實從他的居心強硬的口吻中聽來，他心裡也有他自己的苦痛！

「你還算福氣！—— 其實白費。不是出家，我們直截了當的是丟出了的人！家，連想也不必想，誰敢保人家不搶，不奸，不拴起家裡的人來活受！想就當得了？怎麼？修行吧？該死的還得死，罪一樣受！」

黑臉高個雖是這麼說，他的楞楞的眼睛裡也有點暈痕。

大有的車子正推在這幾位高談的兵士中間，他們的話與種種神氣都可以看得到聽得清。他是頭一次能夠聽到當兄弟們的心腹話，同時他對於平日很仇視的他們也明白了許多，知道他們也一樣是在苦難中亂踏著走的人們！

連接著沒曾歇足的走了三天。每到一處照例是紛亂得不可形容，食物，牲畜，乾草，用具，隨在是爭著搶拿。經過更窮苦的村莊住在農人們的黑黝黝的屋子裡，女人多數早已避去，連壯健的青年也不容易見到，都是一些老人，將瘦削的皮骨歡迎他們的馬鞭，槍托的撞打。他們雖然強迫找牛，馬，人夫，費盡了力氣，沒有什麼效果。因為愈走愈是一帶旱乾很重的地方，農人們夏天的糧粒早已無存，更向那裡去弄很多的食物，供給這群餓兵。因此從陳家村左近推來的許多車輛，—— 更遠的有跟了他們從幾百里外來的人夫，捨不了自己的生命與他們的牲畜，一天天的挨下去，出賣著筋力，甚至飯都沒得吃。

　　兵士們的焦躁，暴怒，與推夫們的疲苦，憂愁，混合著在這段荒涼的大道之中，形成互相敵視，而又是彼此沒有方法可以解決的困難。那些騎馬的高級軍官儘管是在假充的威嚴中發著種種命令，然而弟兄們的冷嘲，熱罵，與抵抗的態度，他們裝做不曾聽見。兵士的憤怒無所發洩，卻全向推夫們出勁。

　　冷餓，罵詈，與足踢，鞭打的滋味，漸漸的使他們每一個都嘗到了。蕭達子本來是癆病鬼的一付骨架，雖是永遠在車子前頭叱扶著那隻缺少餵養的瘦牛，而三天中的辛苦引起他的咳嗽，咯咯的痰湧在肺部的窒悶聲音，與瘦牛的可以數得清的肋骨中一起一伏的喘聲互相和答。還不時被旁邊的兵士瞪大了眼睛怒罵他不趕著牲畜快走。他的破了對襟的布夾短襖，對扣不住，黃豆大的汗珠由胸前滴到熱土裡去。他的光腳原來有很厚的皮層，可也經不起在石子路與深深的泥轍中的磨裂，第三天的下午，他簡直一步有一步的一片血印。沒有任何東西可以包紮，只能忍著痛苦往前走，好在經過一段塵土多的道路，裂口的足皮便被細土蓋住，直到走在乾硬或難行的地上再透出血跡。與大有推一輛車的徐利是陳家村中頂不服氣的一

十三　殘秋

個漢子，年紀很小的時候與宋大傻是淘氣的一對，上次與土匪作戰，他在村子裡一個人放步槍打接應。平時可以抗得起三百斤重的糧袋，這幾天來做了大有的前把，擔負著差不多將近千斤重的子彈箱與兵士們的行裝，食物。他在前面挽起車把，縱然少吃一頓窩窩頭，還能不吃力地往前拉。因此這力大的農人得到兄弟們的讚許，連帶著後把的大有也少受他們的鞭打。不過大有卻早已覺得跨骨的痠痛與臂膊上無力的顫動。

這一晚上他們宿在一個小小縣城的東關外。

從這一路來的軍隊也有五千多人，當那些馬蹄蹴踏著飛塵，炮車輪子響著砰轟的聲音衝入這縣城。方圓不過三里地的城中，即使搬出一半人家去還容納不下，紛亂了兩個鐘頭，究竟退出一千多人到東關露宿，大有與他的同夥便被分派到東關的空場子中。

一天的疲乏漸漸使許多推夫感到沒有剩餘的一分力量了！一天只吃了一頓粗米飯，空著肚腹直走了將近一百里地，他們的脊骨都似壓折，而每個人的腿部如果不是被車子的動力帶起來，馬上會委倒在田野裡。所以一聽說叫他們卸了絆繩休息，即時許多人橫直的躺滿了空場。

一點燈火看不見，平野中的村莊與窮苦的人家都早已防備著兵士的進攻，一盞燈也不點。從暗中可以隱約地辨出那傾斜的城門樓子，與城牆下的一行大樹。城中的人聲與調隊的號聲亂成一片，浮上空際，吹送到如被逐的喪家狗似的推夫耳朵裡，他們這時什麼都不能想，有食物也不能即時下嚥，人人渴望著睡眠。風吹露冷的難過，他們並沒想到，他們的身體也同載重的木車一樣，被人推放到那裡就是那裡。監守著這一群二百多人的兵士們，只有值班的幾十個人。誰願意在這樣清冷的夜裡與牲畜一同受罪，況且兵士們的兩條腿也一樣是早已站立不穩。在星光下面，他們也是

大多數倚著車子望下來，由假寐以至酣眠。

　　約摸過了兩個鐘頭，才由城中送來了不多的高粱餅子，幾乎是用沙土做成的餅餡。連冷水都沒處找，合起來每人可分半個。……誰都想不起吃，食慾像從大家的胃中口滑走了一樣。一會忽然從石街上跑來了兩匹馬，向監守兵傳令，要三點鐘就動身，明天晚上一定趕到城，是一百二十里的長路。

　　困臥的兵士們哼也不哼一聲，只有他們中的一個排長答應著，算是接了命令。

　　兩匹馬得得的蹄聲又奔回城裡去。

　　「媽的！沒有心肝五臟的長官，只會發這樣的鳥令！」

　　「走？他用不到腿，老子可是沒有馬騎！」

　　「不知勢頭，多早晚也得把這些行行子弄來嘗嘗咱的勁！」

　　沒有完全睡濃的兵士們不管顧的亂罵，他們的小頭領卻逛到另一邊去了。

　　大有與他的多少同夥沒沉睡的與忍不住饑餓強咬著粗餅的人都聽見了，誰也沒有話說，然而誰的憤怒也在心中向上高漲。沉默著，心意的反抗的連合，不用言語，似乎都體會得到。何況單獨是他們在城外，機會，──這幾天中誰也來找著恢復自由的機會！現在是不可失去的！天曉得！將要把他們帶到那裡去！沿道上已經沒有多少車輛可拿，即便拿得來，也未必放手！

　　極度的苦痛使他們忘記了車子，牲畜的處置，他們蘊藏著的脫逃的心意正在從一個心黏合到別一個的心裡。

　　恰好從晚上初吹起的西北風，將已經睡熟的人從沉重的壓迫的夢中驚

醒。那些兵士們在車旁蓋著毯子，與奪來的種種棉被抵抗著大野中的寒冷，沒想到他們的奴隸能夠趁這個時機要來爭回自由！除掉倚著枯樹算是守夜的兩個之外，推夫很容易不用動手的走去。大有首先與徐利打著耳語，他並且從簸籮裡摸出那把誰也不曾知道的尖刀。

互相推動的不須言說的方法，所有的奴隸都在朦朧中等待著。

徐利與大有先立起來，守住了倚著樹根在做夢的兩個兵士，一個「走」字由大有的口中低聲喊出，一群黑影從四圍中向南去的小路上奔去，不用催促，他們用很快的腳步飛奔。兩個兵在無意識中轉動身子，即時大有與徐利將他們抱在胸前的步槍奪過來，將刺刀對準了他們的咽喉。

這兩個疲倦過度的軍人勉強睜開眼看見這個奇異的景象，還以為遇到了敵人的夜襲，黑暗中兩條明光鋒利的尖刀在眼前逼近，習慣的威嚇使他們很機伶地閉了口，瞪著眼，似在求饒。

約莫他們的同夥跑出了半里路後，大有與徐利每人一個，牽住這兩個失了武器的兵的破衣領往前走！刺刀的尖鋒仍然在他們的面前。

要報復的沉著的精神，與恐怖的心理相對照。這突來的襲擊，兩個兵士現在也成了這一群呆笨的農夫的俘虜了。

拖著走了一大段路，可憐的被俘的做夢者並不曾認清敵人的面貌。到一片深深的土溝的上面，大有哼了一聲「走！」還是那個有力的口吻，由土崖上面用力一推，將他手中的俘囚推下溝去，那一個剛剛「啊喲」著，前邊的徐利照樣辦。

「叫嗎？就格你幾槍！」大有還向溝底下喊，其實他即時將手裡奪來的步槍往那一面的溝裡拋下去。

「怎麼不帶了去？」徐利似乎還不捨得這樣精美的武器。

「去他媽的！丟到左面去，這兩個小子摸不到。」

徐利順手也將武器從腳底下蹴去。

這來時的小路他們早早記清了，從滿野吹嘯的東北風中他們加緊了腳力，趕上先行的同夥。

十三　殘秋

十四　英雄

　　這一年的冬日雖然幸而沒再出兵差，然而接連著夏秋間的種種預徵，討赤捐，與地方上的附稅，大有又得出賣地畝，現在所剩下的只有春天與魏二共耕的二畝地了。地不值錢，鄉村中的人家要不起，也不敢買，只可向鎮上或城裡有勢力的主去賤賣，中間又有經紀的折扣，一畝很好的土地也不過幾十塊大洋。大有自從春天以來，對於土地的愛護心早已變了，他打定主意橫豎留不了多少年，這樣下去，早淨晚淨，還不是一個樣！況且實在是沒處弄錢交捐稅，不止他這一家，陳家村中每家都是如此。地太少的或者給別人家佃種的，雖然不用交納稅款，卻一樣是沒有生活。很有希望的秋收被空中的烈火烤乾了，甚至連別的東西也不能改種。想照從前做點手工活作種地的補助，做什麼呢？一切東西都用不到他們自己的製作，棉布，煤油，洋紗，小鐵器，一批批的從海口外運到各地方中去。城裡與大集鎮有的是批發的鋪子，由各個小負販到鄉村中賣，只是有錢，這許多許多舊日的農村中用不到農人拙笨的手再去製造什麼用品。製造出來又貴又難看，誰也不願意用。所以一到冬天，這一些窮苦的鄉民除去拿槍看守之外，任何事都沒得可做。大有本來原是老實的，自從經過了一些事變，使他漸漸明白了自己的周圍的狀況，與將來似乎沒有出息的苦悶。對付兵匪的能力，很奇異地日日增長。他於是在村子中漸漸被一般人所傾服了！從前嘲笑他不會賣菜被灰兔子打耳刮子的話再沒人提起。從單鋒脊偷營的戰功以後，他在這幾個村子中變成了僅亞於陳莊長的人物，這拚命的大有

十四　英雄

他自己也不明白何以從夏天來變成了周身是膽的「英雄」，然而因此他的生活卻愈發異樣了。

自從他首先倡議與百多個推夫從那個縣城外夜中偷跑回來之後，過度的疲勞與奔跑，他雖然得到許多農村人們的稱讚，然而在十月中旬他大病了一場。寒熱間作，夜裡說著令人不懂的癡語，吃著鄉村中的中醫的苦藥不見速效。他的妻很小心周到地伺候病人，把為孩子及全家趕做棉衣的工作也耽誤過去。

在病中，他每夜做著惡夢，彷彿是常在與許多人爭鬥，拳頭，尖刀，火槍，爬過山嶺與平原，盡力地向不知的敵人拚命，為了什麼當然不明白，然而他在夢境中是真的用力的爭打，並不是虛空的喊叫。他的妻在冒黑焰的煤油燈下看著他握拳，咬牙的怪樣，往往在第二天抹著眼淚向人訴說，一定是遇到了什麼邪祟，雖然也請過巫婆，燒過紙錢；但並不見有減輕病人怪狀的力量。直到吃過醫生的重量發汗藥之後方才略略好些。

正當大有臥在土炕上大病的一個月內；這鄉村中也鬧著一種神怪的新聞。不知從那裡來的一個遊方和尚到鎮上去化緣，保衛團丁為了驅逐閒人起見，並沒容許這一件僧衣一個小包裹的和尚多留。然而只有一天的工夫，卻給了鄉間的農民一陣絕大的恐怖！據說這個和尚曾在鎮上北門裡的一家人家裡——個自己做零活的木匠——治過病，用火炙的法子將木匠老婆的胃氣疼治好。因此在那一家的殷勤款待之中，他好意的留下了一張畫符子的長篇字紙，他說：現在應該又到了一個很大的劫運，從下年起，要十幾年內不復太平，怎樣屍骨填河，死人遍野，又怎樣有水，火，疫瘟，刀兵的種種災難，沒有善行的，與不早早求保護的人非死即病！總之，是任管如何逃不出這場劫難。他叫木匠與他的全家都要一天畫符子，燒著吃，又要每天誠心念佛多少遍，方可修行得日後在那洪水般的大災中

得到解脫。那誠篤的木匠自然是安心相信，況且和尚也說過，像夏天的旱災便是那未來的患難的第一次的樣子，是向許多人警戒的先聲。更傳說的是和尚剛出木匠的門口便不見了！……這樣新聞流行得異常的迅速，不到兩天，凡是圍著這個大鎮十幾里以外的鄉村都知道了。同時在那都不認識的木匠家的神仙似的和尚留下的符子與字紙，都彼此傳抄著看，忙壞了一些識字的小學生，雜貨店裡的小夥計，以及鄉村中能寫得上字的老先生。……陳家村隔鎮上更近，自然是個很適於宣傳這樣新聞的區域，於是差不多每家人家都在有人爭抄，或求著別人傳抄這樣的符籙。

在虛空，失望與本來已經是搖動的農民的心中，這突來的恐怖的預報很容易激動他們的樸宜的心！何況還附有救濟的方法，即使無效，他們在一切無所希望裡也願意去試驗試驗。在每年是忙著收割豆子的時候，現在卻都忙於傳說這件新聞，並且把那個和尚點綴上不少的奇蹟。他的指尖上能夠生火，他的小包裹中一定有不少的法寶，也許是濟顛的化身，不就是從西天佛爺那裡來的差遣。真實的情形，近幾年來刀兵，荒旱，都在鄉村中流行過，大家都知道每一個夜裡提槍防賊的生活，都見過滿道上逃難的景象，這神仙化的預言在人人的想像中並不覺得說的過度。誰都在等待著不久的未來的禍患，誰也明白以後不像是太平世界了！什麼怪事還沒有？他們在鼓子裡不得安眠，也不能了解這空空的大鼓是要如何破法。然而不能安穩，與日後沒有過法的預想，便恰似這傳抄的符籙一樣流行在每個人的心中！

大有剛剛出過兩場大汗，在炕上可以坐起來的一天，他的妻正在外間的白木桌子上看著叫聶子學畫符籙。去鎮上的小學不到一學期，幸虧他早已在陳莊長的私塾中附過學，還會寫字，於是在屋子的淡弱的陽光下畫符子也能畫得出。

十四　英雄

　　經過妻的裝點地解釋之後，大有也覺得奇怪，便要過符子的抄樣來看。

　　「誠心的事，你要洗洗手去拿，」妻熱誠的說。

　　「什麼？——我這兩隻手又沒殺人，怎麼髒的！」大有無力地瞪了瞪眼睛，卻立刻想起了在城牆上曾看過的殺人的印象，又聯想到在龍火廟前自己的槍法。

　　「也許曾打死過人吧？」這一轉念還沒完，妻已經恭敬地將白木桌上的符子樣雙手送過來。

　　大有略略遲疑地接過來，「如果真沒曾打死人？……」他想著，粗大的手指在空中抖擻起來。

　　一張黃表紙上面有許多歪歪扭扭的方形字塊，到後面才是那兩道符籙，大有驟然看見這朱紅色的畫符也覺得很奇怪，有一些圈，重疊的橫畫，一個字有多長，這些字形中包藏著什麼天機？他隨手又遞給妻。

　　「你叫聶子抄過幾張？」

　　「說是抄十張就可免罪！抄下來還要將符子用清水吞下去，——聶子不會寫前邊那許多字。我叫他只抄符子，先給你喝。」妻誠實地答覆。

　　「村子裡都在傳抄麼？」

　　「誰家也忙，可惜會寫字的太少了。西邊學堂的先生，頭一個月才從城裡下來的老先生也忙著寫，一天大概寫得出十多張。不會抄字的只抄符子也可以。酒店的小老闆，跑花會送封子的小李，都像學生似的終天的寫。……說，人不信，獨有陳老頭不信！」

　　「就是莊長老頭子？」

「旁的還有第二個？他老人器具麼事役經過，獨有這件事他向人說起便道是一派妖言。聽說連鎮上的練長家裡的人都吞了硃砂符子，並且用紅綢子裝起來帶在身上，怪不？陳老頭子偏不信！——人人都說他反常。本來快七十歲了，說不定風裡燭的有一天！……」

「陳老頭子還怎麼說？……」大有追問著。

「他說：這那會是正經神道，說不定是來搖亂人心的。他還說在這樣的年頭就會出這樣的事——你記得，這也不必然吧。我小時候曾在龍火廟——那時香火真大——給娘求過胡仙的神藥，你去過沒有？跪在那裡，好好的一包紙裡面就有些末子。」大有的妻一面將符子放在桌子上命孩子抄寫，一面拾起在炕上的麻線紮成的鞋底做著手工，這樣說。

「不錯！那一時傳的胡三太爺的神事真怪！龍火廟的道士真發過大財，得了不少的香錢，到後來不知怎麼便消滅了。我明明記得爹還是那香火會的會頭，——又記起來了，那正是洋鬼子造鐵路的第二年。唉！那時候的謠言到處都有，說鬼子能勾小孩子的魂，教堂裡弄了人去割開，取血配藥。T島那邊是片魔窟。請了外國的邪鬼來造路。這才多少年？我小時候聽見爹說過，可是後來什麼也沒了。怕坐鐵路上的車的也坐了，入教的仍然入，中什麼用！……」

因為符籙的談話引起了大有的童年的記憶，並且將在鐵路旁邊推煤炭時所見的種種光景也聯想起來。

他的妻低著黃鬆的髮髻做鞋底，聽他高興地說起舊事，也插嘴道：

「咱年紀不大，遇到這末梢年，見過的光景可不少！一年不是一年，你想都像這兩年的胡混，誰知道等到孩子大了還有的吃沒有？……」這是這位誠懇的女人的心病。眼看著家中土地一次次的典賣，錢又是那末容易

的拿給人家，丈夫還得與一些不知怎麼來的仇人拚命，地沒有好法子多出糧食，愈來愈不夠交割，好好的一個男人出了一趟兵差，回家就一連病了二十多天，這是多壞的運氣！

她平常不敢對丈夫提起，現在她說出來，枯澀的眼中包著沒有哭出的淚痕。

出乎意外的，大有這次並沒發他的老脾氣，他搓了搓手掌禁不住也嘆著氣道：「女人家怎麼也不明白這些事！我還不是糊塗到死，誰知道這幾年是什麼運氣！——你明白這壞運氣不是咱一家要來的！還有比咱苦的人家你不是沒看見。還有那些外縣來的逃荒的，賣兒女的，討飯吃的，一年中總可以有幾回。現在咱賣地，吃苦交錢，還能在這裡鬼混著住，比上不足，已經比起人家算好了！我明白，——不但我明白，再想和頭十年一般的過安穩日子，大家都沒有這份好命！陳家還不是一樣？獨有快活了小葵那壞東西！我在城裡聽人說，什麼事他也有份，就是會弄錢，巴結官，大紳士，可憐本是小財主的他那老爹，扶了拐杖到處裡跑受氣，媽的，小葵管麼！……常言說：兒孫自有兒孫福，罷呀！咱這一輩子還不曉得怎麼混過去，想著孩子不是傻！——誰沒有小孩，到自己顧不得的時候，夫妻還得各奔西東呢！」

妻的哀訴打動了這已近中年的大有的積感，他緊握著破棉被在炕上氣急他說將來的無望的話，妻的真情的眼淚卻再也忍不住，一滴一滴的流到鞋底上面。

十三歲的男孩在外間的木凳上停了筆向裡屋偷看，他的大眼睛瞧瞧像是生氣的爹，又瞧瞧似在受委屈的娘，……然而他的弱小的心靈中也像多少明白一點，他們是為的什麼這樣的難過。

三間屋子中一時是完全靜默了。只有紙窗外的風聲掃著院子中的落葉刷刷的響，一會，大有將緊握的拳頭鬆開道：

　　「還用難受！挨著，——挨著吧！橫豎有命！上一回沒死在那些賊兵手裡，從槍尖底下逃回人來，想將來還不至於餓死。自從我在鎮上遭過事以後，我也變了，害怕，愁，想，中麼用？瞪著眼瞧那些沒來到的光景！幹這個不成，改行，賣力氣！……你不記得陶村的杜烈麼？」

　　「哎！記起來了，你看我這記性，……」妻擦著眼淚說：「前三天剛剛你吃了藥發大汗的那天，杜家的妹妹還特意托她那村子中有人回來的便，捎了一點孩子衣服料給我，——與我曾在清明打鞦韆時認的，大約還因為你與她哥哥有來往，……那捎信的人說是杜烈問道你在家好不好？當時我正替你的病擔著心，也沒來得及好好問問她在外邊怎麼樣，只知道也在工廠裡做工，一個月可以有十六七塊錢。只可惜她娘已經看不見了！」

　　「一個月十六七塊？杜烈一定還得多，那不成每一月就有四十塊。真比咱在鄉間淨賣地過活好得多！」大有豔羨似的說。

　　「捨開家可不容易？」

　　「也得看時候，鄉下不能過，怎麼樣不得向外跑？前幾年到歐洲去做工的回來不是都買地，還會說鬼子話。」

　　「辛苦卻不容易受哩！」

　　「什麼辛苦，比挨餓受氣還強吧！咱憑麼？還不是到處一樣的賣力氣吃飯。……」

　　他的妻這時也將手上的鞋底放下來，牽著麻線想那些未來的不定的事。

　　外院的板門響了一下，妻剛剛從裡間伸出頭去。

十四 英雄

「大哥這兩天該大好了？我本想來瞧瞧，恰好陳老頭也叫我來哩。」質直的口音，大有在炕上聽明白進來的是患難相共的徐利。

徐利的高大軀體進門須彎著半個身子。他披著一件青布長棉袍，並沒紮腰，臉上烏黑，像有三天不曾洗過。頭髮很長，都直豎在頭上，到炕前他立住了。

「大有哥，可見你的身子多狼糠，咱一同出的門，我回來睡了兩天兩宿，什麼事也沒有，可把你累壞了！窮人生不起病，大約這些日子光藥錢也有幾塊？」

「可不是，徐二弟，秋天賣地下剩了十多塊錢這一回便淨出來了！」大有的妻立在門外的答覆。

「好！早淨了早放心，你可不要嫌我說話不中聽，存下幹嘛？給人家伺候下，犯不上！只要留得身子在，怕什麼，是不是？大哥，……哈哈！……」

大有在炕上坐著沒動，只是從臉上苦笑了笑，算是答覆。

徐利毫不客氣地坐在木炕沿上，重新端相著大有的臉面道：

「人真纏不過病魔，這二十天你瘦得多了 —— 這不好？咱算做對了，好歹的那些東西沒回頭來追抄。雖然大家丟了不少的車子，騾，馬，還得回來人！你那裡知道，一聽說咱跑回來，陳老頭子跑出去藏了七八天，誰不是捏著一把汗！我早打定了主意，管它死活，如果灰兔子們真來找事，跑他媽的，咱也有條命，不是一樣出去補名字？幾間破屋，無非是燒光了完事，逼著到那一步有什麼說的！……可是苦了你，這場病把你作踐得不輕！媽的！一個月下了二十九天雨，—— 該陰？倒楣的年頭，倒楣的運，誰逃得過？……別扯談，我今天來看病，也有正經事，老頭子昨兒同

156

大家議論了大半天。……」

「又是什麼事？不是要錢，也是要命！」大有迅快地問話。

「哼！頭一條猜得不對，媽的！現在又變了法子了，不要錢，你放心，要人！——幹什麼？說是修路。」

「修什麼路？又通火車？」

「差不多？要修汽車道。」

「修吧！橫豎咱多是坐不起汽車的人，我知道走幾十里地要兩三塊，……」大有憤憤他說。

「不是叫咱們修路人家坐車呀！」徐利慢慢道地：「縣上有命令，轉到鎮上，前天夜裡火速的招集各村的首事開會。」

「要人？多少錢一天？」

「你別裝傻了，化錢，叫咱們賣力氣？——賣力氣，是啊！從北縣的豐鎮修過來，一百二十里，叫當地人加工趕修，限十天，十天呀！全路完工。那裡沒完，那裡受罰！……怎麼修？自己帶乾糧，帶火，每個村子裡每一家都得出人，還有器具，哼！雖然不隆冬深九，地土可已經硬起來，要一鑌一鑌地掘。這是什麼活？誰聽見說過？慢了得罰，陳老頭子就是當差傳令，昨兒就為的這件事鬧了大半天。」

大有瞪著眼，像是驟然受了重大的刺激，說不出話來。原來站在外間的木桌子旁邊的大有的妻急著邁進裡屋子來道：

「像他這病人還得去？……」

「我為什麼來的？大嫂子妳想怎麼辦？陳老頭子還體貼人情，他首先說過大有還病著怎麼又當官差，你家裡別沒有人，然而這是大家的事，誰

也願意誰不去，後來還是老頭子出的主意，說不去沒法向大家說，找我來同你們說一句，可以出幾個錢僱人替？」

徐利的話沒說完，大有將破棉被掀開來大聲道：

「什麼？老頭子出的主意倒不差，可惜我現在把賣地的錢全化淨了！不去，不去，我偏去！省得叫人家作難！去！去！好不好再鬧上一場！……」

他一邊叫著，一邊汗滴從他的額上往下滴，大張著口向外吐氣，這顯見得是病後虛弱與過度的激動所致。徐利急急的將那條烏黑油髒的被子重新給他蓋上，擺擺手道：

「大哥，你別急，老頭子真是好意，除此外設法眼得眾人。抗又抗不了，後天就由城裡派監工的人來，拿著冊子查。……」

「查？誰教死不了，就得做牛做馬！你不必阻擋我，我大有死了也不使陳老頭子為難。我非去不行，一個錢我也不化，再回頭來請先生治病，那是活該！我看看到底路……是怎麼修法？……」

他的妻看見丈夫動了真氣，不敢說什麼，避在板門後用大袖口擦眼淚。徐利這一來也沒了主意，不知道用什麼話對這位病人解釋。

「哼！」大有喘著氣道：「橫豎是索命，我有病 —— 難道沒有病的就容易幹？從夏天起，咱那天不是賣命，還差這一次！什麼法子都想到，與窮人拚！……」

「凡事總有個商量，你病的才好，別淨叫大嫂子發急，你看她擦眼抹淚的！」

「哈哈！媽媽氣，中什麼用？大嫂！老實說，就是大侄也顧不的，總之，我一個錢沒的出，告訴咱那頭兒，謝謝他吧！幹什麼也去！……」

徐利沒有再可以分辯的話，他知道當大有氣頭上任管怎樣說的在情在理也是白費，他守著這心理異樣的鄰人，替他擔心！而大有的一攮槍的脾氣，他一向很熟悉，他要打定主意的事，別人怎麼勸說萬不會使他動搖他的信念。

喝過大有家的紅色的苦茶以後，徐利再不敢提起修路的事，只可在光線暗黑的屋子裡同大有夫婦說些閒話。幸而這性急卻不是心思縝密的病人，無論什麼事一經說過之後也就不再放心上。於是農田的經驗，與糧價的高低，幼小時的故事，都成了他們的談料。大有在久病後得到這個暢談的機會，精神上也覺得十分痛快。雖然明後天就要憑著苦身子去修路，然而他只有興奮，卻並不憂愁！院子中的大公雞喔喔的高聲叫著過午應時的啼聲之後，太陽漸漸西斜了。徐利起身要走，恰好聶子已將十多張紅符子抄完，大有的妻恭恭敬敬地拿到屋子裡，意思是要大有吞下去。大有蹙蹙眉毛沒說話，徐利在旁邊笑著道：

「看著大嫂子的好心好意，你也應分吞下去，難道還會傷人？何況你還一定要作官活，身子不比從前結實，就來一下吧！」

大有的妻趁他說話的機會便在大黑碗裡將一疊的黃表紙燒成灰，用白水沖開，遞到大有的手裡。她很小心地望著丈夫的顏色。

「好！就讓老利看一回咱的媽媽氣！也許吞過符子，高興不作路倒！……」

一口氣吞下黑碗中的紙灰，他與徐利彼此呆著臉對看著苦笑。

十四　英雄

十五　沉默

　　初凍的土地用鐵器掘下去特別困難。西北風峭冷的由大野中橫吹過來，工作的農人們還是有半數沒有棉衣。他們憑著堅硬的粗皮膚與冷風抵抗，從清早工作到過午，可巧又是陰天，愈希望陽光的溫暖，卻愈不容易從烏雲中透露出一線的光亮。鉛凝的空中，樹葉子都落盡了，很遠很遠的絕無遮蔽，只是平地的大道向前彎曲著，有一群低頭俯身的苦工在作這樣毫無報酬的工作。沿著早已撒下的白灰線，他們盡力的掘打，平土，挑開流水的路邊的小溝，一切全用你一手我一手的笨力氣。他們用這剩餘的血汗為官家盡力。三五個監工，——穿制服與穿長衫的路員，帶著絨帽，拿著皮鞭，在大道上時時做出得意的神氣來。

　　雖然還不十分冷，然北方的十月底的氣溫在冷天中幹起活來，須要時時呵著手，在清早上得先烤火。黎明時就開始修路，一樣的手，在監工的路員的大袖子裡伸不出來，農民們只能就野中的木柴生起火來烤手。這樣還時時聽到「賤骨頭」，「是官差就脫懶」的不高興的罵聲。他們聽慣了到處是利害的聲口，看慣了穿長衫的人的顏色，忍耐，忍耐，除此外更沒有別的方法可以報復。然而一個個心頭上的火焰正如乾透了的木柴一樣易於燃燒。

　　數不清的形成一個長串的工作者，有中年的男子，有帶鬍子的老人，還有幹輕鬆活的十五六歲的孩子。木棍，扁擔，繩，筐，鐵鍬，尖鑥各人帶的食物籃子，在路旁散放著。他們工作起來聽不見什麼聲音，大家都沉

十五 沉默

默著，沉默著，低了頭與土地拚命！只有一起一落的土塊的聲響。不過這不是為他們自己耕耘，也不是可以預想將來的收穫的，他們是在皮鞭子與威脅的眼光之下忍耐著要發動的熱力，讓它暫時消化於堅硬的土塊之中。至於為什麼修路？修路又怎麼樣？他們是毫無所容心的。

路線在頭三個月已經畫定了，到處打木樁，撒灰線，說是為了省時與省得繞路起見，於是那一條條的灰線，樹林子中有，人家的地畝內有，許多墳田中也有。本來不能按著從前的大道修，便有了不少的更改。然而因此那些修路員工便有了許多的事情要辦了。暗地的請託，金錢的賄買，聽憑那些不值錢的灰線的挪動；忽然從東一片地內移到西一片地內去，忽然掃去了這一家有錢人家的墓地，到另一家的墓地上去。這並不是稀有的事，於是灰線所到的地方便發生不少的糾紛。從三個月前直到現在，還沒有十分定明路線的界限，而每到一處人們都是十分恭敬，小心的伺候，誰也提防灰線忽然會落到自己的土地，墳塋之內。有官價，自然不是白白占人家的土地，然而那很公平，一律的不到地價一半的虛數，先用了再辦，發下錢來也許得在汽車的利潤有了十成的收入之後吧。所以原是為了利便交通的修路，卻成了每個鄉民聽說就要頭痛的大問題。

有些農民明明知道是自己隨著大家去掘毀自己的田地，卻仍然是閉著口不敢做聲。這只是一段也許長度不過兩丈好好的初下種的麥田，將加入肥料的土壤掘發出來。明明是秋天已經定好的路線，卻讓出來，那都是城裡或鎮上有錢有勢力人家的地方，應該他們不敢掘動。所以這一條幾十里連接中工作的農民，除了自盡的力量之外，還有說不出的情感壓在他們的心上。

大有頭一天的病後，出屋子便隨著陳莊長，徐利，跑到村南邊的六里地外去作這共同的勞工。他穿了妻給他早早縫下的藍布棉袍，一頂貓皮帽

子，一根生皮腰帶，在許多穿袂衣的農民中他還顯得是較為齊整的。雖然額上不住的冒汗珠，然而他確實還怕冷。勁烈的風頭不住的向他的咽喉中往下塞，他時時打著寒顫，覺得周身的汗毛孔像浸在冷水裡一樣。陳老頭不做工，籠著袖頭不住的向他看，他卻強咬著牙根睬也不睬，努力扛起鐵器在徐利身旁下手。陳老頭從村子裡帶來將近百多人，卻老跟在他與徐利的身旁，他並不顧及別人的工作，只是十分在意地監視著這個病後的笨漢。徐利究竟乖巧，他老早就知道陳老頭小心的意思，並不是專為大有病後的身體，這一生謹慎的老人自從上一次大有帶了尖刀，率領著許多推夫從外縣裡跑回來，他常常發愁，這匹失了性的野馬，將來也許闖下難於想像的大禍。他並沒有嫌惡大有的心思，然鄉民的老實根性，激動他對於這缺乏經驗的漢子的憂慮。本來不想叫他出來，想不到仍然使出他的牛性，天還沒明，他抖著身子帶了鐵器來，非修路不可！……這些事徐利是完全明白的，所以他在工作的時間中什麼話都不多說一句。

大有自己也覺得奇怪，出力的勞動之後，他覺到比起坐在土炕上仰看屋梁還適宜得多。經過初下手時的一陣劇烈的冷顫，他漸漸試出汗滴沾在裡衣上了。雖然時時喘著粗氣，面色被冷風逼吹著卻紅了許多。用力的興味在他的自小時的習慣中隨時向外揮發，縱然幹著不情願的事，卻仍然從身體中找出力量來。

「老利，說不上這一來我倒好了病，還得謝謝這群小子！」他高興了，並沒管到監工人還時時從他的身旁經過。

陳老頭看了他一眼。徐利道：

「你這冒失鬼，說話別那麼高興！病好了不好？應該謝謝我是真的！」他故意將話引到自己身上。

「謝你！誰也不必承情，還是吃了老婆的符子得的力吧！回頭再喝他媽的一碗。」大有大聲喊著。

「怎麼，老大你也吞過那些玩藝？」陳莊長略略鬆了一口氣。

「怎麼不好吃？橫豎藥不死人。是？陳大爺，獨有你不贊成吞符子？」

「說不上贊成不贊成，吞不吞有什麼。這些怪事少微識幾個字的人大約都不信。」陳莊長捻著化了凍的下鬍說。

「不信？這個，為什麼跪在太陽裡祈雨？就信？不是也有許多認字的老頭？」徐利在陳莊長左邊俏皮著說。

「這你就不懂。祈雨是自古以來的大事，莊稼旱了，像咱們以食為天，誠心誠意的求雨，是大家都應該幹的！不是吞符子，撒天災的妖言。」

「好誠心誠意的！祈下來一場大戰，死了兩個短命的！小勃直到現在那條左腿不能動，——也是靈應？陳大爺這些還不是一樣的半斤八兩，信也好不信也好！」徐利的反駁，又聰明又滑稽。

「聽說南鄉的大刀會是臨上陣吞符子，還能槍刀不入呢。」大有不願意陳老頭與徐利說的話都太過分，便想起了另一件事作為談話的資料。

旁邊一個年老的鄰居接著答道：「別提大刀會，多會傳過來才算倒運！我上年到南山裡去買貨，親眼見過的。哈！練習起來恰像凶神，有的盤著大辮子，帶紅兜肚，亂跳亂舞，每個人一口大刀，真像義和團。……」

「真是槍彈不入？」徐利問。

「老遠的放盒子炮，——好，他們那裡並不是沒有手槍，快槍，當頭目的更是時刻不離。……誰看得清是有子彈沒有？明明朝著帶紅兜肚的胸口上打，他卻紋風不動站在那裡。後來從地上撿起落地的子彈來，說是穿

不過裝符子的兜肚。……」

那做工的老人在他們前邊彎著腰揚土，口裡說著，並沒回頭。大有這時覺得出了一身的大汗，氣力漸漸鬆懈下來，便直起脊骨倚著鑔頭道：

「陳大爺，你老是不信，這麼說來，──那和尚顯然是來救命的了！你不吞可不要到後來來不及。」他有心對陳老頭取笑。

「老大，你放心，我那年在直隸的大道上沒死於義和團大哥的手下，想來這一輩子還可以無妨。說起義和團，你們都不知道，那才是凶勁！記得到滄州店裡一同捉起了十多個人，排成行，燒起香來，香菸不向上走就開刀。直到現在我記得明白，是厚脊的大刀，真亮，砍起人來就像切瓜，不含糊，頭落在地上要滴溜溜滾得多遠。幸而砍到末後的三個人，那裡香菸又直起來，好歹鬆了綁，打發起身，我就在那三個人之內，『死生有命』，從此我真服了！……」

「所以陳大爺用不到再吞那怪和尚的紅符子！」徐利接說了一句。

「吞不吞沒有別的，你總得服命，不服命亂幹，白費，還得惹亂子！我從年輕時受過教訓，什麼事都忍得下，『得讓人處且讓人』！不過年紀差的，卻總是茅包。……」

大有向空中噓了一口氣。

陳莊長向左邊踱了幾步，看看監工人還在前面沒走過來，又接著說：「老大，你經歷的還少，使性子能夠抵得過命？沒有那回事！這幾年我看開了，本來六十開外的人，還活得幾年？不能同你們小夥子比硬。哎！說句實在話，誰願意受氣，誰也願意享福呀！無奈天生成的苦命，你有力量能夠去脫胎換骨？只好受！……」他的話自然是處處對準這兩個年輕不服氣的人說的，徐利更明白，他一面用鐵鍬除開堅硬的碎石，土塊，一面回

覆陳老頭的話裡的機鋒。

「我從小就服陳大爺，不必提我，連頂混帳的大傻子他也不敢不聽你老人家的教導。實在不錯，經歷多，見識廣，咱這村子裡誰比得上？可是現在比不了從前了！從前認命，還有的吃，有的穿，好歹窮混下去。如今就是命又怎麼樣？挨人家的拳頭，還得受人家的喝斥，那樣由得你？怪和尚的符子我信不信另說，——可是他說的劫運怕是實情。年紀大了怎麼都好辦，可是不老不小，以後的日子怎麼過？無怪南鄉又有了義和團。……」

「趕活！趕活！」陳莊長一回頭看見穿了黃制服青褲子的監工人大踏步的走過來，他即時垂了袖子迎上了幾步。

鷹鼻子，斜眼睛的這位監工員，很有點威風。他起初似乎沒曾留意這群農工的老領袖，恭敬地站在一旁等待著問話。他先向左近彎腰幹活的農人看了一遍，聽不見大家有談話的口音。他彷彿自己是高高的立在這些奴隸的項背之上，順手將挾在腋下的鞭子丟在路旁，從衣袋裡取出紙煙點火吸著。然後向陳莊長楞了一眼。

「你帶來多少人？」聲音是異常的冷屬。

「一百零四個，昨兒已經報知吳練長了。」

「瞎話！說不的，過午我就查數，晚上對冊子，鐪了？……哼！受罰！這是公差，辛苦是沒法子的事，大冷天我們還得在路上……受凍！」

他後面的兩個字說得分外沉重，意思顯然是：「我們還要受凍呢！」陳老頭十分明白這位官差的意思。

「本來為的是好事，誰也得甘心幫忙。路修起來，民間也有好處——這裡沒敢報假數！」雖然這麼說，可也怕這位官差不容易對待，有別的話

暫時說不上來。

「甘心麼？這就好！」這位黃制服的先生重重地看了陳老頭一眼，便跨著大步過到路那邊去。

徐利趁工夫回過頭來向陳老頭偷看，他那一雙很小的眼睛直直的送著那官差的後影，臉色卻不很好看。

勉強挨到吃中飯，大有已經挫失了清晨時強來的銳氣了。在土地上守著，乾硬的大餅一點都不能下嚥，汗剛出淨，受了冷風的吹襲身上又重複抖顫起來。有村子中送來的熱湯，他一氣喝了幾大碗。老是不曾離開大有身旁的陳莊長，他的過度的憂慮現在可以證明，大有還不能戰勝他自己的肉體的困難，所以那太小心的防範，自己想來不免有點愧對這位老鄰居的兒子！看到他一會發燒，一會害冷，並且是的確沒有力氣支持土地上的工作，他將徐利叫在一邊，偷偷的說了幾句話，徐利走過來對大有勸說，還是要他回家。陳老頭已經派人去叫他的聶子來替他抬土，本來可以不用，因為下午要點工，還怕大有回不過賭氣而來的話，只好這麼辦。

強毅的心力抵不住身體的衰弱，午後的冷風中仍舊由徐利扶著大有送回家去。路上正遇著那紅紅的腮頰的小學生，穿著青布制服到大道旁替他爹作工。

直到徐利走後，大有還是昏昏迷迷地躺在炕上睡。他的妻守在一邊，大氣也不敢喘。她是一個鄉村中的農婦的典型，她勤於自己應分的工作，種菜，煮飯，推豆腐，攤餅，還得做著全家的衣服，鞋子，好好的伺候丈夫。她自在娘家時吃過了不少的苦楚，從沒有怨天咒地的狠話。近來眼看著家中的日月愈過愈壞，丈夫的脾氣也不比從前，喝酒，賭氣，好發狠，似乎什麼都變了！她不十分明白這是為的什麼，末後她只好恨自己的命運

不濟！這些日子大有的一場重病，她在一邊陪著熬煎得很利害，雖然有杜妹妹託人捎與她衣料，難得的禮物，但相形之下更加重她的感嘆！

　　一夜沒得安睡，拗不過大有的執氣，天剛明就把他送走。直到這時又重複守著他躺在炕上。她誠心感激陳莊長與徐利的好意！自然也不放心孩子去做工，究竟她希望丈夫快快復原，好重新做人家，過莊家日子的心比什麼還重要。

　　初時她什麼活都不作，靜靜的守著氣息很重的病人沉睡。經過一個小時後，她漸漸有些熬不住了，倚在土牆上閉著眼休息。

　　其實大有完全沒有睡寧，自從倚在徐利的肩頭上從野中走回來，他覺得他一身的力氣像是全個融化在泥土裡似的。耳朵旁邊轟轟著數不清的許多聲音。一顆心如同掉在灼熱的鍋中，兩隻腳下全是棉絮般的柔軟。直到在自己的炕上將身子放平了，他什麼話都不能說。徐利的身影，與妻的面貌，都還看得清，卻怎麼也沒了說話的力量。微溫的蓆子貼著熱度頗高的肌膚，他得到一時的安息，少睡一會，卻夢見不少的怪事。

　　彷彿先到了一個偉大的城市，數不清的行人，種種自己沒曾坐過的車輛，滿街上飛行著奇異的東西。地面上相隔不遠便有一堆堆的血跡，不知是殺人的獸類，還是死的孩子的紅血？沒人理會，也沒人以為奇怪。很多的足跡踏在上面，那些美麗的鞋底將血跡迅速的帶到別處去。於是他所看到的地方幾乎全是一片血印。自己不敢挪步，也想著學那些很雍容華貴的男女們絕不在意地走上去，卻覺得終於沒有那樣膽量！……一會，又到一處，本來是隱約著曾看見一大段樹林子，陰沉沉的沒有天日。現在卻連樹影也沒了。四處儘是無盡的黑暗。他不知道自己在那黑暗中待了多久，呼吸十分不順，恰像悶在棺材裡面。……不過一轉眼的工夫，在光明的大道

上看見了爹的後身，他彷彿背著一個沉重的包裹往前走，不歇腳的走去，他盡力追，腳下卻老用不上十分力量，如踏著綿紙。一會又像是掉在鬆鬆的沙堆裡，愈要向上跑，愈起不動身。……空中傳來很多的槍聲，眼前的光明失去了，陰暗，陰暗，從四圍很快的合攏過來；在晦冥的前面伸過來一隻大手向自己拿，並且那大手指尖向自己的頭上灑著難聞的臭水！……不久，喉嚨已經被那大手叉住了！……

醒過來，眼光驟然與牆上所掛的煤油燈光相遇，很覺得刺痛。屋子中什麼人都沒有，窗子外的水磨轆轆似的響動，一定是妻在推磨。自從將那匹牝驢丟給向北去的逃兵後，妻便代替了驢的工作。他聽得很分明，那轉過來的腳步輕輕地是妻的布底鞋的踏地聲。風還是陣陣的吹，門外的風帳子上的高粱葉的響聲如同吹著尖音的嘯子。炕頭上一隻小花貓餓的咪咪的叫著。他覺得黏汗溼遍了全身，如同方從很厚重的夾板上放下來，一動都不能動。夢中的種種景象還在目前。他在平日勞動慣了，輕易不曾做夢，除去小的時候也夢過在空中飛行，在人家屋脊上跳舞之外，偶爾做的夢不等到醒來早已忘了。一起身就忙著出力的農家生活，來不及回想夢裡的趣味。然而這一次稀有的怪夢，從下午做起，直到醒後，他一切都記得分明。過度的病中的疲勞，與心理上的變化，融合在複雜的夢境之中，這不能不使得自己十分驚異！

妻推完了碾高粱面的石磨後，恰好徐利送聶子回來，一同到裡屋裡，她首先看見那十三歲的孩子還有不少的汗滴流在兩個發紅的小腮上。徐利這高個兒一進門並不待讓，便橫躺在大有的足下。

「好媽的！修路真不是玩藝！不怕賣力，只怕出氣！ —— 大嫂，你想有那麼狠的事？那把式監工的，一連抽了七八個，這是頭一天，幸虧大有哥早回來，氣死人！……」

十五　沉默

　　大有的妻一邊領著聶子給他用破手巾擦汗，一邊卻問徐利道：

　　「打的誰？」

　　「咱這村子裡就有兩個，蕭達子和小李。」

　　「唉！偏偏是蕭達子，沒有力氣偏挨打！」

　　「哼！他媽的！」徐利一骨碌又坐起來，「為的什麼？就是為他兩個沒力氣多歇了一會，──不長人腸子的到處有，怎麼鑽狗洞弄得這狗差使，卻找鄉下人洩氣！那些東西的口音左不過這幾縣，他就好意思裝起官差，扯下臉皮的這麼凶幹！連陳老頭也挨著罵，不是為他早囑咐我，我給他一鐝，出出這口氣！……」

　　「徐二叔，你還沒看見呢，那一段上……還罰跪呢！……」聶子在一旁也幫著徐利說。

　　大有安安穩穩地躺在炕上，並沒說話。

　　「你看我這份粗心，怎麼大哥睡得好一點了吧？」徐利似乎到現在方記起了病人。

　　「虧得你二叔把他送回來！不聲不響，直睡，起初我看他一臉的火燒，往下滴汗，我真怕要使力氣使脫了可怎麼辦？到後來漸漸的睡寧，到推磨子時還沒醒，大約是一進來才醒的。」大有的妻急切的答覆。

　　大有瞪著紅紅的眼，點點頭。徐利在炕沿上看得很奇怪，他忍不住問道：

　　「你怪氣，別要變成啞吧？是沒有力氣說話？」

　　「不，」大有低聲道：「什麼……事，……什麼我都知道，喘……氣……不能說！」他的鼻翅微微搐動，胸腹上蓋的被子起落著，足以證明他的氣

170

息是很疲弱。

「沒有別的，簡直得教聶子替你幾天，再賭氣成不了！」好在這孩子也能下苦力，不是像鎮上的少爺學生，你倒可以放心。有我和陳老頭在一邊，準保不教他吃虧。明兒有工夫大嫂還得請請先生吃藥，究竟要拿身子當地種，再病得日子多了不是玩笑麼！」

徐利的氣還沒從話裡出得完，卻等不得了，緊緊布紮腰走出去，約好聶子明天一早到他家與他一同去做活。

他慢慢地走去，對於大有的不能說話很覺得怪，怎麼昨兒還有那股硬勁，一上午卻成了一條懶牛？他猜著這不僅是用多了力氣，一定是看著光景邪氣交攻的。他雖然粗魯，卻有一顆熱烈的心。自從夏天同大有打過土匪之後，把平常對大有瞧不起的心思沒有了。雖然比自己大，也不像自己無拘無束，而竟能與自己領頭從防守的武裝的灰兔子裡跑出來，這位力大的不很規矩的年輕人十分佩服！現在見大有病還不好，卻給他平空添上了一份心事。他盤算著，正走過陳莊長磚砌的門牆旁邊，從剛上黑影的木椿上看見一匹馱著鞍子轡頭的大馬拴在門口。他知道陳莊長家只有兩條牛，一匹驢子，「是那裡來的生客？」一個疑問使他稍停停腳步，向門裡看，彷彿是有什麼事故。靠大門很近的客屋中裡面有人低聲說話。徐利一腳走向大門裡去，一轉念卻又退出來。正在遲疑著，迎面走來一個人影，到近前，是陳莊長家的長工提著一捆買的東西。

「利子，」老長工對於年輕的徐利向來直叫他的小名，「又來找老頭子？正和旺谷溝的人說著話呢。」

「沒有事，去送聶子回家，剛走到這裡 —— 一匹好馬，原來是有客，是不是旺谷溝邢家來的？」「就是他那邊，才來到，家裡都吃過飯，現到

171

雜貨店打的酒。」

「這時候來，什麼？……」

「我方才聽了點話尾巴，是離旺谷溝二十多里地，不知從那裡下來的人，有五六百，像軍隊！誰也不敢信！逼著那一連的幾個村子糟踐，住了兩天還不走，情形不很對，邢家不是同老頭子兒女親家？怕突過來，急著送信，倒是一份好心！」

「鎮上也沒有消息麼？」徐利心頭上動了幾下。

「誰都不知道。」老長工低聲道：「因為弄不清是土匪還是敗兵。老天睜睜眼，可不要再叫他們突過來，剛剛送走了那一些，不是還修著路！」

徐利即時辭了老長工，懷了一肚皮的疑惑走回家去。

會享福的伯父正在小團屋子中過鴉片癮，徐利雖然是個楞頭楞腦的年輕人，因為自小時沒了爹，受著他伯父的管教，所以向來不敢違背那位教過幾十年窮書的老人的命令。每天出去，任幹什麼活，晚上一定要到伯父的鴉片煙床前走一走。他一闖進去，僅僅放的下一張高粱稭編的小床的團屋裡，他伯父躺在暗澹的燈光旁邊吞噴著有一種異樣的氣味的麻醉藥，並沒向他問話。他知道這位怪老人的性格，在過癮的時候不願意別人對他說什麼。徐利低著頭站在床邊等待那一筒煙的吸完。

名叫玄和的徐老秀才，這十年以來變成一個怪人了。他從前在村子裡是唯一的念書多的學問人，直到清末改考策論，他還下過兩回的大場。那時他不但是將舊日的經書背得爛熟，更愛看些講究新政的書籍，如《勸學篇》，《天演論》，以至《格致入門》等書，他雖然快到五十歲了，還懷抱著很大的希望。想著求得更廣闊的知識。及至停了科舉，自己空負有無窮的志願卻連個舉人的頭銜也拿不到手，這一處那一處的教學生，又不是他的

心思。所以他咬著牙不教子侄多念書，終天念《陶詩》與蘇東坡的《赤壁賦》，鴉片也在那個期間成了癮。本來沒有很多的產業，漸漸凋落下去，幸虧自己用口舌賺來的餘錢他就全化費在自己的嗜好上。民國以後，他索性什麼地方都不去，與陳老頭還談得來，眼看著那識時務的老朋友也逐漸的辦起地方事來，他便同人家疏淡了。在他家的舊院子中出主意蓋起了一座小團瓢，他仿著舟屋的名目叫做瓢屋。於是這用泥草茅根作的建築物成了他自己的小天地。一年中全村子的人很難得遇到這老秀才一次。徐利的叔伯哥哥在鎮上當店夥，兩個兄弟料理著給人家佃種的田地。這位老人便終天埋沒在鴉片的煙霧之中，幾年過去了，大家對於他的奇怪的行徑也看作平常。時候更久了，他幾乎完全被村人忘掉，陳莊長終天亂忙，難得有工夫找他談話，況且談勁不大對，自然懶得去。因此這老人除去常見徐利與他的兒子之外，外面的人並看不到，他從實也忘掉了人間。一盞鴉片燈與幾本古色古香的舊書成了他的親密的伴侶。

直待老人的菸癮過足之後，徐利才得對他報告了一天的經過。老人將顫顫的尖指甲拍著煙斗道：「這些嗎，── 不說也一個樣！橫豎我不稀罕聽 ── 你能照應著奚家那小子倒還對，奚老二是粗人，比起這下一輩來可有血性的多！咳！『英雄無用武之地』！……」

伯父常說的鬼話聽不清是常事，所以末一句徐利也不敢追問。方要轉身出去吃晚飯，他伯父將兩片沒血色的嘴唇努一努，又道：

「修路，……造橋是好事，好事罷了！我大約還能看這些小子把村子掘成灣，揚起泥土掏金子，總有那一天！……『得歸樂土是桃源』！老是不死，……可又來，老的死，小的受，年輕的抬轎子！找不到歇腳的涼亭，等著看吧！我說的是你！……年輕，等著，等著那天翻地覆的時候，來的快，……本來一治一亂……是容易的事！別瞧得真切，……看吧！」

　　於是他又從小牛角盒裡用鐵籤挑煙膏，永遠是亂顫的指尖，燒起煙來更慢。徐利看他伯父的幽靈般的動作，與聽著奇怪的言語，暫時忘記了肚皮裡的飢餓。他呆呆地從他伯父的堆在尖瘦的頭頂上的亂髮上，往下看到卷在破毛氈裡一雙小腳，那如高粱稭束成的身體，如地獄畫裡的餓鬼的面貌，在這一點微光的小團屋子中，氣象的幽森與古怪，徐利雖然年輕，突然覺得與他說話的不是他幼小時見慣了穿長衫拿白摺扇邁著方步的伯父，而是在另一世界中的精靈！

　　好容易一個煙泡裝在烏黑的煙斗上，偏不急著吸，他忽然執著紅油光亮的竹槍坐起來，頗正氣的大聲說：

　　「別的事都不要緊！一個人只能作一個人自己的打算。現在更管不了，除去我，……別人的事。日後你得商量商量奚家那小子，我死後能與你奚二叔埋在一塊地裡才對勁！……我清靜，—— 實在是冷靜了一輩子，我不答理人，人也不願意答理我，獨有與你奚二叔 —— 那位好人，還說得來，你得辦一辦，別人與那小子說不對。……這是我現在的一件心事，你說起他就趁空。……」

　　他重複躺下吸菸，不管聽話的還有什麼回覆，「去吧！」簡單的兩個字算是可以准許這白費了一天力氣的年輕人去吃他的冷餅。

　　退出來，徐利添上一層新的苦悶，與奚二叔葬在一塊地裡？不錯，是奚家還沒賣出的塋地，卻要葬上一個姓徐的老秀才，這簡直是很大的玩笑。就是大有願意，兄弟們卻怎麼說？照例自己沒了土地應該埋在舍田裡，村南有，村北也有，雖然樹木很少，是大家的公葬地處，誰也挑不出後人的不是。這樣倒楣的吩咐怎麼交代？他走出團瓢吁了一口氣，向上看，彎得如秤鉤的新月剛剛從東南方向上升。那薄亮的明光從遠處的高白

楊樹上灑下來，一切都清寂得很。堂屋裡聽得到兩三個女人談話，他猜一定是他的娘與妹妹們打發網。這是每個冬天晚上她們的工作。每人忙一冬可以掙兩三塊錢，這晚上的工夫她們是不肯虛過的。他向院子的東北角的草棚裡去，那邊有吃剩的乾餅。

然而他懸懸於伯父的吩咐，腳步很遲慢。

一陣馬蹄的快跑聲從巷子外傳過來，他知道是旺谷溝的祕密送信人回去了。

十五　沉默

十六　心事

　　修路的第三天的下午，天氣忽然十分晴朗，勁烈的北風暫時停止住它的威力，每個做工的人可以只穿單布褂賣力氣。路上的監工員因為這兩天已經把下馬的威風施給那些誠實的農人了，他們很馴順，不敢違抗，但求將這段官差速速了結，免得自己的皮膚有時吃到皮鞭的滋味。這樣監工人覺得他的法子很有效力，本來不是只在這一處試驗過，他們奉了命令到各處去，一例是這麼辦，沒遇到顯然的有力的抗拒。背後的咒罵誰管得了。所以這幾位官差到這天臉面上居然好看得多，不像初來時要吃人的樣子。他們坐在粗毯子上吸著帶來的紙煙談天，還得喝著村子中特為預備的好茶。有的仰臉看著晴空中的片雲，與這條大道上的農工，覺得很有點美麗的畫圖的意味，滿足與自私在他們的臉上渲染著勝利的光彩，與農工們的滿臉油汗相映照是很不同的表現。

　　徐利這個直口的漢子工作的第二天他就當著大眾把旺谷溝來了馬匹的話質問陳莊長，他的老練的眼光向旁邊閃了閃，沒有確切的答覆，徐利也明白過來，從那微微顫動的眼角的皺紋，與低沉的音調上，他完全了解那老長工的告語是不會虛假的。自然他也不再追問。擾亂著他的一無罣礙的心思的便是伯父的吩咐，幸而大有的病又犯了沒得痊好，否則怎麼作一個明切的回答？不必與別人商量，已經是得了瘋子外號的那老人何苦再給大家以說笑的資料。徐利人雖是粗魯，卻是個頂認真的少年，對於處理這件難做的題目上，他的心是與平硬的土壤被那無情的鐵器掀動一樣，所以這

十六　心事

兩天他總像有點心病，做起活來不及頭一天做得出勁。

陳莊長雖也常在這未完工的路上來回巡視，與徐利相似，常是皺著他的稀疏的眉頭彷彿心上也有不好解答的問題。

這一過午的晴暖驟然給工作者添加上無限的喜悅，似乎天還沒有把他們這群吃辛苦的人忘記了！幹著沉重活，將來還可吃一頓好飯，一樣的安慰的神情在每一個揮動著雙臂的人的臉上自然流露出來。徐利還年輕，不比年紀較他大的人們對於陽光這樣的愛好，然而他也不願意在陰冷中挨時光的。十一月的溫暖挑發起壯力活潑的年青農人的心，他與他的許多同夥的高興沒有差異。在陽光下工作著，暫時忘記了未來的困難。一氣平了一大段的硬土之後，他拄著鐵器，抽出紮腰的長帶抹擦臉上的汗滴。鮮明，溫麗，一片雲現在沒有了，一絲風也不動，多遠，多高，多平靜的青空，郊野中的空氣又是多自由，多清新。他覺得應該從腋下生出兩個翅子來去向那大空中飛翔一下。天真的幻想，在瞬時中復活於生活沉重的腦殼裡。那乾落的樹木，無聲的河流，已經著過嚴霜的衰草，盤旋在遠處的野鷹，這些東西偶而觸到他的視線之內，都能給他的純真的愉慰！他向前看，向前看，突然一個人影從大路的前面移過來。他還沒來得及認清是誰，別人卻在低聲說：

「魏二從南邊來，還挑著兩個竹簍子。」

對，他看明白了，正是又有半年多見不到他下鄉做工的魏二鬍子。這有趣的老關東客像是從遠處來，沒等得到自己的近前，就有一些認識他的同他招呼。魏二的擔子沒從肩上放下，陳莊長倒背著走上來問他：

「老魏，你這些日躲在那裡？一夏都沒見你的面。」

「嘔！真是窮忙。像咱不忙還撈得著吃閒飯？不瞞人，從五月裡我沒

幹莊稼活，跑腿，……」他只穿一件青粗布小棉襖，臉上也油光光的。

「跑麼腿？ —— 總有你的鬼古頭。」

「我是無件不幹！年紀老了，吃不了莊稼地裡的苦頭，只好跑南山。」他說著放下擔子。

陳莊長一聽見他說是跑南山，什麼買賣他全明白了，他緊瞪了一眼道：「好，那邊的山繭多得很，今年的絲市還不錯，你這幾趟一定賺錢不少。老魏，你到我家住一天，現在還不就是到了家？」

魏二從遠處來，看見這群左近村子的人在大路上做工，還不明白是一回什麼事，現在他也看清楚了，樹底下幾個穿著異樣衣服，吸紙煙的外路人，那些眼睛老是對著他打轉。聽見陳莊長這麼說，他是老走江湖的，便接口道：

「恰好今天走累了，七十里，從清早跑到現在，人老了不行，到大哥家裡去歇歇腳，正對！」

即時將擔子重複挑到肩上，陳莊長回頭對那個監工員說：

「領我的親戚到家去，很快，就回來，……」

意思是等待他的答覆，穿黃衣的年輕人點點頭，卻向空中噴出一口白煙，陳莊長在前很從容地領著魏二從小道上走回村裡去。

徐利在一邊全看得清楚，他也明白兩個竹簍子裡面的東西比起山繭來值錢得多。南山，—— 到那邊去作買賣，沒有別的，只有這一攻。幸虧那幾個外路人還不十分熟悉本地的情形，不然，魏二這一次逃不過去。他忽然記起他的伯父，這是個機會，同老魏晚上去談談可以得點便宜貨，橫豎他得要買。

回望著那兩個老人的影子，漸漸看不見了，徐利手下的鐵鍬也特別除

動的有力。

　　果然在這天晚上徐利溜到陳莊長的小客屋裡，同魏二喝著從鎮上買的大方茶，與陳莊長談話。他的買貨的目的沒有辦不到，照南山的本處價錢。魏二很講交情。他說：

　　「若不是都化了本錢來的，應該送二兩給師傅嘗嘗新，利子，你回去對師傅說：錢不用著急，年底見，頭年我不再去了。愈往後路愈難走，雖然咱這窮樣不招風，設若路上碰個巧翻出來，可不要了老本錢！這是從鋪子裡賒來的錢，還虧老魏的人緣好，也是吳練長保著，這一來事就順手得多。」

　　「魏二叔，你這份好心我大爺他頂感激！別管他是蹲在團屋裡做神仙，他老人器具麼事都懂得。不過老是裝聾裝痴，今年的土太壞，他就是為這個不高興。化錢不錯，說是老吃不出味兒來。橫豎是假貨多，人人想發橫財，有幾個像你還公道——我還說，魏二叔，我大爺到現今還是讓他快樂幾天吧！沒有錢還吃鴉片，誰家供得起？可是他沒處弄，年底我想法子還。」

　　徐利很興奮他說，陳莊長一旁點點頭，又倒抽了一口氣，他有他的心事，也許記起了那個只會在他面前裝面子的小葵。魏二將著長長的黑鬍子，用手指敲著粗磁茶碗道：

　　「好孩子！好孩子！論理你得這麼辦。師傅從你三歲時他把你教養大了，你娘一年有三百天得長病，那些年記得都是化你大爺的教書錢。別管他老來裝怪樣，可得各人盡各人的心！三兩土算什麼，我只要到時漂不了帳，就完。……咳！咱都是窮混，除掉陳大爺還好，誰都差不多。」

　　陳莊長兩隻手弄著大方袖馬褂上的銅扣子，從鼻孔裡哼了一聲道：

「你看我像是一家財主？」

「說重了；那可不敢高攀。總說起來，你地還多幾畝，有好孩子在城裡做官，憑心說不比咱好？」

「你提誰？」老魏的一句半諧半刺的話打中了這位主人的心病，「又拿那東西來俏皮？今天救了你一駕，老魏，你這不是成心和我過不去？」

他真像動氣，本是枯黃的瘦削的臉上很不容易的忽然泛出血色。魏二急得端著茶碗站起來。

「多大年紀還這麼固執！咱老是愛玩笑。說正話，你的家道在這村子裡難道算不的第一家？可是葵園呢，……說什麼，我不是勸過你麼？管的什麼，不是白氣！—— 不，我也提不起他來。我可不會藏話，這一次在南山耽誤了七八天，恰好碰到的事不管你怎麼樣要說說。就是你那葵園少爺，真了得！他也真有本事，原來是辦學堂的官，不知道 —— 真不知道還兼帶著幾個警備隊下鄉查煙稅！……」

「冬天了，沒有煙苗地查什麼稅？」徐利說。

「怪麼！誰懂得這些道理？其實人家春天聽說早繳了黑錢了。好在南山那邊不比咱這裡人好制，要結起群來，一個錢不交，怕也沒有辦法。可是究竟還是怕官差，春天下鄉去的查菸酒稅的人員，也使過種鴉片人家的黑錢不少。不過圖省事，好在這東西利錢大。……然而葵園去，卻幾乎闖下大亂子！」

魏二到底比陳莊長滑得多，說到這句，他突然坐下來，從大黑泥壺倒茶一口一口的盡著喝卻沒有下文。

陳莊長雖然臉上還泛出微紅的餘怒未息的顏色，聽到是葵園在南山裡幾乎闖出亂子來，他的顏色卻又變了過來。他素來知道南山那一帶的情

十六　心事

形，他們有大刀會，有聯莊會，有許多會拳腳槍棒的青年，高興不交稅，不理會衙門的告示，公文，動不動會鬧亂子，並不稀奇。因此他又將兩條眉毛合攏起來，憂鬱地嘆了一口氣。

魏二這才微笑了笑說：

「放心！到後來算完事，沒動武，也沒打架。小人兒吃點虛驚，說不了，自己去我的可不能怨人。我怕葵園他還不改，也許要得空去報復，那就糟！……我親眼守著的事。也巧，還當過說事人，陳大爺，……啊！大哥，你還說我成心和你作對？真不敢，我救的他那一駕比犯煙土還要緊！他年輕，也是眼皮太高了，從城裡出來到那些窮鄉下，—— 怎麼說也許比咱這裡還好吧，—— 帶上幾個盒子炮作護符。查學堂，這自然是名目，誰不知道幾十個村莊有幾個學堂？用得到查？咱可以一頭午就查得完。其實是到那裡先按著種煙的人名要錢，賣煙得交稅，與春天是另一回事。多少也沒個限數，看人家去，有的怕事的大約也交了一宗。可是到了舉洪練的練頭上，人家可不吃這一嚇。問他要公事，沒有，直接俐落，人家不同他講別的，種煙地的這裡也沒有，趕緊滾蛋，不必問第二句，……事情就這麼挺下去。他硬要拴練長，打地保，過了一夜，聚集了幾百人，一色的木棒，單刀，大桿子，人家居心惹他，一桿快槍都不要。圍起他住的那一家，要活捉。這一來那五六個盒子炮嚇得都閉了音。我正在那裡，替他找練長，找那些頭目，找土，困了一天，好歹解了圍。究竟還把他的皮袍子剝了，錢不用提全留下充了公，只有盒子炮人家偏不要。說給他們隊上留面子。又說那些笨傢伙並不頂用，化錢買的本地造，放不了兩排子彈就得停使。……誰知道真假？還是居心開玩笑？頭四天的事，……隔城略遠的一定沒聽見說。……」

徐利有一般年輕人的高興聽說新聞的性格，立時截住魏二的話道：

「不管對不對，他總算夠數，有膽量，惹亂子。……」

「嚇！別提膽量大小，被人家圍起來誠心給他難看。我進去時葵園的臉一樣黃得像蠟，拿盒子炮的警備隊碰到大陣仗還不是裝不上子兒。他也精靈，到那時候說什麼都行，可有一手，好漢不吃眼前虧，來一個逃之夭夭回頭見。」魏二任管說什麼事，口頭來得真爽利。

「所以莊稼漢是不行，奚大有頭年冬前就吃過眼前虧！」

「經多見廣，膽氣不中用，可會長心眼。依我看，葵園凡事做手不免狠一點，—— 這是守著老太爺說公道話。他本來是咱這村子裡最精靈的孩子，只差這一點，對不對？——」他明明是對著陳莊長髮問。

坐在舊竹圈椅中穿得衣服很臃腫的陳莊長自從聽明白魏二那段新聞的演述之後，他的頭俯在胸上，右手中的長竹煙管在土地上不知劃什麼。方頂黑絨舊帽子在他頂上微微顫動，馬褂前面的幾絡蒼白鬍子隨著左右飄拂。一個人沉思在自己的痛苦之中，他內心的沸亂不容易向外表示。這晚上的陳莊長完全沒落於他兒子的行為之中，彷彿自己也被許多不平的農民糾合起來，圍困在裡面，他們用許多咒罵的言辭，與鄙夷的眼光，以及較善良的慨嘆，變成大家向自己示威的武器。他倒沒有什麼恐怖，然而良心上的顫慄使這位凡事小心平和的老辦事人眼裡溶著一層淚暈。

他要向誰使氣呢？他想這末後生的男孩子，因為生不幾年後他的大哥死在鎮上的鋪子裡，二哥又因為夏天生急霍亂也沒了，三分是頂不中用，上去也跑走了，除去守寡的兒媳與兩個小孫子之外，葵園是他四十歲以後的寶物，十歲那年，他娘又先埋在土裡，……以後是上私塾，入鎮上的小學，出去入師範學堂。本來是輩輩子守著田地過日子的，隨他願意便好，自己也在那時對於聰明的小孩子懷著一份奢望，也許「芝草無根」吧？說

十六　心事

不上這麼動人愛的孩子會是將來的偉大人物。他可以一洗他的窮寒的宗族中一無出息的古舊的沉落。所以這老人他一心一意經營著祖上傳下來的不夠二十畝的薄產，希望葵園從此以後，有更偉大更闊綽的一天。青年人有他的出路，不錯，畢業後居然能混到縣城裡去站住腳。說起話來也似乎不下於鎮上的吳練長，不管幹那行，有出息就有未來的收穫。頭三年他是懷著多大的歡欣，在一切的人的前面永遠覺得有一份特別的光耀。周圍一概是爬土掘泥的農家鄰居，然而在這些靠天生存的高粱穀子之中突然生髮出一棵松樹，他是年輕，有生機，高昂著向雲霄的枝頭盡往上長，誰敢說沒有大蔭涼的一天？他又可以給那些一年一度被人家刈割的可憐植物作伴侶，作蔭蔽，何況還是自己一手種植的，培養的，這是多大的一件慰悅的事！……然而，然而這兩年來對於這棵搖頭作態的小松他不敢想到他的未來了！驕傲與恣橫，那挺生的，可以成為未來的參天的大樹的，現在不但看不起他生長在同一地方的小植物，並且藉著自己的枝柯，欺騙他們，戲弄他們了！……光榮或是禍害？誰能斷定。不過那小松樹如今是成了惡鳥的窠巢，他的枝葉上滋生出不少的害蟲來。……陳莊長在虛空中似在作這樣詩人般的感喟！實在他早已自悔從前他的培養愛護的多事！原來是過於奢大，後悔也是同頓腳一樣的無用！……他的受打擊過重的心聽魏二說到那些話，連怒氣也激發不起來。沉默在失望的悲哀之中，他彷彿是沒聽見那些話。

　　魏二的問話沒得到答覆，他反而有點不安！想不到使人家的爹這麼不高興！又是主人家，老交情，他這位好打諢的老江湖，卻覺得 ── 了！幸虧坐在蒲團上的徐利提出了另一種問話：

　　「魏大爺，咱另說一點事，你這一趟約莫可以發多少財？」

　　「怎麼？你打聽下子，── 再一回想跟我當小夥？」魏二也覺得應該

用幾句快活話打破這一時的沉寂。

「過年春天后不忙，只要生意好，咱什麼都行。」

「好！只要他們那裡常種，這生意準幹得成。我同你講：今年煙土賤大發了，因為外頭來的北口貨太多，從鐵路上下來的販子只就到縣城到鎮上去的多少批！所以本地土一定得賤賣，賣不到前兩年的價錢。說，你許不曾留心，回家去問問師傅便記得，頭十年不是到九塊十塊一兩？不用說本地土，是沒處掏換，從外頭來也難得很。現在可比不得了，只要在偏僻地方不逢大道就能種，……頭年不是還要叫種嗎？不知怎麼，咱這裡沒辦成。老百姓太老實了，種上怕惹禍，有些地方人家可不管，叫種自然是幹，就是不準種那些話誰聽？準有辦法，到時候能以換得回錢來，比種高粱，——那就不用提。南山的土秋天兩塊錢一兩，上好的本地土沒攙假料。你想吧，在這裡不是三塊六七一兩，還說是不貴？這份利錢什麼比得上？……話說回來，事沒有一想就得手的。上山裡去不熟可不成，準保帶了錢也拿不回黑貨來。行有行規，人有人面，……所以得誰去辦！」

徐利也曾聽說過魏鬍子往往到南山販黑貨，卻沒聽他自己說的這麼道地。他接著問：

「到鎮上去怎麼賣？」

「哈哈！你真是雛子，有賣的就有買的，沒有銷路我自己還吸得下？」

「自然，吳練長家裡是你的好主顧。」

「他麼？」魏二將大眼睛閃一閃，笑道：「這些事問陳大爺他都明白——你從實是莊稼孩子，連這個不知道。吳二紳那份心思誰也比不上，他肯買土吃？那才傻！——」

十六　心事

「他自己種得很多麼？」徐利奇異地說。

「種？他還用得到圖這點小便宜。犯不上！人家幹的什麼，打獵的還沒有鳥兒吃？每年到鎮上做這份生意的誰不得去送上三五兩，不止一個土販子，一個人三五兩，你猜，他還有收的給人人辦事的這樣禮物，少說一年也有五幾十兩的，用到種還用到買？」

徐利回過頭去用他的明銳的眼光對著陳莊長，似在考問這事的真假。陳老頭沉浸在他自己的憂鬱的思索裡並沒曾聽清這兩位客人談的什麼事，還是魏二為證明自己的話起見又向他重說了一句：

「喂！你說是不是？咱那練長每年就有五幾十兩的進土 —— 我說的是用不到化錢的呀！」

陳老頭如從夢裡醒過來，將早已滅了火的旱煙管拄著土地，搖搖頭，嘆了一口氣道：「自家的事還管不了，談論人家幹嘛！他願意要，再有個五十兩也許辦得到！」

經這句無力的嘆息話說過後，徐利才恍然明白了。一個在鄉村間作頭目的有這許多進益，這是他以前料不到的事。他平常認為那不過是有勢力罷了，然而他不種煙，也不販土，幸而用不到自己去向這位收現成稅的鄉官去進貢！

在玻璃罩的油燈之下他們又談些修路與鄉間收成的種種話，不久，徐利便回家去和他的怪伯父報告這段交涉的經過。

十七　恐慌

又過去十多天。

一場一場的西北風中間夾著一次小雪，恰好給農民信從的舊曆的小雪節氣加上點綴。於是又很容易的轉入嚴冬，鄉間的道路上又減少了夏秋的行人，車輛。這一年中的災荒，過兵，匪亂，到冬天來與去年比較比較是只有加重了民間的恐怖，擔負，死傷，獨有收穫，卻從田野中走了。晚豆子還不是絕無收成，又因為豆蟲多，豆莢沒成熟，青青的小圓葉卻變成玲瓏的小網了。收在農場中，十顆豆粒倒有七八顆是不成實的，瘦弱的。於是農民又將食物的希望移到蕃薯上，雖然不能家家種在每家的壞地，沙土地裡，總分出一小部分秧上蕃薯根，預備作冬來的食品。因為這類東西很容易生長，充飢，任管如何都能吃得下去。陳家村左近還不是十分壞地的鄉間，每年農民總是吃著高粱米，穀米，用蕃薯作補助食品。現在呢，多數的人只能倚靠著這樣的食物過冬了。連陳莊長家裡早已沒有了麥子，穀米的存糧，至於一天吃一頓的農民並不少，飢餓與寒冷使他們走出了多少人去，自然很容易調查。到鎮上去，城中去，是沒有多少活計可幹的，至於補個名字當本地的兵，警，難得很，沒有空額；沒有有力量的介紹，保證，便不成功。他們只可更向外走了！然而究竟是冬天呢，各處的工作都已停止，鄰近的縣分中也沒招僱農工的許多地方，何況災情與匪亂是擴展到很遠的地方。他們想到離家鄉近的地方吃飯，無奈到處是自己家鄉的情況，有的更壞，沒有法子，有些人勇敢地更走遠了。有的便強忍著這風雪

的權威，預備到明年春天好去逃荒。因為冬天都不能過，春間有什麼呢？即使守著肥沃的田地，那幾個月的生活可找不出著落來。於是下關東去，成了大家熱心討論的問題，路費呢，這是要坐火車與渡海的火船方能過得去的，縱然幾十塊錢也沒處籌劃，於是這個冬天在每一個農民心中打擊著，焦灼著，苦悶著！

　　大有與徐利兩家好壞總還有自己的土地，不比那些儘是給人家佃地的。可是他們也有那些佃農所沒有的困苦，就是無論災荒如何，這不是從前了，一個緊張的時代，求情告饒卻是沒有效力的，地畝的捐稅不但一次不能少下分毫，卻層層的加重。誰知道有一畝田地應分交納多少？這裡的法律是說不到「應分」二字的，只能聽從由城中下來的告示，催交的警役說糧銀多少，這一次多少錢。至於為什麼？要作什麼用？可不必問。又是一些省庫稅，當地附捐種種的名目，他們聽也不懂，永遠是不會了解的。但無論怎樣，有地的人便是地的奴隸了！他得隨時支付無量次數的奴隸的身價。這一年來這一個省分裡養了多少兵，打過多少仗，到處裡產生出多少大小官員，又是多少的土匪，多少的青年在監獄裡，在殺場裡，多少的人帶著從各地方弄來的銀元到更大的地方去運動，化費，誰知道呢，——徐利與奚大有只能眼看著他們僅有的土地發愁，幸而還有蕃薯充塞著飢腸，在慘淡恐慌的時間中一點方法想不出來。

　　大有雖然是經過一場勞傷的重病之後，他卻不能再像他的爹能夠蹲在地窖中過冬天了。編蓆子縱然還有材料，卻是緩不濟急。他仍然需要工作，去弄點農田外的收入，方能將到年底的債務還清。講到賣地，只有二畝家鄉地。他想來想去，無論如何忍心不下，何況找不到人家能夠要呢。於是他同徐利又得在冷風中出門去。

　　徐利比起大有的擔負還要重！家中幸得有叔兄弟們，除去自己的二畝

五分地外還佃種著鎮上人家的地。不過人口多，他伯父的鴉片煙的消費尤其要急，即在不是災荒的年歲每到冬天往往是十分拮据，這一年來更是想不到的困難。男人們的棉衣連拆洗另縫都來不及，小孩子有的是穿了單褲在火炕上過冬，出不得門。徐利雖然有年輕人的盛氣，不像大有老是轉入牛角尖似的呆想，可是現實的困苦也使他不如平常日子的高興。他是個向來不知道憂愁，悲觀的，自傲自足的年輕農人。每到沒有工作的時候在太陽光下拉著四絃琴，是他唯一的嗜好。秧歌唱得頂熟，至於踢鍵子，耍單刀，更是他的拿手把戲。在村子中沒有一個人能與他比賽。他常常說些什麼都不在乎的話，他不想存錢，也不會化費，他處處還不失鄉野的天真。他沒有娶妻，因此更覺得累贅少些。他本是快活的年輕人，然而為了家中的人口少吃沒用，不能不出去賣力氣了。

他們這一次是給鎮上裕慶店到靠鐵路的 F 站上去推煤炭。向例每到冬天作雜貨存糧的裕慶店就臨時經營炭棧的生意。本來地方上人們用的燃料是高粱稭與木柴，不過為省火力與燒鐵爐關係，鎮上較好的人家到冬天都需燒煤，不大用那些植物作燃料了。何況幾千戶的大鎮上，有公所，有游擊隊的分巡所，有保衛團的辦事處，有商會，學校，這些地方多少都用煤炭。至於店鋪，住家，改用鐵爐的也不少。裕慶店的王經理凡是有可以生利的買賣他什麼都做。所以他在冬日開的煤炭棧成了全鎮上煤炭的供給處。大有與徐利這一次是雇給他們去推隔著一百里外的煤炭。

大有家的車輛在上一回送兵差中丟掉了。徐利家還有一輛，牲口是臨時租到的。他們這一次去，一共有十多輛車子，裕慶店的經理對於這些事上很有經驗，在年前就是這一次的運煤，他也怕再遇到兵差，車輛人馬有被人拿去的危險，所以乘著一時平靜便發去了這些車輛。

大有從前曾到過 F 站，有幾年的事了。徐利還是頭一回。他們推了許

十七　恐慌

多豆餅送到 F 站去，再將大黑塊的煤炭運回來，是來往都很重累的勞力，並不能計日得到工資，是包運的辦法。一千斤運到裕慶店多少錢，多少都依此為準，好叫推夫們自由競爭。王經理再精明不過，他對推夫們說這一切是大家的自由勞力，他並不加限制，然而既是為的出賣力氣賺錢，誰也不肯少推，只要兩條膀臂支持得來，總是儘量的搬運。不過比較之下，這一回無論去，回，大有與徐利的車子比別人總要輕一些。大有覺得很對不起他的年輕的夥伴。徐利卻是毫不在意的。一路上在刺面的北風裡，他還是不住聲的唱小調，口舌不能休息，正如他的足力一樣。肩頭上輕鬆得多，不多出汗，很容易的扶著車子的前把趕著路往前去。

他第一次看見火車的怪車頭，與聽到汽笛尖銳的鬼叫般的響聲。那蒸汽的威力，大鐵輪的運轉，在光亮的鐵道上許多輪子走起來，有韻律的響聲。還有那些車子中的各樣衣服，打扮，言語的男女。他如同看西洋景似的感到興味。雖然在近處，火車穿行在田野之中，究竟相隔六十里地，他以前是沒去過的。所以他與大有在站上等著卸煤的時候，曾倚著小站房後的木柵子問大有道：

「原來有這樣的車！—— 在鐵上能走的車，比起汽車還奇怪。但是那裡來的這些終天走路的男女？」

大有笑了笑沒的答覆，誰曉得他們為什麼不坐在家裡取暖呢？

「看他們的樣子，」徐利低聲道：「一定不會沒有錢！衣服多整齊，沒有補綻；不是綢緞，就是外國料子做的衣服，看女的，還圍著狐狸尾巴，那樣的鞋子。不像販貨，又是手裡沒東西拿，……」

他口裡雖提出種種問題，大有也一樣在木柵後呆看並不能給他答覆。火車到的時候，那些在站上等候的人是十分忙迫，買賣食物，與上下的旅

客，以及肩槍拿刀的軍警，戴紅帽子的短衣的工人，都很奇異的映入徐利的眼中。及至他看到多少包頭紮褲管的鄉間婦女，與穿了厚重衣服的男子也紛亂地上下，他才明白一樣像自己的人可以坐在上面！然而與那些穿外國衣服帶金錶鏈的人們是不能相比的。坐的車輛與吃穿的不一樣，他們口裡銜著紙煙，眼上戴著眼鏡，有的穿長袍，如演戲似的女子，都悠閒地看著這些滿臉風塵的鄉民，背負了沉重的東西與辛苦的運命擁擠著上下。這明明是些另一世界中的仙人了！徐利眼送著火車慢慢地移動它的拖長的身子，遠去了，那蜿蜒的黑東西吐出白煙，穿過無邊的田野，帶著有力量的風聲向更遠的地方去。他方回過頭來尋思了一會道：

「多早餘下錢我也要坐坐那東西！多快活，坐在上面看看！」他微笑了。

「你多早會有餘錢？我同你一樣，有錢我要去找杜烈。」大有將手籠在破棉衣的袖口裡。

「有法子，有法子！過了年，天暖了，我就辦的到，下南山同魏二去一趟。……你說杜烈，我不大認識他，聽說他在外頭混得很好，曾借錢給你？」

「就是他！真是好人！他曾許下我沒有法子去找他，他幫忙。……他就是坐這條火車去的，到外頭，他說有力氣便可拿錢。鎮上去的人不少，做小買賣的有，下力的也有，為什麼咱老蹲在家鄉里受？」大有又提起他的勇敢的精神。

「你還行，我就不容易了！」

「為什麼？你反而不容易？你沒有老婆，孩子，清一身，往那裡去還不隨便，怎麼不行？」

十七　恐慌

「有我大爺，雖然一樣他有親生的孩子，都不小了，可是他如果不允許我，真不能走！多大年紀了，忍心不下！」徐利是個熱心的年輕人，對於他伯父的命令從心上覺得不好抗違。

「可是，還有這一層！……遠近一個樣，像今年大約咱在鄉間是過活不下去了。下關東那麼遠，除掉全賣了地沒有路費，也是不好辦。……」大有慘然地說。

徐利眼望著木柵外的晴暖的天光，沿著鐵道遠去，儘是兩行落葉的小樹，引到無盡處的田野中。他的思想也似乎飛到遠遠的地方裡去。

及至他們在站上實行裝炭的時候，又把在木柵後面的談話暫時忘了，他們只希望能夠早早回到鎮上領了運價，回村子，好還債務。

經過來去的四五天，大有在車子的後把上雖然吃累，卻欣喜得是當天晚上一定可以推到鎮上了。這一天天剛破曉，十幾輛車子就從宿店裡動身。一百里的路程，他們約定用不到張燈須趕到。幸得沒有下雪，冷點免不了，是與天氣硬掙。短短的舊棉襖，在木把上有兩隻棉布套，這便是他們保護身體與兩手的東西了。在乾硬的路上走不到一個鐘頭誰也得出汗，縱然風大也可以抵抗得住。不是夏天熱得不能行動。冬天的推腳是大家樂於幹活的。有時遇到天暖，他們便只穿一件藍或白色的洋布單褂。沿路互相說笑著，分外能以添加用力的興味。何況這一次是憑了勞力能掙到彩頭的事，凡是推夫雖然揮著熱汗盡力的趕路，卻不同於上次當兵差時的痛苦了。

一道上還很平靜，田野間固然少了人跡，而大道中卻遇見不少的兩人推的像他們的車子，與轎式的騾車，一人把的小車，盡載著許多貨物。有的裝在印字的大木箱中，有的用麻袋包起，據說都是從火車站上運下來

的，往各縣城與各大鎮集上去。也有赴站的豆餅，花生油，豆油的車輛，不過去的當然不比來的多。豆類的收成不好，影響了當地的出品的外銷。然而由火車上運下來的布疋，火柴，煤油，玻璃器具，仍然是分散到較大的地方中去。因此這條大道上在晴光之下平添了多少行人，推夫都是農人，他們利用這冬日閒暇的時間工作著掙每日的腳價，自然是一筆較好的收入。

　　大有病後雖還勉強能夠端的起車把，終是身子過於虛怯，一路上時時嗆風，咳嗽，汗出得分外多，幸而不是長道，一天便能趕的到。他在起行與到尖站時，仍然脫不了高粱酒的誘引。飯吃不多，這烈性的高粱釀成的白酒卻不能不喝。好在沿道的野店中到處都能買得出，那裡沒有火酒的攙對，是純粹的白酒。每當他喝下五六杯後，枯黃的面色映出一層紅彩，像平添了許多力量，他能夠高興地對人說話。及至酒力漸消後，他推起車子不但是兩腿無力，而且周身冷的利害，顫顫地把不住車把，必須到下一站再過他的酒癮。這是從夏天中習成的癖好，病後卻更加重了。本來鄉間的農民差不多都能喝點白酒，可不能每天喝，現在大有覺得酒的補助對於他比飯食還重要。他知道這不是好習慣，然而也不在乎，對於儉省度日與保養身子這兩方面的事，他已經與從前的思路不對了。誰知道他與他的家裡人能夠生活到多少日子？家中的田地，甚至自己的身體，終天像是人家寄放的東西。他對於未來的事感不到計慮的必要，因此並不想戒酒。他雖然笨，也有他自己的心計，失望，悲苦，深深的浸透了他的靈魂，解脫與掙扎他一時沒了力量。除去隨時的鬼混之外再想不出什麼方法。一年中，好好的土地有一多半以很少的價值讓到別人手裡去，家裡人手又少，種地非找雇工不可。鄉村間土地愈不值錢，雇工的工夫卻愈貴，加上一場旱災，更是一個重大的打擊。……大有推煤回來，喝過酒，在大道中有時是這樣

想，於是腳下的力量便鬆懈下去。徐利在前面雖然用力推動，卻走不快。這天在午尖後再上路時，前邊的車子將他們這一輛丟在後面，相距總有二里多地。徐利也知道大有現在不能如從前似的推快車，只好同他慢慢地向前趕，好在早晚準能到鎮上去。

　　太陽的餘光在地上已經很淡薄了，向晚的尖風又從平野中吹起來。距離鎮上約莫有十多里地，中間還隔著兩個小村子。所有前後走的車輛都放緩了腳步，因為從不明天動身，是重載的車子，趕著趲這一百里地，在冬日天短的時候容易疲勞，還覺得走不多路。無論如何，掌燈後可以到鎮上喝酒，吃晚飯，他們不願在這點時間中盡力的忙著走。人多，也不怕路上出岔子。拉車子的牛馬都把身上的細毛抖著，與野風相戰，一個個的蹄子也不起勁地挪動。大有與徐利這一輛更慢，相隔二里地，望不見在前頭七八輛車子的後影了，還是徐利催促著已經消失了酒力的大有快點走，要趕得上他們。及至到了淮水東岸的土地廟前，徐利在前卻看著那些車子都停在小樹行子裡，沒走，也不過河，一堆人集在土地廟的後頭，像是議論什麼事。

　　「怪！你看見他們沒有？還等著咱一同過河？」

　　「一同過河？他們大約也是累乏了，—— 不，你再看看，他們不是在那裡歇腳！有點不對，大概河西又有事，怕再與土匪打對頭。怕什麼，就讓把這幾車子煤抬去吧！」

　　徐利不做聲再向前走幾步，「住下，」他說，「咱先往前探問探問什麼事！」

　　恰好那一群推夫也看見了，在微暗的落日光中，向他兩位招手。大有與徐利先放下車子跑上去，原來是裕慶店的一個小夥，跑得滿頭汗珠，過

河來迎他們。

這時大有才明白，他猜測的不錯，果然是出了事。雖然不干他們的事，也沒有土匪等著搶煤炭，然而裕慶店來的信，卻千萬囑咐他們不要過河！原來這天下午從旺谷溝與別的地方突過來許多南邊幾縣裡守城不住，敗下來的省軍，屬於一個無紀律，無錢，無正當命令向那裡去的這一大隊餓兵，雖然有頭領，卻有幾個月不支軍餉了，這一來非吃定所到的地方不行！與上一次的由江北來的兵不同，那是比較規矩的，而且只是暫住一宿。現在不過千多人，到他們這些村莊中來卻一點客氣沒有了。更窮，更凶，尤其奇怪的是這些在南邊幾縣中為王的軍隊，每一個兵差不多都有家眷，小孩子略少些，女人的數目不很少於穿破灰衣的男子。除掉有軍隊的家眷之外，還帶著一些婦女，少數的沒穿灰衣的男人，說是挈帶來的。總之，他們都一樣，衣服不能夠擋得住這樣天氣的寒威，沒有食物，恰是一大群可怕的乞丐！令人怎麼對付？他們一到那裡，十分凶橫，索要一切，連女人也是多數沒有平和的面目。困頓與饑餓把他們變成另一種心理。他們的長官自然是還闊綽，然而他有什麼？一群的兄，弟，姊，妹，於是對於各村莊的農民就視同奴隸了。

據裕慶店的小夥向這些推夫說：這大群敗兵分做三路向北退卻，都經過這一個縣境，總頭目住在縣城裡，雖然還向北走，可是後頭沒有追兵，看樣要預備在這縣中過年再講。因為再向北去，各縣中一樣鬧著兵荒，都是有所屬的省軍，誰的防地便是誰的財產，怎麼能讓外來的饑軍常住。於是分到鎮上來的有七八百人，餘外是婦女，孩子，得叫這一帶的人民奉養他們。縣裡現在苦得利害，顧不及管鄉中的事，只可就地辦理。現在鎮上也容不了，又向左近的小村莊中分住。他偷出來的時候，正亂著的這群出了窠的窮蜂到處螫人。加上他們想找到久住的窠巢，誰家有屋子得共同

住，因為他們也有女人，孩子，不能說上人家的炕頭算做無理。這唯一的理由是，「咱與老百姓一個樣，也得住家過日子，躲避什麼呢！」於是鄉村間在這天晚上大大紛亂，要緊是如何住屋的問題。同時有多少人忙著給他們預備飯食。

這位小夥早跑出來在河岸上迎著車輛的使命，是不讓大家把煤推到鎮上去。因為他們正需要燃料，如果知道，裕慶店這次生意得淨賠！再則還怕扣留下這七八輛車子不給使用。所以小夥扇著扛鳥帽再說一遍：

「王掌櫃偷偷地叫我出來說，把車子全都送到，——回路，送到又河口的大廟裡去。他也知道大家辛苦了三四天，這裡我帶來的是一個人一塊錢！到大廟裡去隨便吃，喝，儘夠。那主持和尚與掌櫃的是乾親家，一說他就明白，還有一張名片在我的袋子裡。」

於是這頗能幹的夥計將袋裡的十幾塊大洋與一張王掌櫃的名片交出來，他喘著氣又說：

「好了，我交過差，以外不干我事，還得趕快跑回去。來了亂子，櫃上住下兩個連長，兩份家眷，真亂得不可開交！……打鋪草堆在街上比人還高。」

他來不及答覆這群推夫詳細的質問，將錢與名片留下，轉身便從草搭的河橋上走回去。

廣闊的大野已經被黑影全罩住了。

推夫們不能埋怨王掌櫃的命令，還十分感謝那位小眼睛稀稀的鬍子的老生意人。他們要緊是藏住這些劫餘的車輛，有的是借來的，租到的，那一回丟的牲口，車子，給農民一筆重大的損失。如果這次再完了，明年春天他們用什麼在農田中工作？實在，他們對於農田的用具比幾塊錢還

要緊。

　　雖然要回路從小道上走，還有十多里才能到叉河口東頭的大廟。然而誰敢將車子推到鎮上去呢？趕快，並不敢大聲叱呵著，套著韁繩的牲口，只可用皮鞭抽牠們的脊骨。

　　大有與徐利的車子這一回反而作了先鋒，往黑暗的前路上走。風大了，愈覺得腹中飢餓。加上各人牽念著村子中的狀況，說不定各家的人這一夜中沒處宿臥，家中存儲的僅有的糧米等他們吃上三天怕再也供給不出！潛在的憂慮伏在每個推夫的中心，他們唯一的希望是各人的村子中沒住兵，住也許到別人家裡去。但誰能斷定？這突來的災害，這荒苦的年頭，這一些到處作家，還挈帶女人孩子的蜂群！徐利更是有說不出的恐怖，他的伯父，那樣的古怪脾氣，還得終天在煙雲中過生活，如果同不講理的窮兵鬧起來，不用器械，一拳頭或者能送了他的老命！再不然氣也可以氣得死。這年輕力壯本來是對於一切毫不在意的孩子，當他的心頭被這不幸的消息打擊著，他覺得身上微微發顫了！

　　大有只是想痛痛快快再喝一回烈酒，他咬著牙齒努力不使他的想像發生。

　　叉河口是在這小地方中風景比較清爽的村落。相傳還有一些歷史上的古蹟，因為這縣城所在地是古史上的重要地帶，年歲太久了，古蹟都消沒在種種人事的紛變之中。獨有這叉河口的村子還是著名的古蹟區。曾被農民發掘出幾回古時的金類鑄器，以及古錢，又有幾座古碑，據考究的先生們記載過，說是漢代與晉代的刻石。除卻這些東西之外，所謂大廟更是這全縣的人民沒有不知道的古廟了。什麼名字，在鄉民傳述中已經不曉得了，然而這偉大略略殘破的古寺院仍然是具有莊嚴的法力，能夠引動多少

農民的信仰。本來面積很廣大的廟宇，現在餘存了不到一半的建築物，像是幾百年前重修過的。紅牆外面俱改成耕地，只有三三五五的殘存的佛像在地上受風雨的剝削。有些是斷頭，折臂，或者倒臥在地上面，也有半截石身埋在土中的。都是些身軀高大，刻畫莊嚴的古舊的佛像。雖然沒有殿宇作他們的蔭護，而鄉民對於這些倒下的與損壞的佛像還保持著相當的尊敬的觀念。誰種的廟田裡有段不完全的佛身，縱然是倒臥著，仰著不全的笑臉上看虛空，而佃地的農戶卻引為他自己的榮耀，不敢移動。廟中的和尚自然還要藉重這破壞的佛像的勢力維持他們的實在的利益，時時對農戶宣揚佛法的靈異，與不可褻侮佛像的大道理，然而他們卻無意再用香花供養這些美術的石塊了！

　　廟裡還有十多座佛殿，有的是種種經典，法器。和尚也有十多個。裡面空地不少，有的變成菜圃，花園，還有些大院子是完全荒蕪著。因為廟上餘外有足夠應用的廟產，用不到去利用這些小地方求出息。古樹很多，除去松，柏，楓樹，柏樹之外，也有櫟樹，是不多見的別種的大樹，而鄉村中不大生長的。房屋多了，難免有些損破，和尚又沒有閒心去點綴這些事，除卻香火較盛的兩座大殿之外，別的大屋子只餘下幽森的氣象與陳舊的色彩了。

　　沿大廟走過一段陂陀，一片泥塘，有很多的蘆葦，下去便到河的叉口。每到夏秋水很深，沒有橋梁，也沒有渡船，只有泥塘葦叢中生的一種水鳥在河邊上啄食，或沒入水中游泳。廟的地點較高，在觀音閣上可以俯看這一處的小風景。尤其是秋天，風搖著白頭的葦子穗，水鳥飛上飛下作得意的飛鳴，那一灣河流映著秋陽，放射出奇異的光麗。所以這大廟除卻古蹟之外也是舊詩人們讚賞的一個幽雅的地方。前多少年，古舊的文人往往從幾十里外來到廟裡玩賞，或是會文，但自從匪亂以後，不但文人不敢

到這樣荒涼的地方，就是大無畏的和尚也終天預備下武器作法地的防護者。那樣的空塘，那樣的彎曲的河流，與唱著風中小曲的蘆葦，都寂莫起來，似乎是全帶著涼淒的面目回念它們昔日的榮華！

因為不通大道，新修的汽車路也走不到大廟的左近，所以它在這紛亂的年代與時間中還能保存著古舊的建築，與廟裡的種種東西。土匪自然是對於廟中的和尚早已注意了的，不過究竟是一片古董的地方，相傳佛法的奇偉與神聖，在無形中免除了土匪的搶掠。其實還是廟中的財富較大，人也多，和尚們自己有槍枝，火藥，領著十多個雇工人，形成了一個小小的武力集團，所以土匪也不大敢去和他們出家人惹是非。這便不能與陳家村村外的龍火廟相比。

大有與徐利在暗道上率領著後面的車輛，摸著路走。他們不燃上紙燈籠，也不說話，盡著殘餘的足力從小路上向大廟去。冬天的晚飯後，輕易在路上遇不到走路的人，何況這條小路只是往叉河口去的。經過不少的柿子行，路旁儘是些叢生的荊棘與矮樹，高高的樹幹與尖枝在初上升的薄明的月光之中看去像些鬼怪的毛髮，手臂。有時一兩聲野貓子在近處叫出驚人與難聽的怪聲。雖然是一群人趕路，誰聽見也覺得頭髮一動一動像是先報什麼惡兆。這條小路只有徐利在多年前隨著他那古怪的伯父上廟走過一回，別的人只到過叉河口，卻沒曾往廟裡去過，雖然風是尖利地吹著各個人的面部，他們仍然從皮膚中向外發汗。太沉累了，飢餓與思慮，又有種下意識的恐怖，趕著往大廟的門前走，誰也覺得心正在忐忑著跳動！

經過一點鐘的努力，他們在沉默中到了圓穹的石磚大門前。住下車子，都疲倦得就地坐下。這時彎彎的涼月從廟裡的觀音閣上露出了她的纖細的面目，風漸漸的小了，冰冷的清輝映在淡紅色的雙掩的大木門上。徐利振著精神想向前捶門，聽聽裡面什麼聲息都沒有，他方在躊躇著，大門

東面的更樓上同時有幾個人在小窗子裡喊呼。一陣槍械的放拿聲，從上面傳下來。

經過詳細的問詢，從門縫裡遞進名片去，又等了多時，門還是不開。而更樓上邊的磚牆裡站上了幾個短衣人的黑影。

並不是廟裡的和尚出來問話，彷彿是也有軍人在上面，聽口音不錯，上面的問話：

「咱們，——軍隊住在廟裡，不管是誰的電影，過不來！誰曉得你們車子上推的什麼東西？」

聽見這句話大有從蹲的車子後面突然跳起來，上面的人沒有看清楚，覺得大有是要動手，「預備！——」兩個字沒說完，聽見幾枝槍全有拉開機關的響聲。

徐利與其他的推夫都迷惑了！他們不知道是碰到的什麼事？怕是敗兵住到大廟來了。也許是被土匪據了，他們豈不是來找亂子？要跑，又怕上面飛下來的火彈，這已經是有月亮的時候了，照著影向下打，沒有一點遮蔽。……怎麼辦？

「咦！……快開門！你不是老宋，我是奚大有，……陳家村，一點不差！給鎮上推煤的車子。……」大有高叫，帶著笑聲。

「太巧了！咱同兄弟們剛剛進來吃飯，你真是大有，……沒有外人？」上面的頭目問。

大有走到更樓下面又報告了一番，他們都看清了，這時徐利也跑到前面，爭著與久別的宋隊長說話。

廟門開了，推夫們都喜出望外，得到這個一時安全的避難所。

十八　祕事

　　大有想不到的與宋大傻會在這古舊的大廟中見面。他在意外的欣喜中忘了飢渴。徐利與大傻──這一對幼年時頑皮的孩子也有將近一年沒得見面了，於是他兩個人離開別的推夫吃飯休息的空屋子，到廟裡後面的大客堂中與大傻暢談。因為究竟是城裡下來辦公事的警隊長的勢力，他們也受著主持和尚的特別招待。

　　原來大傻是奉了大隊長的命令，為現在某軍敗退下來住在城中，下鄉到沒住兵的各大村催供給，草料，米，面，麥子，都在數。怕鄉下人不當事，帶了六匹馬巡去嚴催，限他們明天送到，他與馬巡跑了一天，想著趕到鎮上去宿，來不及，聽說鎮上也滿了住兵，就宿在這所大廟裡，預備不明天就回城銷差。

　　「這一來可有趣！咱被人家逼得要命，還不知道家裡人現在往那裡跑？大傻哥，你卻騎著大馬遊行自在地催人去！」徐利感慨著說。

　　「官差難自由。就是大隊長也不是冷冰做的心，過意不去，是過意不去！干差可還得干差！──縣長前天幾乎挨上這位軍長的耳刮子，那就不用提了。我出城的時候，噢！城裡真亂得夠瞧。誰家都住滿了兵大爺，被窩，衣服，用得著就順手拿來。借借用吧，說不了，他們說是為老百姓受的苦難，這點報酬還不給？……真也不是好玩的事，多冷的天，棉衣裳還不全，有幾個不是凍破皮的？……有什麼法！」大傻用馬鞭子打著自己

201

的黃色裹腿，彷彿在替那些窮兵們辯護。

「大傻哥，這裡沒有老總們，我還是老稱呼，太熟了，別的說不來。」徐利精細他說：「你當了一年的小兵官，也該變變了，自然同鄉下人不一樣看法。可是不能怪你，本來是差不多的苦頭。上一回還是我同大有去送兵，—— 那一回幾乎送了命，—— 眼看著那些老總們造的那份罪，也不是人受的！這該怨誰？者百姓更不用提起，—— 不過你在城中比他們，比咱，都好得多呀！」

大傻將小黑臉摸了摸，右手的兩個指頭捏出一個響聲來道：「好嗎？兄弟！」

大有半躺在大木圈椅子裡看見他這樣滑稽態度，不禁笑道：「好宋隊長，你真會找樂！」

他在這大而暗的客堂中走了一個迴旋，回過臉對著坐在木凳上的徐利道：

「好是好，有的穿，冬夏兩套的軍衣；有的吃，一個月的餉總夠吃饅頭的。除此之外，若是幹，還有撈摸，怎麼不好！—— 再一說，出去拿土匪嚇嚇鄉下人，都不是賠本的生意。對呀，利子，你也來幹幹，我給你補名字！」

他很鄭重地對著徐利的風土的臉上看。

「這可不能說著玩，我想想看。」徐利認真的答覆。

「哈哈！還得把老兄弟說轉了心，在這時候蹲著受人家的氣，—— 咱自家不會幹？……」他還有下文沒說得出，舊門簾動了動，廟裡和尚做的飯端進來。

這兩個用力趕道的農人那裡想到在這匆促的晚間還能有這樣的飯食！

一盤炒菜，一碗炒雞蛋，還有一碟小菜，大壺的白幹，與熱的高粱餅子，他們來不及再討論別的事，迅疾地吃喝起來。大傻已吃過飯，只陪他們喝酒。

空空的腸胃急於容納下這樣香甜的食物，誰也不說話，酒是大杯的一氣喝下，有多半是裝到大有的口裡去了。大傻只喝過半杯，又著腰在地上走。過大的客堂中，一盞油燈僅僅照過木方桌前的東西，四壁仍然是十分黝黑。大傻用著走常步的法子踏著地上的陳舊的方磚，來回踱步。整齊的深灰色的棉軍衣，一雙半舊的皮鞋，武裝帶，一桿小小的手槍藏在皮匣之中，雖是細瘦的身材，卻顯見得比從前在鄉間地窖子中披著棉衣捉虱子是另一個人物了。

快要吃完飯的時候，大有還獨自喝著瓦壺中的殘酒。徐利的心思比大有活動得多，這一次眼看著舊日的同伴作了城裡的小隊長，又看他穿的整齊，想到自己的一切，不免不甚高興！在從前老人們都說大傻是到底不大成材的年輕人，有的還叫他做街滑子，現在能夠這樣的威勢，比起自己穿著有補綻的短襖，老笨布鞋，還得終日賣力氣，擔驚受罵，怎麼樣？在嚼著炒雞蛋的剎那中，這年輕聰明的農人頗覺著自己太難堪了！心裡老在打主意。大有見過這小隊長算兩次了，他從沒劫過羨慕他的心思，他只是佩服大傻的能幹與膽力！他的樸質的心中沒有一點慚愧！所以他這時喝著酒，除去懸念家中的情形之外，覺得頗為快樂！

大傻在他們中間雖然從前是慵懶的不叫人歡喜，然而他算最有心思的一個，對於大有與徐利的性格他都明白。他這時看著徐利細嚼著飯不作聲，他咳嗽了一聲道：

「我替你想來，你將來也得幹咱這一行，只要有志氣，怕什麼，反

十八　祕事

正種不成地，逼著走這一步。你還用愁，不願意當小兵，找人想想法子！……」大傻露出得意的笑容。徐利簡直離開了木桌，鬆鬆腰帶道：

「先不用管我幹不幹，你真有什麼方法？」

「容易！就一口說得出？不用忙，非過年以後辦不到，你只是靜等。」

徐利把很長的下頦擦一擦道：

「你簡直像另換了一個人！說話也不像從前，吞吞吐吐，有什麼祕事值得這樣？」他覺得大傻是對他玩笑。

「不，老兄弟！── 不是我變，你想想，我在地窖子裡的樣子能變到那裡去？可是話不到時候有不許說的情形，現在多麻煩，說你不懂，你又俏皮我是擺架子，全不對！常在城裡便明白與鄉下不同。」大傻真誠地說。

「我多少明白點，大傻哥的話，……話呀，……他究竟比咱明白得更多。」大有據著在城中的經驗，紅著臉對徐利慢慢地說。「這一說我直是怎麼不懂的鄉下老粗了！」年輕氣盛的徐利突然地質問。

大傻將軍帽摘下來，搔著光光的頭皮道：

「誰還不是鄉下老粗！咱是一樣的人，比人家的刁鑽古怪，誰夠份？大有不用提，是第一號的老實人。就是我，白瞪著眼在城裡鬼混，哼！不懂的事，使你糊塗的玩意，多啦！道地的鄉下老粗！說你也許不信，不老粗，就像小葵一樣那才精靈的夠數！……」「說來說去，還沒問問咱村子的闊大爺，小葵，一定又有什麼差事吧？」大有這時的精神很充足，他坐不慣大太師椅子，便從門後面拉過一個破蒲團來坐在上面。

「怎麼不說到他！陳老頭養著好兒子，老早打從上一次過大兵，他居然成了辦差處的要緊角，不唱大花面，卻也是正生的排面了。」「辦什麼

差？就是兵差？」

「對呀！名目上辦兵差，什麼勾當辦不出。見縣長，上衙門，請客，下條子，終天吃喝，說官司，使黑錢，打幾百塊的麻將牌，包著姑娘，你想，這多樂！大洋錢不斷的往門上送。說一句，連房科，班役，誰不聽？老爺長，老爺短，簡直他的公館就是又一個縣衙門。利子，你再想想，像咱這道地老，鄉下粗，夠格不夠格？」

徐利也從木凳上跳下來。

「怪得陳老頭子一聽有人說小葵臉色便變成鐵膏。上一回鎮上的魏二還提過下南山收稅的事，── 原來真有點威風呢！」

大傻吸著紙煙，將他的紅紅的小眼一擠道：

「怪，真怪！彷彿離了他不能辦事。想不到才幾年的小學生，有那份本領，壞也得有壞的力量！使錢還要會玩花槍。我常在城裡，有時也碰到他，那份和顏悅色的年輕人的臉面，不知道怎麼會幹出那些事來？」

他向暗暗的空中吐了一口白煙，接著又說：

「那份作為怪不得陳老頭從此擔上心事，究竟那老人家太有經歷了！他見過多少事，等著瞧吧！小葵看他橫行到多少時候，怕也有自作自受的那一天！」

「可也好，他是咱村子的人，鄉下有點難為事求求他，應該省許多事。」大有說。

「你淨想世上都是好善良人，他才是笑在臉上，冷在肚裡的哩。鄉下事，本村中的難為，干他鳥事！不使錢，不圖外快，他認得誰？連老太爺也不見得留二寸眼毛。有一次，我因為一個多月沒發餉，向他借三塊錢，沒有倒也罷了，借人家的錢原沒有一定要拿到手的。可是他送出五角發票

來，說是送我買紙煙吸，……哈哈！……」大傻笑著說。

「五角錢，真的，送你？」徐利很有興味地追問。

「誰騙你？當打發叫化子的辦法，他還覺得是老爺的人情！是一個村子裡鄰居！……」

「真的，他成心玩人，沒有還不說是沒有，誰還能發賴！」大有憤憤地說。

他們暫時沒往下繼續談論，然而徐利與大有聽了，都覺得平日是非常和氣見人，──很有禮貌的小葵，雖然好使錢，卻想不到是這麼一個人。在想像中他們都能想得出大傻當時的情形。大傻將一支紙煙吸完，丟在地上，用皮鞋盡力踏著道：

「別論人家的是非了，他是他，我是我！本來就是不一樣的人，兩下里怎麼也不對勁。可憐是我還不敢得罪他，見了面仍然是笑著臉說話。……」

「他還能夠給你掉差？」徐利問。

「怎麼？你以為他辦不到？豈但是掉差，他的本事大了，真把他得罪重，什麼法子他可以使──如果不幹，不吃這份飯，馬上離開城圈，自然不管他，仍然想在那裡混著，你說要同他翻臉？……」

「這麼說來，還得吃虧？」大有點點頭道。

「知面不知心！小葵什麼心勁都有，要吃他的暗虧真容易！」

大傻在城裡當差一年，居然變得十分深沉了。不是從前毛包子的脾氣。生活的鍛鍊，與多方面的接觸，他雖然還保持著那一份熱氣的心腸，卻不是一任情感的衝動，隨便說話舉動的鄉下人。因為他吃過一些精神上的苦頭，受過多少說不出的悶氣，把他歷練成一個心深而思慮長的，會辦

事的能手。與徐利，大有比，便迥乎不同。他這時淡淡的答覆了大有的疑問，接著到油汙的方桌上挑了挑豆油浸的燈芯道：

「淨談人家有什麼意思。橫豎是一條冰，一塊熱炭，弄來弄去，各人得走各人的路。不是站在一個地處，誰分出什麼高下？現在我想開了，老是在城裡吃餉也沒有出息，好在我是獨人，說不定早晚有機會向外跑，幹吧！……」

徐利臉上微微顯出驚異的顏色來。

「還往外跑？能夠上那裡去？」

「說不準，——怎麼還混不出飯吃！多少知道一點現在的事，再不想當笨蟲一輩子，你們不知道，這一年來我也認得了許多字。」

「啊！記起來了，大傻哥準是拜了祝先生為老師。」

大傻望著一動一動的燈光笑道：

「猜的真對。小時候認得幾個字，還記得，在隊裡沒事的時候，就當學生。你別瞧不起祝先生，他比咱還年輕，說話倒合得來。他沒有那些學生的架子，他懂得很多很多的事，說起來沒有窮詞。不管他不是本處人，夠朋友！——我就從他那裡學會了許多事。」

「什麼事那麼多？」徐利問。

「說來你更得像聽天書一樣，急切明白不了。……」大傻顯見得不願意多談，徐利對於他這位老同伴歇歇螫螫的神氣也大不滿意，他心裡想：「真不差，你現在不同咱們站在一個地處了！架子自然會擺，咱還是回家向地裡討飯吃，誰巴結你這份隊長！」

他賭氣也不再問，從懷裡掏出短竹子小煙管吸著自己園地裡種的煙，悶著不說話。大傻知道他的言語不能使這位年輕的鄰居滿意，卻又沒有解

釋的方法。不過一個年頭，自己知道的事與祝書記傳授給的好多新事，怎麼敢同這冒失小夥提起。從省城裡下的命令多嚴厲，看那樣書的人都得捉，不是玩笑，即使自己領領祝書記的教，還是得沒有人聽的時候。那些講主義的話與他說，不是吃木渣？並不是一天兩日講得清的，所以說話的吐吞也沒法子請他原諒。

大傻沉著地想這些事，大有卻是一無所覺的。他仍然是抱著簡單而苦悶的心牽記著家中的情形，沒有徐利的多心，也想不到大傻在城中另有一份見解。這些全是大有夢外的事，他一時理會不來。

夜已深了，這兩個費力氣的鄉間人再熬不住瞌睡，便倒在大木炕上。大傻似乎還要講什麼話，卻又說不出來，未後他只說了兩句：

「不定什麼時候再得見面？徐利，你到底有意思補個名字？」

「看著去，我也不很稀罕你那一身衣服！……」

大傻微笑了，他知道老同伴的脾氣，再也不說什麼。

第二天的絕早，這兩路上的人一同離開了大廟的暗影。宋隊長帶著馬巡走大道往城中交差，大有這群像是躲貓的老鼠，將車子全存在廟裡，謝了和尚的招待，分路從別道上次各人的村子去。

剛破晨的冬天的清肅，滿地上的冷霜，小河灣裡的薄冰，與微號的朔風，在這麼廣闊的大野中著上了幾個瑟縮的行人，恰是一幅很美的古畫。然而畫中人的苦痛遮蔽了他們對於自然清趣的鑒賞。冷冽的爭鬥，心頭上的辛辣，與未來命運的橫阻，使他們不但不會欣賞自然，也生不出憎惡的心思，只是冷漠的無情的淡視自然的變化，與他們的煩苦幾乎想不到有什麼關連。他們現在所感到的是曠野的空虛，與涼氣逼到腹中的冷顫！

走不出幾里路，同行的推夫漸漸的少了。不是一個村莊的人，都各自

揀便道走去。後來到鎮上與陳家村去的只剩下五六個人。大有除去感到烈酒的虛渴之外，他情願看看這群新到的兵是什麼景象。有上一次的經驗，並不對他們害怕。至於家中的窮苦，又遇上這樣的橫禍，他現在想也不想，得過且過，是他病以前的念頭，現在連這麼無聊的意念也沒了。他以為非「打破沙鍋」不行，再不圖安衣足食好好過鄉下的生活！那個幻念現在在他簡單的心理上打得粉碎。徐利一路上老是忘不了昨日晚上大傻的口氣，神情，愈想愈不對勁。一會又覺得自己不爭氣，完全成了鄉下的老實孩子，受人家戲弄。他是多血質的人，想頭又活動點，又不明白宋大傻現在是有什麼心思，所以覺得是十分不服氣。雖然他答應自己補名字，那不過是對鄉下人誇嘴耍臉面的好聽話。

兩位人雖是各懷著異樣的想頭，而腳下卻是同一的迅速。他們踏著枯草根與土塊，越過一片野塘，穿行在河邊的樹林子裡，圖卻行道的利便，來不及按著次序走。繞了幾個圈子，當溫和的太陽吻著地面時，他們已經到了陳家村的木柵門外。

好容易進了村落，大有與徐利才明白他們各人家中昨夜的經過。

幸而只有一連從鎮上分到他們這邊來，自然人數並不足，只有五十多個槍械不全的兵士，然而也有一半的女人。像投宿客店一般的不客氣，隨便挑著屋子住。春天立的小學校，那只是五間新蓋的土房，只一盤火炕，住了一份男女。別的人誰也不願意到那大空屋子裡挨凍。於是這二百家的人家有多半是與這些突來的野客合住在一個家庭之中。陳莊長家的客屋成了連長的公館，徐利家中的人口多，幸而只住上兩位太太，一位是穿著妖豔的服裝，雖是小腳卻有綢子長袍，時時含著哈德門的紙煙，那一位卻是很老實的鄉下的姑娘。大有的三間堂屋裡有一個矮子兵帶著他的年紀很不相稱的妻，一個五六歲的孩子，變成了臨時的主人。大有的妻與聾子卻退

十八　祕事

到存草的牛棚裡去，幸而還有兩扇破木門。

大有披這些新聞鬧糊塗了，一進村子便遇見人同他說，他跑到家裡去看看，還好，他的主人是五十幾歲的老兵，連兵太太也是穿戴得同鄉下人一般的寒傖。顯見得他們不是原來的夫婦，女的比男人看去至少小二十歲。破青布包頭，粗布襖，一臉的風土，小孩子流著黃鼻涕，時時叫餓。那位兵爺並沒有槍械，絡腮鬍子，沒修刮，滿口說著好話，不像別的窮兵一個勁的凶橫。至於屋子中的存糧食物，毫沒有疑問，大家共有，臨時主人的空肚子不能讓它唱著飢餓的曲調。

大有問過幾句話，看看妻與兒子雖是睡在乾草堆裡，究竟比露宿好得多。他眼看著自己的人與老兵的狼狽情形差不多，都等於叫化子，他只能從厚厚的凍得發紫的嘴唇上含著苦笑。

的確，對於那樣年紀與那樣苦的老兵以及他的臨時組織成的眷口，大有什麼話也說不出。

然而全村中的人家卻不能夠都有大有家中的幸運。年輕的，帶槍械的兵士總起來有多半數。連同他們的女人，也一樣更不會和氣，不懂得作客的道理，占房子，搶食物之外，人家的衣服，較好的被窩，雞，鴨，豬，凡是弄得到的，該穿，該吃，絲毫不容許原主人的質問。隨便過活。這一來全村中成了沸亂的兩種集團：受災害的無力的農民，與在窮途不顧一切的兵客。雖然在槍托子皮帶之下，主人們只好事事退避。不過情形太紛亂了，大有各處看看，覺得這恰像要點上火線的爆發物一樣。

找陳老頭去，到處不見，據說昨夜在吳練長家開會，還沒回來。

這一晚上原是空空的地窖子裡卻塞滿了村中的男子。

自從春天奚二叔還在著的時候，地窖早已空閒起來。每年冬天，奚二

叔約集幾個勤苦的鄰居在裡邊共同做那份手工，即使農人用不到這點點的收入，他們也不肯白白的消磨了冬天的長夜。何況燒炕用不到的高粱秸，——那是另一種的細桿的高粱秸，——既然由田地中收割下來，也不忍的損壞了。所以這多年的地窖每到冬晚便變成村子中的手工廠，也是大家的俱樂部。近幾年已經是勉強維持著他們的工作，可是一年不如一年了，因為雖然還沒有外來的東西能以代替鄉村間的需要，而人手卻聚攏不了幾個。除去按戶輪班，守夜巡更之外，也有年輕人，卻多數不願幹這樣出息少的工作。甚至年老人教教他們，也覺得這是迂拙的事。劈高粱秸，刮穰子，分條，編插成一領大蓆子，須四五個人幾晚上的工夫，賣價也不過一吊大錢，合起洋價來連兩角不夠。至於工作的興趣，年輕的農人當著這年頭那一個不是心裡亂騰騰的，怎麼能使他們平下心在黑焰的煤油燈下做這樣細密活計？摸摸紙牌，喝白乾，有的便到小鴉片煙店裡去消夜；不吸菸也不用化錢，可以聽到許多故事，比起這沉靜寂寞中的地窖寫意得多。所以奚二叔在以前就對著這樣情形發生過不少的感慨，他曾向陳莊長說過，要將地窖子填平，種果子樹。多年沒曾填塞過的地處，奚二叔雖然有此志願，卻終於沒實行。還是每到冬天在裡面編蓆子。工作人多少，他不計較，也不管一冬能編出幾領席來，他總認為這是他的冬天的職業，是從祖上傳下來的農民應分勤勞的好方法。及至他死去以後，大有輕易不到這裡來，成了存草的廠子。又是一年的冬天，大有也沒想到繼續他爹的志願，再編草蓆，村子裡年紀較大的人也被這一年的種種事鬧糊塗了，誰也不提起這件事。

然而這一回的意外事卻添了這冷靜的土窖中的熱鬧。

客兵們都找有火炕的屋子住，有現成的農民的被窩，用不到講客氣，誰願意到這裡邊來。

十八　祕事

　　村中的男子逼得在家裡沒處安身，他們有的是母親，姊，妹，與兄弟
們的女人，只是讓她們並居在一間，兩間，幾家鄰舍共同倒換出的小屋
裡。男人自然無處容納。大有雖然對於住在自己家中的老兵還覺得安心，
卻也不情願與老婆，孩子，擠在小牛棚的草堆裡過夜。因此村東頭的他家
的地窖便恢復了奚二叔在時的情形。

　　差不多有幾十個男子都蹙眉嘆氣的蹲在裡面，低低的談著話。一個題
目，是怎麼度過年關前的日子？住處如何，他們還想不到。家中本來沒有
多值錢的物品，也還能捨的丟掉，迫在目前的是糧粒的缺少！一年收成不
過五成，人工，捐稅，吃，用，到這樣的窮冬已經得餓著一半的肚皮，才
能混過年去。這一些天神的下降，只幾天便可以掃數清楚出來。雖說鎮上
要從各村子中徵集麥，米，那裡來的及！平空中添上近千口白吃的客人，
這簡直比夏天與土匪打架還難！

　　不用討論也不用預想，明明白白的困難情形，要逃荒也沒處走，又是
多冷的冬天！這一地窖中的男子，—— 幾年來吃盡了苦頭的農民，誰也
沒有主意。他們沒有槍械，又沒有有力量的援助，即使橫了心學學他們的
客人的榜樣，也帶了妻子往別的地方當吃客，怎麼辦的到？與這些餓鬼相
爭，明明不是對手，怕連村子都守不住。……

　　大有在地窖下口的土階旁，半躺在乾草上瞪著大眼看從上面墜下來的
一條蜘蛛絲，有時飄到燈光的亮處，便看不見，又蕩過來，方看清沿著那
極細極軟的絲上下來了一個土色的小蜘蛛，正好在他的臉上面爬動。一指
尖便可將絲弄斷，使這小生物找不到牠的舊窠。無聊的氣悶橫在胸間，他
很想著破壞了在當前一切有阻礙的事物。他剛剛舉起右手，一個念頭又放
下了。

不知是為什麼？他這樣心粗的人忽然憐憫這拖著自己腹內的生命絲出來在空虛中尋求食物的小東西。這麼枯冷黯黑的地方裡，牠還沒蟄藏了牠的活動的身體，不怕什麼，也不管有無可以給牠充飢的食物，在這細柔的一條絲上仍然要努力尋求充實牠的生命的東西！大有雖不會更精細地替牠設想，與更淒涼地感到生活的悲慘，然而他覺得他不應用自己的手指毀壞了這小生物的希望，像是同自己一樣。他想不出所以然，卻把那份氣悶消停了不少。「怎麼，徐利子沒來？他家裡不是也盛不開？」不知誰忽然這麼說。

　　「他許是在家裡要替他大爺保駕？——他倒是個孝順孩子。」一位彎腰的老人說。

　　「不，我知道。」這是那癆病鬼蕭達子的聲口，「他自從天明回來一趟，就到鎮上去，午後我還同他打了一個照面，看他忙的滿頭汗，問他有什麼事，他說什麼什麼都完了，至少他大爺與那些老總們再混上兩天準出亂子。他說他非想辦法不行。到底不知他有什麼辦法。以後就沒看見。」

　　「誰都沒法子想，難道他就分外刁？」第一個說話的擲回一個冷問。

　　「人家有好親戚。」又一個說。

　　「你說的是那老師傅的表兄？大約利子要走這條路。本來冷家集不逢大道，那一家不是在那個村裡開著油坊？」

　　「準對。徐老師的脾氣，一定得搬。他，沒有飯吃還將就，他是眼裡放不下去這些老總們的！鬧急了，他會拼上老命！」彎腰的老人又說。

　　「唉！有好親戚的投親，好朋友的投友，都是路！苦了咱這無處投奔還是空著肚皮的人家！……」蕭達子哭喪著瘦癟的黃臉，蹲在牆角裡咳嗽著嘆息。

　　大有聽了這些話他躲開那飄動的蛛絲坐起來。接著蕭達子又道：

　　「我猜他準得把他大爺，女眷送出去，他得回來看家。」

　　他們正在猜測著，地窖子上面的木框中填乾草的門推開，跳下來一個人影。

　　「說著曹操，曹操就到。徐利，是你要搬家？」另外一個年輕人搶著問。

　　果然是徐利，面色紅紅的，像是喝過酒。他一步跳到土地的中央，彷彿像演說似的對大眾說：

　　「不能過了！這一來給個『甕走瓢飛』，非另打算不行！哭不中用，笑也不中用，——為的我大爺，沒法子，不把他送出去，他那個脾氣非幹不可！不是白送了老命？一天多沒得吃煙，躺在團屋子盡著哼，好歹我向他們告饒，說是病，可憐年老，才好容易沒攆他出來。不管怎麼樣，明天一早我得連家裡的女人們送到冷家集去——知道大家是在這裡蹲。……」

　　他的神氣十分興奮，在大家是灰心喪氣的時候，他跳進來大聲說這些話，也不怕外面有人聽去。大有看著也很覺得詫異。

　　「少高興！——這是什麼時候，搬就搬，誰叫你有好親戚。別那麼吆天喝地，——你知道老總們站了多少崗？」先前猜他要搬走的那一個農民說。

　　「高興！『火燒著眉毛，且顧眼下』！我徐利就是不怕硬，送了他們去，回來，我並不是躲開，倒要看看鬧到個什麼樣？——再一說，站崗，也還像樣？你們不知道只是木柵子大街兩頭有四個老大哥，難道還站到咱這地窖子來？他們的膽量更小，夜裡出村子去，要他們的命！不是為

了後患，看那些傢伙，收拾了他們不費事！」

　　他喝過酒，話更多，這突來的遭遇使他十分激動。他不像別人只顧憂愁，思慮，像一群害餓的綿羊，愈在這樣的時候愈能見出他對於困難的爭鬥與強力反抗的性格。

　　他毫不在意地向大家高聲說著那些餓兵的舉動。他到鎮上，問裕慶店要錢時所見的種種情形，引動了這全地窖中人的注意。他們雖然恐怖，然而也願意有個勇敢的人給他們許多消息。

　　大有始終用寬大的黃板牙咬著黑紫的下嘴唇，沒說話，雖然是聽徐利的報告，他的眼睛卻沒離那一根飄來飄去的蜘蛛絲。這時他突然問道：

　　「你當天還趕回來？」

　　「我當天走黑路也要來！我不能把房子乾乾淨淨讓給這群餓鬼，──而且回來還得想法子！」

　　「小聲點說！我的太爺！怎麼還想法子？」蕭達子吸著短旱煙管說。

　　「耳刮子打到臉上，難道硬挨著揭臉皮不成！」徐利睜大了他那雙晶明的大眼。

　　蕭達子吐了吐舌頭，接連著咳嗽著搖頭。

　　「好徐太爺！大話少說點，夠用的了！」

　　「哈哈！放心，連累不了你這癆病鬼！」

　　「連累不連累說不上，你忘了頭年大有哥的事？」

　　「除非是他！……」徐利眼看著發呆的地窖的主人冷笑。

　　「怎麼樣，依著你？」大有把右手向前伸一伸。

　　「依著我？一年更不是一年，去年的黃曆現在看不的，依著我！……」

十八　祕事

他像頗機警地向四下里望了望，話沒說下去。

「可是你以後別說『除非是他』的話了！」大有臉上也現出決斷鄭重的顏色來。

「靜一靜，聽！……」彎腰的老人向草門外指著，果然從遠處來了一陣馬蹄的蹴踏響聲，似是向村子裡來的。

接著有人站起來，一口氣將土牆上的煤油燈吹滅，都沒說什麼話。

黑暗中，大有將伸出去的手用力一揮，那條柔細的蛛絲斷了。

十九　黯然

　　這群窮兵在這些村鎮中住了五六日之後，正當一天的正午，吳練長的大客廳裡集滿了十幾個鄉下的首事人。穿方袖馬褂的老者，戴舊呢帽穿黑絨鞋的中年的鄉董，還有尖頂帽破皮鞋的小學教員，餘外多半是短衣大厚棉鞋的鄉下老。他們有的高據在紅木的太師椅上，有的站在粉牆前面，大張著像失了神的眼光去看牆上的古字畫。穿短衣的鄉老蹲在方磚的鋪地上，兩手握著時刻不離的旱煙管。他們屬於一個集團，由各村中集合來，捧住了同一樣的心，想對他們的頭領求一條援助他們在困苦中的計畫。幸而練長的房宅寬大，東園中雖然也住著團長的家眷，衛兵，卻是另走通街的小門，所以這刻磚映壁後的大門除去兩個照例把門的兩名團丁之外，還沒有老總們的阻擋。他們仗著人多，又是為公事來的，就一起擁到這講究的大客廳中。他們很急悶，在這裡無聊地等待，因為練長剛被團長請去談給養，怕不能即刻回得來。他們都耐住心思不肯放過這好容易集合成的機會，練長是做過官的，識字比他們多，兒子又在省城裡當差，見過世面，有拉攏，他是地方上多年的老鄉紳，什麼話都會說，心思是那樣的深沉，老辣，他應當在這一些村莊中作一個首領。縱然他是著名的手段利害，可是誰也不想到把他去掉；不但沒有這份勢力，去了他誰敢替代他哩？鎮上有來回的大道，兵差，官差，一個月不定幾次，警備分隊，保衛團，貨捐局的分卡，牙行，商會，這許多麻煩事不能不辦，誰敢應承下來沒有差錯？而且到縣上去有比他更熟，說話更有力量的麼？這聲望，幹才，外面

的來往，心計，誰能和他相比哩？有這許多關係，所以這十幾年中他還能夠很尊嚴地維持他的練長的局面，各村子中的首事都得聽他的調遣。

　　冷清清的大屋子中沒有爐火，也沒有火炕，雖然是十幾個人也還不見得擁擠。幸而天氣還好，從開放的大木風門中射過來的陽光，少少覺得溫暖。大廳上面高懸的「世代清華」的四個金字的木匾，已經剝退了光明的金色，一層黯光罩在深刻的顏魯公的字體上，細看，卻有不少的蛛網。厚重的長木几，刻花的大椅子，四個帶彩穗的玻璃燈，兩山牆下各有一堆舊書，是那樣高，不同的書套，破碎的白綾籤子，紙色都變成枯黃，擺設在這空洞的舊屋子中，不知經過多少年屋主人沒曾動過手。牆上的字畫也是有破損與蟲咬的地方。向南開的兩個大圓窗，雖是精工作成的卐字窗櫺，糊著很厚的桑皮紙，卻與屋子中的陳設，顏色，十分調和。這大廳吳練長是不常到的，他另有精緻的小房，在那裡出主意，商量事情，吸鴉片，請軍人打牌。這大廳只是一所古舊的陳列品。

　　然而這一群人這天到來卻也將空虛黯然的心情充滿了空虛黯然的古舊的大屋。

　　這都是被那些窮兵們糟踐得不能過活的村子中的代表。他們村子中的人都在強忍著飢餓，一任著他們的客人的強索，硬要，女人，孩子，都被逼的沒處住，被褥是搶淨了，只餘下各人的一身衣服還沒剝去。僅有的柴草，木器，也禁不住那些餓鬼的焚燒。甚至雞，狗，也隨意的宰殺著下鍋。總之，他們本來十分有耐力的鄉民現在被人家逼到死路上來。突來的這麼多的軍隊，還連同著許多的家眷，—— 也可說是帶來的另一地方的災民，要住多久？要怎樣過活下去？他們現在不能不問了。明知道不是容易想法子的事，然而聰明老練的吳練長總該有個交代？或者同縣上能想出一個辦法來？眼看著那些年輕的農民，性子急的都咬不住牙根，再過下

去，不是餓死也要出亂子！「狗急了跳牆，」是大家所熟知的一句俗話，當這急難中間，誰也有這樣的預恐。因此他們為自己的家，自己的性命，自己的肚腹，不得不集中到這裡來。

由正午等到太陽在方磚的當地上的影子斜過去一大段，人人都是空著肚子來的，沒有多東西吃，也吃不及，可是在靜靜中的盼望使他們暫時忍的住耐性，忍不住飢餓！於是在簷下，在大院子中，在方磚的地上，每一個都急的嘆氣，有的頓著腳，向喉中強嚥下酸冷的唾液。

「飽肚子的不曉得餓肚子的心！——什麼事！還商量不完？」一個面色枯黃指甲尖長的人低聲嘆氣。

「事商量完了！不是還得過癮？這一套少不了。剛才團丁又去請了一遍，就來，就來，又過了半個時辰！」一位五十多歲的小學教員說。

「還是近水的地方，得到月亮，你瞧鎮上也有兵，比鄉間來怎麼樣？十家裡不見得住上五家，閒房子多，究竟還規矩點。……做買賣的，擔擔的，不是一樣的幹活？……練長家裡還能擺門面，咱呢？……」這一位說的話很不平。

「話也不能這麼說，這究竟是鎮上，如果也像鄉下那麼亂，不全完？還能辦事？……」

「吃完了鄉間，還不一樣的完！看鎮上也不會能有多久的安穩！」

「這麼樣還要從各村子要給養，沒看見辦公處是不閒的稱麵餅收草料麼？」

他們急躁地紛紛議論。忽然一位花白鬍子的老人從大椅子上站起來，彎著腰道：

「我知道比大家多，陳家村隔鎮上最近，這回兵到時，我在鎮上過了

兩整宿，把眼睛都熬壞了。鄉間是亂，是沒的吃，可是鎮上的實情你們還
不明白。別看大街上還是一樣開門做買賣，八百錢的東西只給你三百，有
的是強賒，若是關門一走，準得一齊下手。這是暗中辦的，藉著還有交易
好說話！不能硬幹！買賣家的賒帳，後來想法子包賠！……後來還不知道
怎麼算？住的人家自然略少一點，這又是旅長的主意。……他不願意他
這份人馬在鎮上聚集起來，怕被人家一會包圍了。所以要分出去住靠近
鎮上的小村子，彷彿是他的一個個的小營盤，出了岔子，可以到處打接
應。……」

　　這是陳莊長的話，他不是有意替吳練長解釋，也是一部分的實情。這
群膽小的餓兵的首領是時時防備有人暗算的。

　　大家聽了這幾句話對吳練長的私心似乎多少原諒點，可是馬上他們又
集中到他不快來的題目上。有人說他居心躲避，也有說他專拍團長的馬
屁，不理大眾的困苦，甚至有人提議到東園的團長公館中去見他，不過沒
有人敢附和。那邊有帶手提機關槍的站崗的衛兵，去這麼多的人，進不
去，還怕有是非。於是那個首先提議的年輕人也骨突著嘴不說什麼。

　　在他們紛嚷中間恰好一個團丁給吳練長提了水煙筒由院門的藤蘿架
底下先進來，接著是那高身個穿了半舊狐皮袍的練長低著頭走到大眾的
面前。

　　彷彿在陰雪的深山後面射過來的一線陽光，這短上髭，瘦身個，尖眼
睛的練長走過來後大家把剛才對他的不高興的神情全收回去，而且恭敬地
圍在他面前，爭著述說等待他過來好想法子的事。

　　吳練長在團長的鴉片煙旁早明白了這些鄉下首事找他是為的什麼，而
且他早已打好了主意，並不驚惶，仍然著似在微笑的眼睛，讓他們到大廳

裡去，他在後面慢慢的抬動方頭的絲緞棉鞋，踏過了高高的門限。

　　他不理會大家對他訴說的種種困苦，實在他都清楚得很。沒有糧，米，被褥，甚至柴草也快要燒盡，許多農家的今冬的狀況他不待別人報告給他，他不到他們的家中，卻像給他們當帳房先生一樣算得十分明了。於是他用尖長的手指甲敲著水煙筒道：

　　「明白，明白！還用得到大家說？我在這鎮上幹的什麼？煩你們久等！我到團長那裡也為的這件事。咱們沒有硬手頭，卻有硬舌頭，再過下去，我也得逃荒。……哈哈！……全窮了，自然沒有你的，我的。可不是誰沒有家小？誰家不是『破家值萬貫』？來呀！這是什麼年頭，我在這一次足足吃了三天苦，一點鐘也沒得睡，別看這房子中還沒住滿兵大爺，你瞧，我家裡的女眷也是沒敢在家。糧米量出了一大半，還不行！當這官差說不了自己先得比別人交納的早！……來呀！這在咱得想個好主意。你們先說，……」

　　他的話是那麼有次序，如情如理，爽利而又是十分同情，減除了大家要敘述的鄉村中的困苦，單刀直入，要從方法上做起。這麼一來，大家在大廳中反而楞住了，主意？誰有更好的？怎麼辦？說呀！沉默起來，或者是從此便無抵抗到底？這一個眼光投射到另一個人身上去，互相推讓著，「你先說，」似是有各人的主見，然而終沒有人說得出。

　　未後還是陳莊長笑著說：

　　「練長有什麼法子想，請告訴出來！大家原是沒有主意才到這裡來求求你的！……」

　　「對呀！」大家彷彿恢復了說話的能力，「對呀！就是想請出主意的。」

十九　黯然

吳練長把戴著小紅線結的緞帽的頭向左右搖了兩下道：

「你們還是說不出！──只有兩條道：我想，硬抗，與軟求……」他沒直說下去，把尖黃的似有威光的眼向座上的首事們打了一個迴旋。

唯也沒敢插話。

「打了破燈籠遇見狂風，什麼法子？天也不行！哼！」

彷彿說：「你們成群結黨就辦的了麼？」是啊！這句話很沉重，擊落到每一個人的心裡。

「兩條路：硬抗，是不管來的是什麼，我的糧米呀，我的衣服呀，你憑麼來白吃白拿？幹不顧死活，不理會他們後面有多少兵，撐出去，結合起來打出去，這就有救！……哼！話可說在先，那是反亂，是作反！是幹得出，馱得動！誰能行誰去領頭，我也不能阻擋，也不怕老總們把我怎麼樣，大家的事，我一家就算毀得上，敢抱怨誰？可得有幹的！……」

說這些話的聲音的抑揚輕重，他像演劇似的很有斟酌。他這時臉色由枯黃轉成陰黑，額角上一片青，尖利的眼從這一個的臉看到那一個的。一屋子的人誰碰到他的可怕的眼光，誰就把頭低一低。

一時是嚴肅的沉默。他停了聲，別人都屏著氣息沒敢說什麼。陳莊長的兩隻手在肥袖的棉袍中索索的顫抖，那黑臉的小學教員緊蹙著濃密的眉毛，剛才提議到東園中去找他的那位鄉董對著牆上落了色舊畫的大孔雀尾巴直瞧，把兩個有皺紋的嘴角收斂起來。

「不是麼？……哈哈！哈！……」

練長的煙嗓子的冷笑聲聽的人都覺得身上發毛，「來呀！人！……」接著那站在廊檐下的團丁進來，小心地替他用火柴點著了火紙打成的細紙筒。

仍然在沉默中間，唔嚕嚕他吸過一筒水煙。

「不是麼！……還得安本分的走第二條路！」撲的聲他將銅煙筒的水煙灰吹落到地面上，還冒著餘燼的青煙。

大家緩過一口氣來！就有一位囁嚅著問他：

「第二，……第二條路？練長說怎麼求？誰能不願意？……只要，……」

「對呀！誰能不願意？咱不能跟人家幹，還有什麼話說！……第二條路，有前，有後，大家多約人去跪求旅團長！——求他另到好地方去吃好飯！……說不的，我得在暗中用勁，如果求得成，大家的福氣！……對吧？」他的語調柔和得多了。

果然是一條路，走得通走不通自然連那心思最密的吳練長也像沒有把握。圍繞著練長的這十幾個窮迫的代表人，聽了這個主意，像是從漫黑的天空中墜下了一顆明星，跪求，甚至於每一個人挨幾下打都能夠。生活的破產就在目前，誰還顧得了臉面。首先求問第二條路的人道：

「能夠求的他們給大家超生，多約些人去跪門，一定辦的到！」

「如果不答應，跪上一天也行！」另一位紅眼皮的短衣的老農人顫著聲附和。

「丟臉嗎！……我也不能說不對，可是他們若板下臉來不準，那怕咱跪上三天三夜！高興一頓皮鞭轟出，走，那不是丟臉，還不討好？……」小學教員話說得很周到，似乎也在顧慮到自己的身分。

「那不是沒有的事！不能保得住一求就成？要明白，刀柄攥在人家手裡！再不然去上刀鋒上硬碰，試試誰比誰有勁！」

吳練長微笑著答覆這位教員的話。不偏不倚，他像一個鐵面無私的法

官，要稱量出這兩造的言語的份量。他說著，彈著紙筒灰，多半白的眼睛向上看，毫不在意地聽從大家的多數的主張。

小學教員看看這位臨時主席的臉色，本來舌底下還有他的愚笨的話，即時壓了下去。

陳莊長向來不曾對吳練長的話抗議過，這一次他覺得到底還是他們的首領有點主張。看他那樣不慌不忙的態度，這是誰也不能與他相比的。又看看大家，雖然臉上急躁著，說話卻怕說錯了收不回來，他就大膽著說：

「大家都願意！練長說什麼時候辦？……」

「今天辦不了，去準碰釘子。剛才聽團長說，旅長為兄弟們要每人一塊錢的事冒了火。將傳令兵打了兩個，那能成！我想……明天十二點，大家聚齊，也不要太多；人多了容易出錯。再來十幾個，可是先得囑咐，你們同聲說是自己情願來的！如果透出是我的主意，糟，該成也得散勁！明白吧？」

「大家的事那能說是練長自己的主意！那不是給自己打嘴巴？」幾個人都這麼說。

「這是頭一件不能不說在前頭，不成不起來！挨罵，甚至打也得充勁！如果衛兵們喊一聲就算了，趁早不如不去！」

這一點卻是重要的舉動，他不急著往下說。等了幾分鐘，看著大家雖然是蹙著眉頭，卻沒人說反對話，他便繼續說下去：

「苦肉計！為了自己的事說不得，願打願挨！好，在今日晚上我得先用話暗中給旅長解說解說，自然不真告訴他，……只要他們答應走，自然嘍！過幾天難道還受不了？有些別的條件，咱可得量量輕重，該承認下來的可不要盡著推，激惱了他們誰敢擔這份擔子？是不是？」

他像一位老練的鴇母對於生怯怯的初見客的小姑娘們有種種的告誡，是為的那女孩子的本身，還是為的客人呢？吳練長接著又指點了不少的話，謙虛的很，「是不是」總離不開他的口頭。

在場的鄉董，首事，誰都清清楚楚的記在腦子裡。恰像沒有出場的學戲的戲子，教的純熟，可是喜，笑，悲，恨，要你自己做！教師當然得在後臺門看火色。已經默認了這第二條路，不走不行！走起來也不是容易舉步的！可是每一個人身背後有若干不能度日的鄉民在那裡催促著，哀求著，小孩子餓得不能抬步，老人們夜裡凍得要死，再過十多天怕連撐著空架子的小房屋也要拆下來！這比起上場時的苦肉計利害得多！況且去跪求的人得多找有年紀的老人，難道軍官們沒有一絲毫的良心？他們也會想得到他們的家鄉，他們的爹，娘，兄，弟吧？

沒有更好的方法，明知道是困難，只好從寬處著想。

在吳練長的切實的囑咐之後，大家捧著餓肚皮與憂懼的心，疲軟無力地走出。對著堆磚花，照壁的大門，正迎面，一個黃呢軍服的少年兵用木盤端了兩大盤菜過來。誰也看得清，那是一盤清燉鴨，一盤烤牛肉。少年兵越過這些鄉老，到送客的吳練長前面行了一個舉手禮。

「旅長叫自己廚子新做的菜送給練長嘗嘗新，晚飯後還請你老過去，── 到旅部裡耍牌！」

「不敢當，不敢當！裡面去歇歇，我就回覆。……」

這樣一問一答的中間，陳莊長在前面領著這群代表人已經轉出了有木柵門的巷子。

「看樣許有九成？你瞧咱那練長的面子！」其中的一位低聲說。

「他到底有一手，這份軍隊才來了幾天，他就與旅長有多大的來往！」

十九　黯然

　　紅眼皮的鄉老似乎十分驚異。

　　過了中年的小學教員像另有所見。他用力地吐了一口唾液落在巷口的糞堆上。

二十　甜夢

　　剛剛打發了這大隊的餓兵在鎮上集合起來分批走後，已經快近黃昏了。他們預備另到別的地方去，已有三天的忙亂，每個兵如同遷居似的，衣服，被褥，零用的小器具，甚至如碎木柴，磁飯碗，都由各村中的農人家強取了來，放置在高高堆起的行李包上。車輛經過上一次的劫掠已經很少了，聽說軍隊要走，各村的壯年農夫早學會了逃走的方法，不等待要人夫的軍令下來，都跑出村子去躲避。只有他們早看定的牲口不能藏起來，將鎮上與近村的耕牛，驢子全牽了去，馱載他們的行囊。幸而各村子都用高利取借了買命錢，先交付與他們的頭目，沒曾過於威迫，人夫，車子，算是「法外」的寬厚，沒有也不多要。然而凡是經過住兵的小鄉村只餘下農人的空屋子了，雖然很破很壞的什物，一切都沒有了。債務負在每一家每一個人的身上，剩餘的糧米他們吃不了全行帶去，只有土地還揭不動。

　　雖然在目前這些小村中的人民沒有衣服，食物，也沒了一切的用具，但究竟他們不曾在這個地方過冬，另去尋找更豐饒的鄉鎮。大家已經覺得大劫過去了，損失與飢寒是比較許多有武器的餓鬼蹲在眼前還好得多。

　　然而那些餓鬼也不是容易動身的，尤其是他們的女人，那些小腳，蓬頭，不知從那裡帶來的多少女人，因飢勞與風塵早已改變了女人們的柔和，慈善的常性，她們雖沒有執著步槍與皮鞭，可是也一樣的威風！她們對那些沒有衣服穿的農民，根本上就看不在眼裡。至於她們的同性，更容易惹她們動怒。也有像是有說不出的苦痛的年輕女人，有時淒楚的說著對

二十　甜夢

農婦們用紅袖子抹眼淚。不過一到餓得沒力氣的時候，誰還去回顧已往與憧憬著未來呢！由兵士們的手裡拿得到粗饅頭充足了飢腹，這樣的生活久了，會將喜樂與悲苦的界限忘掉。所以女人們在這片地方暫時安穩地待過十幾天，臨走的時候在街上巷口上都難堪的咒罵她們的軍官，男的更沒好氣，說是頭目圖了賄，他們卻不過甘吃過幾天搶來的飽飯。於是在左右的農民很容易觸動他們的火氣。這一日在鎮上，無故被打的人都沒處訴苦，有的包著頭上的血跡，還得小心伺候。辦公所中只有吳練長與旅長團長在一處吸鴉片，交款，吃不到一點虧。別的鄉董，耳光，挨罵，算得十分便宜的事。大家都在無可如何之中忍耐，忍耐，任管什麼侮辱都能受！只求他們早早的離開這裡！

不幸的陳莊長就在這一天受了重傷。

他在辦公所門口的石階上替人拉仗，有幾個副官同兩個別村子的老人為要蘆席吵了起來，他們正要對任何人發洩出這股沒住夠的憤氣，兩個瑟縮無力的老人正好挨他們有力的拳頭。已經打倒了一個，又飛來一隻帶鐵釘的皮鞋踢在那顫動的額角上。陳莊長拉不住，橫過身子去，恰好高高的胸骨代替了那位的額角，即時在石階前倒下，磕落了他僅有的兩個門牙。經過許多人的勸解，副官們揮著沾有血跡的拳頭走了。陳莊長也蓋著血衣被人抬回家去。

這樣的紛亂直到日落方才完了，鎮中雖然還有一小部分壓後路的兵沒走了，一定要明天起身去追趕他們的大隊。

看看那些牲口，牲口上面的婦女，一個個的行李，光亮的刺刀尖，破灰帽，瘦弱的馬匹，全在圩門外的大道中消滅了後影。所有的辦事人方敢散場。滿街上是瓜子皮破棉絮，不要的盛子彈的小木箱，彷彿在鄉間的社

戲之後的匆忙光景。所有的居民都疲倦得同喪家的狗一樣。

　　但無論如何，這些無處訴苦的居民覺得可以重複向空中吐一口自由的氣息。

　　太多了，受傷的人，被損毀的家具，不是新聞，也用不到同情與憐憫。大家想：即使受不到他們的踢打的，也不是特別有什麼幸運！

　　這一晚各家都早早的安歇了，像是經過一場大病，需要安全的睡眠。明天的食慾，與拿什麼填在胃口裡，誰也不想。團丁們在這些日子裡給武器比他們更多的那群人做公共聽差，作守衛，累得每個人連槍都拿不動。雖然還按規矩在巷口，圩門內站崗，時間略晚一點，都到巡更的屋子中躺下去了。有什麼事？前面有大隊的軍隊，鎮上還有幾十個，可以放心，不會再鬧亂子的，其實即使有什麼事變也難幹警醒他們疲極的甜夢。

　　暗中一個高大的身影從一段街口閃過去，迅疾地向吳練長的巷子中去。

　　沒有月亮，也沒有星光，尖利的北風到處吹動。黑影對於路徑很熟，巷口外一個人沒有。他一直奔到那磚砌的大牆下，一色的磚牆與釘了鐵葉子的大門，除非炸彈能夠打得開。裡面聽不見什麼聲息，再向東去，直到東花園的木門口，那是較小而且矮的木門。用繩子打在有鐵蒺藜的牆頭，這矯健的黑影從下面翻過去。

　　不過半個鐘頭，黑影又從牆頭的繩子上縋下來，在暗中消逝了去。

　　就在這一夜中，吳練長家起了一場不明原因的大火。鎮上的圩牆上留下了兩條麻繩。

　　風太大，又都是大家料想不到的事，在沉酣的睡眠中。及至吳練長與他的年輕的姨太太從鴉片燈旁起來喊叫時，火勢已經將他的花園全部毀

滅，並且延燒到那所古董的大廳，火光照耀出十幾里路去，直到天明方才救熄。

　　第二日，靠近鎮上的鄉村這新聞很迅速地走遍了。在劫後，在無法過冬的憂愁之中，這件事成了農人們談話的中心。許多人猜測是鎮上沒走的兵士幹出來的。有點心思的人都信不過，因為那幾十個整齊的後隊第二天走的時候一個人不少。本來住在鎮上，圩牆上的麻繩是解釋不開的疑團。一定是外邊的人，這是顯然的事。且是很熟悉的，因為鎮上的街道不少。吳練長家中的房屋又是特別的高大，堅固，本不容易失事的。大家的口頭上雖然不肯說什麼，但是聽見這事情的誰也心裡清楚的動一動，這樣大的威勢，也有這麼一次！或者就說那是天火？不過處罰也太利害點了！他沒做什麼歹事？鴉片煙，小老婆，說不到好歹，任管如何，也不是損人利己的，只是耗損他的精神。辦地面事，沒有薪水，招待化費，他得算開頭的人。縱然不計較，這些年來給他數數，數目也可觀了。人家有買賣，做生意賺錢，有土地，收租錢，這是本分。……還有他的兒子，又那樣的能幹，……像是「家有餘慶」的？憑什麼遭這樣的事？

　　於是這啞謎悶住了不少老實的鄉下人。

　　凡是在數的各村中的莊長，董事，知道了這一件大事，每人心裡都驚惶，跳動，人人記得頭五六天在那古董的大廳中的情形，吳練長領頭出的主意，給大家擔著這份責任。第二天他們跪在旅部住的吳家宗祠的門首，任憑兵士的靴尖踢到肩頭與面頰上都不起來，那瘦小的旅長後來親自出來講的價格，要送他們兩萬元。是這麼辦，錢到就走，不行？跪到死，在人家的宗祠前面，不干他事！再三哀求，終於是穿花皮袍的練長從後面出來也求情，一萬六千元講定了。晚上又到那大廳中聚議一次，除掉鎮上擔任六千元外，通通歸落到幾十個鄉村中去。不用想，現錢是辦不到，總有法

子。吳練長的擔保，每個鄉村中的首事寫立字據，蓋上手模，由他向鎮上的商家墊借。限定的日子內還錢，少一個不能成事！……這樣才辦過去。凡是在場的鄉童，莊長，他們在大廳中的光景都忘記不了！賣了自己，賣了全村子的人，那一個不是流著淚去簽名，打手模！……他們回到村子中去，即時宣布分配的數目，按照各家的財產平均分攤。一個月繳還！又是一次重大的預徵！這是地方款項，……他們又記得對那些破衣餓肚的鄉間鄰居在宣布時的為難光景！……

然而現在吳練長家遭了這場天火！

恐怖，怕連累著自己的利己心在他們的心中時時刻刻的占據著，對於火災的評論他們像是約定的沉默，什麼話都不好說。他們卻十分明白，這不是天火，也不是兵士的後隊搗亂，這責任有一半在他們的身上！

陳家村中是一樣的議論紛壇，距離鎮上過於近了，人人怕連累到自己的身上！所以雖然有陳老頭的重傷，與住兵後的窮亂，都不如這個新聞使人激動。

大有現在又從地窖中回來。他昨天跑出去到野外的樹林子中過了一整天，一點的食物沒曾下嚥。冬天林子中什麼可吃的東西，他只可將存在地窖裡的蕃薯帶到隱祕的地方用乾枝烘著充飢，不知村子中的餓鬼走完了沒有？直到晚上，他躊躇著沒敢回去。徘徊在冰冷的溝底，靠著大石塊取暖，雖然打著冷顫，他想起上一次的滋味，再教他剝去一件棉衣，也還情願，就這樣在冷栗的昏迷中度過冷夜。腳上儘是凍裂的傷口，竭力忍著，仍然快走不動。天剛明亮，一群凍雀在干樹上爭吵，彷彿站在高處對他嘲笑，多日沒曾刮剃的短鬍子被冷霜結成一層冰花，呼吸也十分困苦。全身的血液像全凝結住了。好容易才走回村子中去。

果然是十分清靜，聽不到那些特異的咒罵聲與女人的哭聲。全村子的

二十 甜夢

人都起身得很遲，一個男人沒碰到。想像中的兵士全行退出，不錯，符合了自己的意願。踏著霜花，他覺得從腰部以下平添了力氣。越過無人把守的柵門，往自己的家中去。他進柵門時忽然聽得從東邊來了一陣急促的腳步聲，在斜路上，他剛回過臉去，一個人的背後他看得清，直往他的空地窖中走去。

「誰？」迸出了一個字音。

隔著幾丈遠的距離，那人機警地回望了一下。

「徐？……」他也放緩了腳步。

清切地急促地擺擺手，一定怕還有兵？明明是徐利，卻沒向村子裡來。

「這東西跟我一樣，不曉得到那裡去受了一夜的冷罪！……地窖子準保沒人還躺在那裡睡覺。」他想著急於看看家中的情形，也來不及去追問徐利了。

什麼器物都沒餘下，那位可憐的老兵與他的夥伴們全替大有帶去了。只有兩條破髒的棉被，還是那住客的留情。空空的盛米糧雜物的瓦甕，與餘下的空簍，連燒湯的柴草都用盡了。妻在屋子裡躺著起不來，打熬的辛苦與對於物件的心痛，將這個誠實的，夢想著過好日子的女人病倒了。大榆樹下一隻瘦狗雖然撐著尖銳的骨頭勉強起來迎著這流離凍餓的主人，牠的皮毛幾乎根根尖豎起來，連歡吠的力氣也沒有了。聽聽左右的鄰居也一樣的寂靜。淡淡的晨光從樹枝上散落下來，茅草屋角上的霜花漸漸只餘下幾處白點。大有看看妻的黃瘦的臉，與平薄的胸間一起一伏不很均勻的氣息，他又走出在院子中立定。正對著少了門關的黑板門，門扇上缺少了半截身子的門神仍然威武地向自己看，意思是說又快到年下了，得重新一次

華麗的衣服！雖然是被日光晒淡了的紅臉，卻是那麼和平，喜笑，彷彿是大有的老朋友。

「難道全村的人都病倒了？還是累的動不得？」他咬著牙望著，似在同自己講交情的門神這樣想。再向屋子裡看了一遍，還有什麼呢？現在真是只餘下不到二畝的小畝地了！債務是舊的還扛在肩上，不用想，這新的負擔又穩穩的壓上來！年底要怎麼過的去？還有明年的深春呢？憑什麼去耕種？幸而沒被他們擄了去，可是平安的蹲在這一無所有的小屋子裡能夠喝西北風度這幾個月麼？他恍惚間記起去年冬天的事，比這個時候還晚，遇見杜烈才能夠過了一個平穩年。大約他知道這裡是這樣紛亂，不會再回陶村去的。那雪地，爹爹的身影，風，杜烈的言語，一時都湧上心頭。還記得他在溫暖的炕上曾對自己說：

「鄉間混不了，你去找我！」這句話，自己在當時也覺得是被人欺負後的一條大路，及至借了他的款項之後，又糊塗的過下去。還是想著生產的土地，想著豐富的收穫與披蓑衣，光身子在高粱地內出汗的工作。最大的事是爹的老病。現在什麼都完了！再挨下去，連走路的盤費恐怕也被收拾到人家的手心裡去！

「你去找我！」他覺得那沒有到過的偉大的地方有人向自己招手，那邊一定有不很費氣力可以拿得到的銀元！還有許多新鮮的美麗的東西等待自己的玩賞。這殘破，窮困，疾病，驚嚇的鄉間，除去老人的墳頭，他有什麼依戀？於是在晨風中他重複聽到杜烈的聲音了！忘記了冷與飢餓，簡單的心中預想著未來的安適與快活。「也許三兩年後這一切的亂子全過去了，鄉間又能恢復往日的豐富，人們都能夠本分的過日子。那時在外邊集存下錢項，孩子大了，當然的能夠學習上點能幹，重複回來，買回交與人家的地畝，另建造如同陳老頭家的小房子，仍然是還我的本等。爹的教

233

二十　甜夢

訓，要後人老老實實的過莊稼生活。那也算不得是改行，如同出去逃荒一樣，──至少比起賣了兒女下關東的人還好！」

就在這一時中大有忽然決定了他的計畫。無論如何，要咬定牙根，不必後悔，現在要典出地去還債，湊路費，還得寫信去與杜烈。這兩件事非找陳老頭辦不了。於是他不去叫醒睡迷的妻，也不去找聶子，很有興頭的跑出門去。

到了陳莊長的房子上，他才完全知道了昨天鎮上的情形，與夜間練長家的大火。陳老頭包了下頦，口裡不時的往外噴血，左肋骨腫脹著，什麼話說不出來。他家裡的人如沒頭的蠅子慌的沒了主意，已經打發人去叫葵園回家。

沒曾預想到的這幾件突兀事，把他在自家院子中的決定游移了。妻的病，陳老頭的重傷，大火，連徐利的擺手不說話也像個啞謎。大有走出陳家的大門外，覺得頭上痛的利害，對於這些事不敢尋思。家是那樣真實的殘破，遇到幾個鄰居，瑟縮著肩頭像失神似的，誰也提不起談話的精神。他任著遲重的腳步向西去，繞過陳家的農場，那片乾淨平坦的土地上什麼都沒了。往年這時的草堆，干樹枝堆，如今全行燒淨。只有那幾棵垂柳拂刷著空無所有的寒枝，在冷淡的陽光中喘動。再向北轉，到了一片新蓋的草檐上牆的房子前面，外門卸下一扇來倒在門限上。一塊剝落了粉地的黑字長木牌劈作兩段，丟在門外。這是秋天才成立的小學校，是全村中人被那少年紳士想方法逼出錢來築成的教育的空殼。大有平時沒工夫到這裡邊看看，雖然他家曾付過數目不很少的一筆錢。不認字的鄉農本來並沒有到學校去閒逛的資格，他怕那由城中分派下來的教員，──有黑鬍的戴近視眼鏡的老師。自己的寒倫樣兒，很慚愧見到念書明理的文明人。除去牽著扎牛在牆外站站，望望那教員硬拉著十多個小孩子來回喊喊「開步走！

一，二，一，二，」的可笑的情形之外，他並沒到裡面去過，自從將屋子幫同大家蓋起之後。這時他無意中走過，知道裡面一個人不會有，便任著腳步踏進去。方方的土院子，奇怪，崛起了兩個大坑，都被柴草木片的灰燼填滿。一堆灰燼中有不少的雞爪，雞毛，碎雞骨，與坑外邊凝凍的血跡。五間北屋原是有幾十隻小書桌的，全毀壞了，僅有三五隻並在一處，像是當作睡床用過。黑板還掛在東壁上，用粉筆畫的粗野的男女，床上的……，一邊還有披髮的兩個鬼怪。他首先看見便吐了一口唾沫。黃土的牆壁上有的地方用報紙貼起來，在鉛字的空間有很多的蒼蠅矢，也有用手擦抹的血跡。從小門穿過的那間小房，他猜一定是黑鬍老師的住屋。果然，還有一個煤油鐵筒做成的燒煤炭的火爐，一個木床，牆角一個破網籃，裡面還餘下一雙連老總們都沒肯帶去的破皮鞋，一部書。他撿起來，是明紙小字印的《四書大全》，這幾個簡單字，他還認得。牆上掛著沒有多厚的月份牌，兩面窗子上的玻璃一片完全的也沒有。

　　大有站在南窗的前面，呆呆地望著院子中的火池子，他能夠清切地看得到老總們住在這學堂中燒雞，喝酒的光景。怪不得進村子中來連狗也看不到，──除去自己家中那一隻──多分是被他們一樣的宰割，當做了酒餚？他想：這學校不管好壞，曾經化費過自己出賣祖業的錢項，曾受過小葵的迫捐，現在大約也用不到再有那黑鬍者師來教小孩子「開步走」了！這不算教孩子有進益的學塾，卻變成了住客的屠宰場。自己到這裡來如同逛被人掘燒的墳墓。

　　他緊咬了咬牙根，拾起那部小字的四書來扯作幾段，將那些記載著先哲的議論與教化思想的紙片，用力投入那屠燒的火池子中去。自己也不知道這算對誰洩氣，也不計較這是不是有何罪惡，他這一時被頭痛痛的心思全亂了！

二十　甜夢

二十一　離散

　　二月的天氣還脫不下冬日的棉衣，雖是一路上已可看到初放青芽的草木，早晚卻還是冷絲絲的。大有這一家的走幸得有蕭達子幫著忙，省好多事。那癆病鬼每到初春咳嗽便漸減輕，可是去年冬天的飢餓與憂恐，埋伏下長久的病根，現在走起路來還得時時向土地上一口口的吐著黃色的稠痰。他送大有到外邊去，是自己的情願，不是大有的邀請。年紀固然不過三十歲，他知道很不容易等到大有從外邊再回故鄉。多年的鄰居，又是一同共過患難的朋友，這次離別在他跳動的心中感到淡薄的悲哀。明知道處在這樣翻翻覆覆的世界中，亂，死，分手，不意的打擊，離散，算得了什麼事！何況自己這麼今天病明天不能吃飯的情形，對於誰也沒有過分的留戀。然而自從知道大有一家三口人決定要過海去找社烈，去找他們的命運時，蕭達子覺得這便是他與大有末一次的分離了！自然不能勸人家死靠著可憐的荒涼地方，喝著風，白瞪眼，像自己一樣的活受。出去麼，也不一定可以找得到好命運。他對於這件事不贊成，也不反對，不過良心上覺得非把這位老鄰居送到海邊不行。「大約就是這一場，病倒在路上也還值得！」於是他便牽了拉太平車的牲口在前頭給大有引路。

　　太平車是較比兩人推前後把的車子來得輕便，只要一個人推起來，前面有牲口或是人拖著拉繩便能走動。小得多，不能坐幾個人，也載不了許多東西。自從去年的兵亂，鄉村中的大車已經很少了，大有這次全家走路非用車子不可，好容易從別村子裡借到這一輛。蕭達子把他們送到海岸，

二十一　離散

住一宿便可推回空車去還人家。他們走的是到海邊坐舢板往那個都會的路，比起坐一元幾角的火車來能省得下不少的錢。大有自己推著，孩子隨著走，時而也替蕭達子拉那只毛驢。大有的妻坐在車子的一邊，那一面是被窩與新買的家具食物。

因為決定了多日的計畫，大有在啟行的時候並不覺得有什麼難過。陳老頭雖然可以勉強拄了拐杖少少走動，大有典地的事卻不肯再麻煩他。剛過了年，他託人到鎮上去典給裕慶店裡，也彷彿是指地取錢，一共得了不過六七十元大洋。債務償清便去了半數，添買了點零用的衣物，他計算著到杜烈那裡也所餘無多了。多耽延一天的日子就得多一天的化費，他現在真成了一個無產者！吃的東西都得現用錢去買。所以天氣剛剛溫暖些便決定出門。陳莊長還送了一袋子麵食，幾斤鹹菜，那被世事壓迫著快要到地下去的老人說話也沒了從前的精神，他不留戀大有守著那幾間破房子在村子中受餓，可是到外邊去怕也有窮途的日子！當陳老頭拄著拐杖在門口看那太平車要往村外走的時候，從他的乾枯的眼瞼裡流出了兩點真誠的熱淚。那不止是為的奚二叔的兒孫要永別他們的故居，也不是平常分離的悲感，那老人什麼都明白，眼看著像「樹倒猢猻散」，大家終有一個你東我西的日子來到，這多少年來是快樂安穩的農村弄到要沉落下去，他的經驗與感懷，自然逼得出他的熱淚來！

大有自從由那老舊的屋子中往外走時，他板著呆呆的面孔不願意同誰多說話。對於妻與孩子似分外有氣，行李本來是很容易收拾，然而放上去又拿下來，不知要怎樣方能合適。末後他將一大瓶從鎮上裝的白酒用細繩子緊緊縛住，才悶悶地推起車把。

蕭達子雖然不懂事，他卻能夠了解大有的心情，直待這出門的主人說走，他才把那條短短的皮鞭揚起來。村子中的男女自然有好些都到村口

送他們遠行，誰也不會說句好話，楞著眼看這輛車子碾著輕塵向大道上滾去。

就這樣上路，一個上午僅僅走出五十里地去。

過午打過尖，再動身，漸漸向山道上奔。這道是通向南方去的幾縣的通道。儘是嶺，坡，柞樹林子，很不平展。路中遇到不少的太平車，與挑著孩子行李的人，有往南去也有向北走的。誰也知道這窮荒的道上的行人都是一樣的逃荒的農民，雖然有幾縣的語音，然而是遇到同一的命運！初春正是好做一年計畫的始期，到各處去還容易找到工作。離開沒法過活的他們的故鄉，往四方去作飄泊的乞人，他們臉上都罩著一層晦暗的顏色。破舊的衣褲與蓬亂的頭髮，有的還穿著夏日的草鞋，幾歲的孩子坐在車子與竹簍子裡淌著黃鼻涕，餓的叫哭，大人卻不理會。即便有點預備的乾糧也不肯隨時哄孩子不哭。有的還在母親的懷抱裡，似乎也吮吸不出乳汁，那樣嬰兒的啼聲更加悽慘。大有在路上遇見的逃荒群中他總算是很富足的了。有食物，有酒，還有餘錢，穿的衣服還比人家整齊許多。從南方來的人看著大有與他的妻以為他們是去看親戚的快樂人家，有人問他，大有便含糊著答覆。

走過十多里，他們找到一個下坡的地方停住車子，在那裡休息。蕭達子菸癮頗好，雖是咳嗆，他的小旱煙管總時時帶在身邊。他放開拉驢子的細繩，放任牠在石頭旁邊啃乾草，自己便蹲下吸菸。

「還有六十里地，今天得宿那裡？」

「黃花舖一宿，明日頭午早早便到海崖。」大有的答覆。

「就還有一天的在一堆兒了！大有哥。」

蕭達子不會說客氣話，往往有許多真純的情感他只能用幾個字音表達

出來。這兩句的語音有點顫動。大有用凍酸的大手指托著右腮向那個黃瘦帶了黑氈帽墊的同伴看一看，眼光又著落到路旁的一棵小柳樹上。

「快！柳芽兒再過半月便都冒出來了！」

不對問題的談話，他們兩個都十分了然這些話的技術。「快！」匆匆的生活，幾十年的流轉，分解不清的痛苦與疲勞，可不是迅速的？將他們從打瓦拋石頭的童年逼到現在。再想下去，如同陳老頭的花白鬍子，到處拄著拐杖，甚至如同奚二叔被黃土埋沒了他的白髮，不過是光陰的飛輪多轉幾次，一些都遲延不得。尤其是將窮困的家計擔在各人的肩頭上時，一年中忙在土地上，農場裡，夜夜的拿槍巡守，白天閒時候的拾牛糞，掃柴草，何嘗覺得出時光中有從容的趣味！一年一度的嫩柳芽兒在春天舒放，但不久就變成黃落，在田野、陌頭上呻吟。大有的話裡含有的意思，自然不止是對柳葉發感慨。

蕭達子默然地又裝上一帶黃煙。

「不知道壯烈那裡也有柳樹沒有？……」

「沒有柳樹，還沒有別種樹？總得生葉子，長果實，有開，有落，……咱們是一棵樹上的葉子，這一回可要各飛各的了，大風催著各自飛！……」

「我記得老魏常說：『夫妻本是同林鳥，大難來時各自飛』！男人，老婆還得各顧各的。……本來你得走！」

蕭達子將竹管從薄唇間撥開，輕輕地噓出一縷青煙，接著道：

「杜烈來信終究是要你去幹什麼活？」

「他說抓錢也不見得很難，可是得另變架子，什麼活沒提，到了之後再找。」

「變架子，不是咱這份衣服去不的？」

「那裡沒有窮人，他的意思倒不在衣服上。你想咱這是去逃荒，去找窩窩頭吃，不是去擺闊！大約得變了種田的架步？……」

蕭達子立起來想了想，重複蹲下。「咱這樣老實本等，那裡不能去？為什麼變架步？又怎麼變法？」

大有用大的門牙咬住下唇，急切答不出這一個疑問。他知道撒種，拖糞，推車子，收割高粱，豆子的方法，他還會看天氣的好壞，真的，要怎麼全變成另一樣的人，他自己也沒有主意。不過他明白非用力氣到外邊去更換不出飯食充飢。

「沒有別的，出汗賣力，可不是種田那樣的事。」

「他來信不是說我還可以去當女工麼？」大有的妻在車子上攙入這句話。

「是呀！」大有接著說：「女工容易找地方，可不知道是幹什麼？幹了幹不了可說不定，她也不能白閒著。」

「我聽說，不用提大嫂子可以做活，那邊也有小孩子做的事，一天幹的好能夠吃飯的。這麼一去你三口人先不用怕餓煞了！」

蕭達子忽然聯想到他的田地的主人──鎮上的地主──家的老媽子曾同他說過這些事，說錢是好掙，比起莊農人家來不受氣，也不用捐款，只是能夠出一天的力量，就有幾角錢的酬勞。連小工也得五六角。於是這簡單的病人對於大有全家像是可以有約定的幸運，他便從愁鬱的臉上露出一絲的笑容。

「說不定下年柳芽再黃的時候，你們就發財還家了！」

「一點也不會錯！柳芽是一年一回黃！……」大有沒再往下說，這意

二十一　離散

思蕭達子並不是不明白，可不願意再追問。其實他的悲慘的心中對於這句話的預感比大有的心思還難過！癆病虛弱的身子，還得挨著飢餓，給主人家種田，到那裡去呢？更不如大有的自由。能夠等得到柳芽兒再一回發黃的時節？

不能再往下討論那發財與重回故鄉的話了。蕭達子直著眼向前路上看，恰巧由微青的小柞樹林子中的小路上走過來三四個男女。

「又是一些逃荒的！」找到這句眼前話對大有說。

「不到一天碰到了十多起，都是沂州那一帶的，他們偏向北走！」大有的答覆。

「誰也不知道上那裡去好，像蒼蠅一般的亂撞！」

靜靜著等到前路上的男女走到他們的身旁，相望之下，大家都可了然。不過來的這幾個外路人境況更壞，沒有車輛，也沒有多少的行李。一個彎腰抹著鼻涕的老人，用草繩子束住深藍色的棉襖，上面有十多個補綻的地方，袖口上像是補的兩片光鐵，油汙的顏色映著日光發亮。頭髮是花白稀少，連帽子沒的戴，走道十分吃力。另有兩個男子，年紀輕的挑著兩個草籃，一對兩三歲的小孩在那端，另一籃中有小鐵鍋，破碗，棉被，還有路上撿拾的柴草。他有高大的體格與寬闊的面目，令人一見知道他是個很好的農夫。女人穿著青布包的蒲鞋，紅腿帶，肩頭上扛著一個小被捲。最後面的男子像是挑籃子人的哥哥，四十多歲，用兩隻空手時時揉著肚子。他們都很乏倦，到這些石堆前面早已看見有人在一邊休息，便不用商量也停住腳步。女人坐在小被捲上張著口直喘，一個如亂草盤成的髻子拖在肩頭上，還約著褪色紅繩。

「憩憩罷，也是從沂州府來的？」大有站起來問。

挑擔的年輕男子從肩上卸下兩個籃子來道：

「一路，和前邊走的都不遠。」

話沒完，一個小些的嬰孩呱呱地哭起來，頭上戴的大人的布半帽，扣到那小耳垂上，他躺在草堆裡伸動穿了破紅布褲的兩隻小腿。

「哎！要命！小東西哭，再哭也沒有奶給你吃。」女人將孩子從籃子裡抱起來，解開拴的衣帶，露出一個下垂的鬆軟的乳頭，堵住那不過一週歲嬰孩的小口。還在籃子裡瞪著眼向她媽直看的小女孩沒做聲，把兩個髒黑的指頭含在舌頭底下。年輕的男子用背抵住一塊大青石，伸伸膀臂。

「有孩子真是活冤家！奶又不多，討點乾糧來又吃不下，多早路上丟了就完事！」

老人簡直伏在樹根上像沒聽見，揉肚子的男子還隔幾十步就蹲下來。女人一面拍著孩子，眼裡暈暈道地：

「早知道這樣年頭都打下去，也省得死了還放不下心！……」她身子一動，懷中的嬰孩又無力地啼哭起來。

「走！走！走下去，還不是得賣給人家！」

「果然能賣給有錢的人家還真是孩子的福氣！」那面目和善的年輕女人像哀求地這麼說，兩顆很大的淚珠卻落在孩子的紅布褲上。

蕭達子不轉眼珠地向他們看，現在他再忍不住了。

「二哥，你這是一家？」

「一家，咳！」

「後頭揉肚子的是？……」

「我大哥，他從上年給人家做工夫，喝涼水弄出這個病，如今什麼力

氣也沒了，活受！一家人就是我和她還可以挑的動，拿的起，要不，怎麼
會落在別人的後頭！」

　　他不訴苦，也像不求人知道他的困難，板板的臉上似沒有悲愁與憂苦
的表現，蕭達子在旁邊瞅著，很覺得奇異。

　　「兩個孩子是你的？大的幾歲了？」

　　「三生日，記得清楚，養她那天村子裡正教官兵包抄著。」

　　「啊！那麼巧？為什麼包抄？」

　　「這個你還不懂？」男子向蕭達子望了一眼，「先是被土匪占了，霸住
做匪窠，過了多日老總們調了大隊去，圍了十幾天，他媽的，單湊成一
天，這小東西教炮子轟出來的！」

　　他說的那樣直爽，大有的妻在車子上忍不住笑。

　　「哎呀！她娘吃驚那麼大，真了不得！」蕭達子鄭重地說。

　　「人還有受不了的？兩間屋炸破了一個窗子，她還沒養下來。」

　　「好大命！這孩子大了一定有好處的！」大有的妻對那年輕的女人說。

　　「一下生就這麼怪氣，什麼好命，養也撿不著好日子！大嫂，妳不知
道，那時誰也想著逃命，我坐在炕洞裡自己把她弄下來，什麼也覺不出
了，連灰加土，耳朵裡像是爆了火塊子，眼前是一片血！……」

　　大有的妻下了車子，「好不容易！那個女人碰到這樣事還昏不過去！」

　　「該受罪的命偏偏死不了，連孩子拖累到現在！……」

　　「人不可與命爭，磨難出來，還指望日後哩！」

　　「話總是好的，憑什麼？這兩年愈過愈壞，年紀老的怕連塊本地土死
了也撈不著，一點點血塊子更不用提！……那裡，你沒去看看！……」男

子接著說。

「也是荒年？……」蕭達子的話。

一直沒說話的老人這時搖搖頭，意思是這句問話與實情不對。年輕的男子將右臂一揚道：

「從前也有過荒年，那裡的土地本來不好，收成在好年景的時候也有限，現在不止是年荒！……人荒！難道你們家裡還好些？想起來差不多？一樣的事，納糧稅，一回又一回，土匪更是那裡都有，怎麼幹？不當兵，不搶人家，這是結果！……討飯！也不比從前容易了。」

「現在要到那裡去？」

「那裡去？那裡的人少說也走了一半。今年準保地畝賤了個沒法辦，不止是很窮的人家，那些小財主一樣是有地不見糧食，也得同大家似的拋開地滾他媽的。一開春有許多人向縣衙門裡去繳地契，情願都送給官家，以後別再問地要錢，不行！朝南的衙就是化銀爐，要的是大洋元，鈔票。地契不收！……人家有下關東的，往南省去的，也有向北來的，咱們這一路因為連盤費都湊不起，只好先到就近的縣分裡，── 好點的地方逃難！……你要往關東去嗎？」

「送人去，他這一家往，……」

「這一條路向南到黑瀾坡……上船過海。」

「要過海。」

男子對著大有與大有的妻，正在掘草根的聶子看了一遍道：「一樣的人不一樣的命，你們好得多了。能夠過海去發財，比著到各縣裡去叫化強得多！」

大有在車子旁勉強笑了一笑，「發財」這兩個神祕的字音，剛剛聽蕭

二十一　離散

達子說過，現在路遇的這個不認識的男子又向自己祝福，或者海那邊有洋樓的大地方裡，一片銀子地等待自己與老婆，孩子一齊去發掘？銀子不到手誰也不會疑心自己是財主的。也許有說書詞裡的好命？一個人窮的沒有飯吃，黑夜裡在破床上看見牆角裡發白光，崛起來，青石板底下是一壇白花花的銀塊。就那樣，做買賣，置土地，蓋起大人家的好房子，事情說不定，這總不是壞兆？……大有在一瞬中動了這個奇異的念頭。他不禁對那個陌生的男子道：

「那裡好？咱都是一路人！上那邊去也得混！──碰運氣，不是實在過不下誰能夠拋地捨土的向外跑？你就是有老，有少，特別的不好辦。」

「老的老，小的小！……」抱著嬰孩的女人說。

彎背的老人雖然不高興說話，耳朵可不重聽，媳婦的話很刺激地到他的耳膜裡面。他將倚在身旁的木條子捽了一下道：

「老！……哎！老不死！……這年頭，就累，……哼！……累壞了年紀小的？……可惜我年小的……時……那時偏不逃難！有那……時候，把上一輩留下，……省事！……」

他揚著頭直喘，聲音像是劈破毛竹筒似的又啞又嘶。

「爹，你還生氣？她心裡也不好過呀！」男子這時的臉上稍稍見出一點為難的神氣。

「是呀，誰也不情願，像我現在連老爹也沒福擔哩！」見景生情，大有篤厚的真情逼出了這句安慰人，而自己心中是很淒楚的話。

女人沒做聲，又是兩滴熱淚滾在腮旁。

又憩了一會，他們這南北分頭的同路人都各自用腳步踏著初春的日影向前邊走去。大有雖然推動車子，還不時從絆繩上次望那四個愈去愈遠的

246

背影。從矮小的沒有大葉子的樹枝中間可以回望的很遠，一直到他們下了這片高沙嶺的下坡，看不見了那向窮荒的地帶裡尋求命運的飄泊者，大有才用力將車子向前推動。

這一晚他們宿了隔海口很近的黃花舖。

往海口去的逃荒的人家許多沒有餘錢到客店中住宿，村頭上，野外，勉強混過去就算了。大有因為手裡的路費頗有贏餘，再說還有蕭達子，便到這個小村中的店裡住下。

黃花舖是沿著一片高山的小村落，因為往海邊的道路一定從這裡經過，每當初春與十二月中到海邊與從海那邊回故鄉的人特別多，所以小客店卻有三四家。不過稍微有點錢的人坐火車的多，凡是來回走這條路的除去是離家極近的客人，便是圖著省錢冒險坐舢板渡海去的。開客店的也是種著山地的農民，並不專做這樣的買賣。

大有一家人奔到店裡已經是點上煤油燈的時候。在店中公共住客的大火炕上作為臥處；幸而還有一層窩舖 —— 是用高粱稭打成吊在火炕的上面，緊靠著屋梁，當中僅可容開人臥得下，—— 大有的妻與聶子便從木梯爬上去。大有與蕭達子同兩個另一路來的孤身旅客占住了沒有蓆子的下炕。雖然是為客人開的店房，除掉麵餅，大蔥，蘿蔔鹹菜之外，並沒有預備什麼疏菜。這邊的土地很壞，青菜很難生長，至於肉類不是遇到近處有定日的市集便買不到。大有一定要給蕭達子酬勞，因為明天就得分手。找店主人出去跑了幾家買到十個雞子，用花生油煎炒過作為酒菜，好在有自己帶的白酒，這樣他們便吃過一頓豐美的晚餐。

因為同在一個屋子中的關係，大有將白酒分與兩個客人與店主喝。他們雖然不吃他的雞子，然而都很歡喜。

二十一　離散

　　大有自從在家中將剩餘的二畝地全數典出之後，下余的錢項他也沒有從前竭力保存著的那樣心思了。橫豎留不下多少，到那裡去白吃幾天，現拿來糊住口，所以這晚上他特別慷慨。雖是化了三角錢買來的雞子，他也要一頓吃下去，圖個酒醉飯飽。

　　反是蕭達子覺得不對勁，在家中誰也不肯這麼吃家常飯。他一邊撫著胸口渴酒，卻囁嚅著說：

　　「太貴了！太貴了！三角，差不多要兩吊多錢，……吃一頓，你何苦呢！」

　　店主人是個有經驗的中年人，他點點頭道：「就在這裡一個樣，誰那麼傻，──實在也吃不起！三角錢！這近處的雞子比海那邊還貴。」

　　「這不怪？」蕭達子不明白這是什麼緣故。

　　「怪什麼？年中由各處販賣多少去？你沒聽說那裡有工場，專把雞子打破將鮮黃裝成箱運往外洋去。還有那個地方消多少？我去過，誰能夠算計出一天吃的數？……雞子還值得少，就是雞，一天得宰他幾千隻。……也好，這幾年鄉下有這一筆入款，──賣雞子，所以貴麼！從前幾十個錢一把蛋，還當什麼，如今，好！養雞的人家都不肯吃。」

　　「唉！不止雞子，牛也是一個樣。」一位穿著青布短衣，青褲子，帶圓呢灰帽的年輕人道：「每一年多少隻牛？一火車一火車的載了去，洋人好吃。那裡有屠牛場，簡直天天殺個幾百隻不奇怪，鄉間的牛貴得很，就是被他們買去的緣故。」

　　「那也好，雖然耽誤事，賣錢多呀！」在炕下小矮凳上坐的一個鄉下布販子說。

　　「不，不，這麼說不對！貪圖一時的現錢，等著用牛，賣了錢也化個

淨，用到耕地哩？再買牛，少了錢還能行？這是和鄉間雞子比海那邊還貴是一個道理。」店主人的話似乎很聰明。

「對呀，說來說去，還是當中間的人發財。」模樣似是工人的那一位的答覆。

大有聽他們談話，知道這個工人與店主都是到過海那邊的，不像自己與蕭達子的迂拙，不懂得碼頭地方的情形。他呷下一口冷酒，突然問那個工人道：

「你二哥往那邊去做工？ —— 什麼地方？」

「火柴工廠，我才去第二年，見錢有限。」

「啊，火柴工廠裡面也有外國鬼子？」

「不，那是一家中國人辦的，比起東洋人的差得多。」

「知道有個杜烈？他是在東洋人開的弄棉花的工廠裡做工。……」

「杜烈？……什麼名字的工廠？」

「××？……是啊，真難記。我為他寫信來告訴這個名字，記了少半天。」

「好大的工廠！是那裡的天字第一號的綿紗廠。不過，杜烈 —— 杜烈啊？這人名怪生，工人太多了，一個廠裡幾千個，不認得。你的親戚麼？」

「鄰居啊，我覺得在一個地方，或是認得。……有幾千個？一天工錢要上萬的化豈不是？」大有真覺得驚奇。

「上萬的化，對呀！就是那片房子蓋起來也得近二百萬， —— 二百萬塊呀！」

二十一　離散

「二百萬塊洋錢！」這個莫名其妙的數目，大有簡直無從計算。究竟得算多少？平常以為千以外的數目就輕易不會有，萬，還是百萬，從那裡來的這些洋錢？就是縣衙門裡的收錢也聽不到百萬的數。

蕭達子一碗酒舉到唇邊，又放下來，吐了吐舌尖。

「房子淨得二百萬，人工每天上萬塊的支，他們幹什麼做這麼大的事業？」

那個工人連店主人，布販子都一齊笑了。

「什麼呀！有大錢才能賺大利！你想人家只圖個一百八十？」

布販子為表示他的行販的知識，夷然地對蕭達子這麼說。

「真是窮的太窮，富的太富了。大有哥，你瞧見在路上碰著的那幾個逃難的人比咱還差色，許是世界上就這個樣？」

「是啊，少一般不成花花世界！」店主人老是好對過客們說這句慣熟的模稜話。

年輕的工人將盛酒的小黑碗用指頭扣了一下道：

「照你這麼說，叫化子，花姑娘，拉土車的，都是命該如此？不要怨天，也不要有什麼想頭，總括一句，得挨受！」

「萬般皆由命，我覺得差不多，你以為什麼是強求得來的？」店主人黧黑的臉上得到酒力的潤髮，微微發紅，他捻著不長的鬍子根對工人點點頭。

工人哼了一聲，沒立刻答話，顯然他是不贊同店主人的話。住了一會，他蹙蹙眉頭道：

「一些事，你總不會明白的，——許多人都不明白！」

「什麼呀？這麼難懂。」蕭達子問。

「你更不會知道，在鄉間就是犁爬，望著天爺吃碗粗飯。……」

「本來是誰不這麼辦？就是你，看不的每月能拿十幾塊大洋，難道不是吃的碗裡的飯？」店主人報復似的插話。

「我也是吃的碗裡的飯！」工人淡淡地說。

店主人與蕭達子，布販，都不約而同的笑了。這工人的話他們聽來真是取笑。誰不害餓，誰每天不要飯吃？

「真開玩笑。要問傻子還對勁，管這些閒事！沾了這位客的光，來來，再喝兩口。」店主人覺得酒還沒足興，他舉起盛酒的大碗來對著大有。

獨有大有沒笑，他聽這年輕工人的話頭怎麼與杜烈的議論有點相似，也許是一路？幹他們這一行的總比不的安安穩穩守著土地的農人，不是一個派頭。然而他知道這不是開玩笑的趣話，可是也不好意思再去追問其中的道理。靜靜地用紅木筷子撥動盤中的雞子。他說：

「好！咱這才是碗裡的菜大家吃呢。」

於是他們在一時的歡笑之中將大有的圓瓶裡的白幹喝去了大半。

二十一　離散

二十二　快慰

在這裡。從來看不見薄暗朦朧的黃昏的景色，只知道滿街上的街燈齊明便是都市的夜間。

大有冒著寒風從市外歸來，一小時的談話，使他明白了自己現在所處的環境。因為晚上還得提了籃子沿街叫賣菜餃子，他不能再在杜烈的家中耽誤時間。杜烈教給他如何坐長途的老虎車，到那裡下來，又親自送他到路口的車站上替他買上車票。

然而這個對於一切陌生的人，感激杜烈的還另有所在，就是他這次跑了幾十里地的馬路，找到杜烈的家中，借了五塊錢的一張綠色印的紙票。

他緊緊地攥在手裡，覺得那有花紋，有字，有斜的彎曲的外國畫的紙上迸出溫暖的火力來！手心裡一直出汗，平常是裂了皴口的指頭現在如同貼上一貼止痛的藥膏。在家中的時候，他也曾有時在鎮上用米糧，氣力，把換回來的銀洋以及本處的小角票包在手巾包裡帶回家去應用。也許拿的比這個數目還多一點，奇怪，不但手裡不曾出汗，而且還輕鬆得多，縱然鄉間有難以防禦的匪人，說不定可以搶掠了去，但他總覺得有平坦的道路，有寬廣的田野，還有無邊的靜謐，這些都似乎可以替他保安的。現在所踏的地，所坐的東西，所見到的是種種形狀不同，打扮不同的許多人，—— 是自己不能夠同人家交談的人。多少眼睛的向他直射、一直射透過他的手掌。尤其是到進市內時，大道旁持槍站崗的警士查車，偏向他

二十二　快慰

多看了兩眼，意思是說你手裡那裡來的票子？他即時覺得手心中的汗分外多了。幸而那警士沒進一步的問他。及至車輪又走動的時候，他暗中嚥下一口唾沫，又聞著車頭上的臭油氣味，忽然嘔吐起來。

對面是一位穿西服的青年，光亮的黃皮鞋，鞋帶拴繫得非常整齊。恰巧大有忍不住的酸水迸到那雙漂亮的鞋尖上，青年人感覺是靈敏的，突然將皮鞋縮回去。

「幹嘛？——這麼髒！」他一手持著嶄新的呢帽，向大有瞪著晶光而有威稜的眼。

有話在這眾目睽睽之下大有也答覆不出，急得直彎腰。車上的人都含著輕視的微笑，獨有賣票的帶打鳥帽的小夥子走過來道：

「土氣！坐不了汽車別化錢受罪！帶累人！幸而是這位先生，如果是位太太呢？小姐呢？你不是存心教人嘔氣！」

在車輪跳轉中車上起了一陣笑聲，那西服青年露出一臉的討厭神色，從小口袋裡取出印花的潔白手帕將鞋子擦好。也說道：

「這太不規矩了，怎麼好！咳！中國人老沒辦法！守著外國人不教人家說髒？同這樣的人生氣也沒法子講。……」

算是在大量之下，青年自認晦氣，不同大有計較。於是車中人有了談話的資料。有的讚美青年的大度寬容，有的嘆息鄉下人到這大地方來是毫無辦法，不知規矩。然而題目是一個，誰都瞧不起這十分土氣的鄉下人。大有低著頭只覺得臉上出汗，一點也沒有冷的感覺。比起前年在鎮上被兵士打的兩個耳刮子還難過！如果不是在這樣的車中，他真想痛痛快快的哭上一場。

幸而強忍著到了末一站，他畏怯地隨在眾人的後面下了汽車。那時滿

街上的電燈已經照耀的如同白晝。

　　路是那樣的多，又那樣的不熟，好容易求問著一些生人，費力地走去。有車中的教訓，他十分小心，走路時防備著擦著行人的衣服。每逢有好些穿的光亮的男女在他身邊經過，他只好住一住不敢亂闖。然而誰曾看他呢？在這麼大的地方，像他的並不只是他自己。在大玻璃窗下，水門汀的堅冷的地上抱著發抖的孩子與披著破麻袋的，連他還不如！然而大有雖然還穿著棉衣，帶頂破舊呢帽，並且手裡緊捏住一張紙票，他卻不敢對比他還要下一等的沿街討乞的人自覺高傲。每每經過他們身旁時，他自然多看一眼，很奇怪，他的故鄉縱然是十分貧苦，像這麼可憐的叫化子卻不多見。為什麼偏在這有高大華麗的樓房，與電光通明的街上將他們點綴在圍著狐狸皮與坐老虎車的人們中間？他也曉得，這也算是這個大地方的醜惡。似乎在這麼好看的熱鬧的地方，就連他這樣的鄉下人也不應分到街上亂撞，何況是他們！然而沒有這些抖顫乞喊的生物，也許顯不出另一些男女的闊綽？他想，這是他們得以留在這個地方的唯一的理由？更有從市外回來的年輕婦女，每一個人都有小小的布包提在手中，從小街道上拖著疲軟的腿，足，趕著回家。他知道她們全是由工廠中散工回來的，至少每一天她們可以拿到幾角的票子，一個人吃用不了。他記起杜烈安慰自己的話不禁感到淒涼地失望！「他只是說等到再一回招工，可是老婆只好在灶頭上張著口清吃，做小買賣自然少不了她，可是長久能夠有利？」稱份量，講價錢，這與他是完全外行，而且要他拿了東西到街上賣，他明白，輕易喊不出口來。何況他原是扶犁下鋤的出身，兩隻手除去會編草蓆之外什麼都做不來。杜烈雖然將本錢出借，說是在未入工廠之前先賣點食品敷衍著吃飯，自己沒法不應允下來。自從下了老虎車，他本能地在人叢中躲避著碰撞，心裡卻不住閒的作憂鬱的盤算著。

255

二十二　快慰

　　自從他到這個大地方五六天以內，他一個人沒敢在晚間出來閒逛。幸得杜烈給他在靠海邊的地方賃到半間屋子，是在一片大房子入口的旁邊小屋。左近是窮人多，好一點的像鎮上與城中的買賣人，人力車伕，碼頭上扛貨包的工人，小飯鋪，紙煙店，小客棧，所以大有與他的妻子蹲在那半間木屋裡還能安心。也有鄰家的拖著髻髮大袖子的女人過來與妻說話。白天他溜到通行老虎車的馬路上看熱鬧，晚上出來這算頭一次。

　　他奇怪那些男男女女為什麼穿得很明亮整齊的到街上紛忙？各種的車子，各樣的偉大建築物的門口，喊著衝破喉嚨有豁拳聲音的樓上，全是鬼子衣服與綢緞的裝裹的，顏色，花道，已經耀得他的遲鈍的眼光發呆。還有到處都是的強烈的燈光，與那些戲院，商舖門上的紅紅綠綠的彩光，一閃一滅地映照著。耳朵一時都清閒不了，分不出是什麼東西的發音。街道中心的柱子，柱子下面的揮著短棍的警察。看樣誰都比他還忙。他想這多麼有幸福的人們為什麼忙的比他這為吃飯沒有地方的苦人還利害？他可惜沒曾把這件事問問杜烈。

　　至於大商舖內的陳設，奇異的窗飾，電影院門口的無電線發音機的怪唱，各種皮色鬼子的言語，大有的神經在這樣的霧圍中簡直有點狂亂了。

　　他忘了思尋，也失卻判斷的能力，只是任著腿直走。然而經過長途巴士中的警告，他時時提防著妨害別人！

　　一直求問著到他那臨時的家中，他才明白，雖然同在一個大地方裡，卻分出若干世界來。這條僻靜髒窄的靠海的街道，燈是少得多，不是有特別事老虎車也不會從此經過。全是塵土罩滿了的小玻璃窗子，緊緊挨靠成堆的小屋子，街上的尖塊的石子映在淡薄的燈光下如同排列著要吃人的利齒。幾個喝醉了酒的短衣的工人沿街唱著難聽的音調，加上樓上的破留聲機電影的二簧調，成了自然的和諧。

大有認清了這條街，沿海邊的鐵欄杆走，可以看得見披了黑衣的大怪物上面有幾百點帆船上的小燈光。無力的退潮時時撞動海邊的石坡，他聽得很清晰。

　　由繁華的大街到這裡來，大有提起的心驟然覺得放落了。雖然不似在陳家村的清靜，他卻認為這是他還能夠暫時安居的地方。左右是可以比較著說得上話的人，與看在眼裡尚不是十分奇怪的物事。沒迷失在那些有香味與華美衣服的人群之中，他反而覺的得到片時的快慰！

　　幸而在杜烈家中喝過幾杯好酒，雖然時候晚了，在海邊的冷風中走還不覺得怎麼畏縮。遠遠的聽見鬧市中的嘈雜的聲音，尖銳的，宏大的，低沉的，淒涼的，分別不出是什麼響叫。回頭看，是一團迷霧罩在那片高矗的建築物上面，迷霧中瀰漫著一層微紅的光彩，彷彿是下面有了火災。他知道在那片迷霧之中有多少人的快樂去處，吃的，喝的，以及種種他所不懂的玩藝，比起這海邊的窮街的淒冷，是一個天上一個地下的世界。然而這比起他生長的鄉村來呢？他以為那些白楊樹，榆，柳樹圍繞的荒村，雖然沒有那片迷霧下的種種奇異的東西與他們的快樂，卻比這又髒又亂的海邊好得多！稀稀落落的燈火，直爽親切的言語，炕頭上的溫暖，夜的沉靜，無論如何，還是自己的故鄉能夠令人懷念！幾天以來，這海邊一帶的情形他已經完全熟悉。沒有穿鬼子衣服與華麗綢緞的男女，然而酗酒的醉鬼，爭鬥叫罵的漁夫，專門亂唱與調弄婦女的青皮，蓬頭破衣的女子，臭水，魚腥，滿街上收拾不及的垃圾，撿煤核的窮孩子，除他們外，整齊漂亮的上流人誰肯從這裡經過？自然也有像大有一樣從鄉間新上來的安分老實的農人，而在這裡更多的是被這都市原有的罪惡洗刷過的貧民。他們失去了本來的面目，因環境的被迫學會了種種的新方法，去侮弄欺負他們的夥伴。

二十二　快慰

　　大有覺得海風拂在臉上，腳步一高一低地踏著尖銳的石子，突然一股無名的悲哀在心頭激動。他為什麼流離到這個古怪複雜的地方？為什麼捨棄了自己的好好的鄉村，房屋？更追念上去，他無故的賣去了祖宗的產業，領著妻子跑出來，找罪受？他又想：他空空的向大地方去亂撞，還不及宋大傻能夠單人獨騎的找好處，抖抖威風！又怎麼自己沒有杜烈那份手藝，到工廠裡去拿錢？……他懷念著，悔恨著，於是又想到那些擾亂鄉村的匪人，那些徵收捐稅的官差，以及鎮上的紳董，彷彿他是被許多人在暗中居心把他擠出來似的！然而……他迷迷惑惑地亂想，從身旁一個短小的暗影閃過去，即時那個影子在他前面停住了。

　　「喂！……你走錯了路了！」

　　大有被這突來的細聲叫住，藉著電燈光看看，身前站著一個深藍布襖青綢子棉褲的三十多歲的女人向自己笑。

　　不是有燈光照著，他一定認為她是海邊的女怪了。她的厚厚的面粉，塗得近乎發黑的紅唇，一個鬆大的髮髻拖在頸上，從那些頭髮中放出一股似香似臭的氣味。他不明白天這樣晚了，為什麼有這樣的一個女人在海邊的路上走。

　　「路，沒錯！我是到元興裡旁邊去的，──　謝謝妳！」

　　大有覺得在這種地方他必須學著說那句自己說不慣的客氣話。

　　「你這個人，──　不懂事！你跟著我走才錯不了。唉！你手裡拿的什麼？那麼緊！」女人漸漸挨近他的身旁，紅暈的大眼睛裡放出妖笑的光彩。

　　「沒……有什麼！」大有想著快走，但是女人靠在前面卻像同他開玩笑，擋住去路。

「你瞧，誰還會搶你的不成！你難道沒看明白我是一個女人？—— 一個老實的女人呀！」

大有被她的柔媚的聲音感動了，他便怯怯道地：

「從朋友那裡借的，……」

本來還有「東西」兩個字沒說出來，女人又笑著搶先說：

「不用說，是借的錢！一個票角子我早已看見了。」

大有聽她說出來，才慌張地舉起右手。女人的眼光真利害，果然在手掌中有一角的紙紋沒曾握緊。他便老實說：

「是借的錢！我家裡等著下鍋。這是跑了半天路的。……」

「不用再說啦，你道我會搶你的？……走罷，我給你領路！」

女人像很正經的，熱心給他引路。大有正在拿不定主意，又找不出什麼話來辭她。女人毫不客氣地前進一步，簡直拉住他的右手。他是頭一次被女人這樣的困窘，即時背上發出了一陣急汗，恰巧海灣的街道轉角處有幾隻皮靴走過來，還夾雜槍械拄地的響聲。女人死力地推了他一把，轉身快走，抹過一個牆角便如妖怪似的沒了蹤影。

大有吐了口氣，更來不及尋思這是一件怎樣奇突的怪事。他剛剛舉起腿來，迎面走過來兩個巡邏的警察。他們提著步槍不急不緩地走來，正好與大有相對。大有的額上的汗珠還沒擦乾，臉色是紅紅的，舉止失措的神氣。

「站住！—— 哪裡走？」

大有被他們的威嚴的喊聲嚇住了，右手更急得向身後藏躲。慣於偵看神色的巡邏警，對於這麼慌張的鄉下人還用到客氣？

二十二　快慰

「手裡什麼東西？……藏！……」

槍已橫過來，有一個向前走一步轉到他的身後，大有這時只好把右手伸出來，將緊握了多時的一張綠花紋票紙攤在掌心給他們看。柔柔的紙張被汗漬溼透。巡邏警取過來互相看了一看，又打量了大有一回道：

「五塊，你那裡來的？怎麼這樣的神氣？」

大有吞吞吐吐地將到市外借錢以及剛才碰到要給自己引路的女人的事全告訴出來。他眼看著那張有魔術的紙幣已經捏在一個警察的手中，他說話更說不痛快，聽去彷彿是現造作的言辭。警察那能聽他這麼一個形跡可疑的人的話，橫豎是得到各條街上去盡他們的冬夜的職務，問明了大有的住處，叫他領著他們一同送他到家裡去。

然而票子卻放在一個警察的外衣口袋裡。

大有這時不是被人家領路了，他得領著這兩個全身武裝的勇士到自己暫時的家裡！最令他難過的是那張綠花紋紙張！他一邊走，卻囁嚅著道：

「票子，……是我借來的！」

一個左頰上有紅記的警察向他笑了笑道：

「誰平空會搶你的，你明白吧，咱們幹麼？夜晚出來巡邏！送到你家去，保險，還不好？你等著，到時候交代你不晚！……瞧你這樣兒還是雛子。」

大有低了頭不敢再說什麼，他明白這兩位巡邏的老總對他起了疑心。這事不好辦，說不定錢難到手還得吃官司。他覺得抖抖地，皮膚上都凍得起了冷栗。

然而他也有他過去的經驗，知道現在哀求是無效的，而且每到事情沒有轉圜的時候，他的戇性也會跳出來去對付一切。他覺得對於有武裝的

人小心的乞求是沒有用，所以他雖然遇到這樣的意外，卻默默地在前面走去。

「還會有女人在這海邊上，多冷的天。」一個警察將老羊皮外衣的領子往上提了一提。

「也許胡混的出來找食，」在左邊的一個的答覆。

「那麼就偏找到這五塊大洋的主顧？」

「哈哈！……哈哈！……」這兩位勇士似乎也找到開心的資料。

這時大有的汗全消失了，也覺不出冬夜的寒冷，他只覺得有一顆活熱的心在胸中跳動，而周圍的空氣似要阻住自己的呼吸。

路不遠，不久他們都到了他的小板房前面。叫開門，大有的妻因為路上坐小船頭暈，又受過很重感冒，臥在木板上起不來。孩子蜷睡在牆角的草窩中如一隻小狗。

費了多時的工夫，兩個警察問過大有的鄰居，然而那些開小雜貨店，與挑水打掃街道的工人，都說他是新由鄉下搬來的，別的不敢保證。幸而有一位小生藥店中的老闆，對他們說：

「你看他這個樣也不是歹人！土氣是有的，我記得來給他租房子的是一個姓杜的工人，最好你去打聽打聽他的房租經收處的先生，想來姓杜的一定跟他熟。……」

這幾句話很有效力，熱心的警察便留下一個守在大有的小木房裡，那個去了不多時，回來道：

「那位先生說他是個新上來的種地的人。姓杜的有這麼個人，走罷。……」

二十二　快慰

　　又回頭對大有說：「日後你也大樣點，別自己找麻煩！」

　　就這樣他們吃過生藥店的兩口淡茶之後便到別的地方去了，那張紙票早已放在大有的窗臺上面。

　　大有始終沒對這兩位警察說什麼話，事情過了，對門生藥店的老先生戴著花眼鏡在櫃臺裡對他說：

　　「你這個人非學習學習不成！你應該謝謝他們！不是遇到好說話的，非追問到底這事完結不了，你可不能夠說他們不是。你還太土氣了，總得留心！在外是不容易混的！」

　　老先生是這所藥店的老闆，也當著中醫，鬍子一大把，對於一切事都有個把握似的。大有看著他便想起了死去的爹，與現在不知怎樣的陳莊長，所以這時聽了老人的告誡雖然自己也有自己的牛性，卻十分感激！

　　到房子中看著妻吃過老人給開的發汗的方劑，他方得回憶著這半天的事，對著那盞五燭光的黃電燈發愣。

二十三　悲哀

　　從櫻花路的北端，大有與杜烈並排著往小路上走。杜烈的妹妹因為同一個熟識的姑娘在後面說話沒得緊追上來。天氣是醉人的溫暖，恰好是櫻花落盡的時季。細沙的行人道上滿是狼藉的粉色花片，有些便沾掛在如茵的碧草上。有幾樹梨花還點綴著嫩白的殘瓣。北面與西面的小山全罩上淡藍色的帔衣，小燕子來回在樹林中穿，跳。在這裡正是這一年好景的殘春，到處有媚麗的光景使人流連。這天是五月初旬的一個星期日，雖然過了櫻花的盛開時期，而這所大公園內還有不少的遊人。

　　「大有哥，到底這兒不錯，真山真水！所以我一定拉你來看看。難得是找到個清閒的日子，可惜嫂子不能夠一同來。」杜烈將一頂新買的硬胎草帽拿在手中說。

　　「虧得你，我總算見過了不少的世面！唉！像咱終天的愁衣愁吃，雖然有好的景緻心卻不在這上頭。」

　　大有經過幾個月的生活的奮鬥，除去還能夠吃飯以外，他把鄉間的土氣去的不少。穿上帆布的青鞋，去了布紮腰，青對襟小裌襖，雖然臉上還有些楞氣，可不至於到處受別人的侮弄了。但是他在鄉野的大自然中看慣了種種花木的美麗，對於這些人造的藝術品心中並沒曾感到有很大的興趣。他時時想：現在的小買賣能夠養活他的一家，聶子幸而有地方吃東西作學徒，他可以不用愁天天的三頓粗飯，而且還有餘錢，能添制幾件布

衣，然而後來呢？後來呢？他的好蓄積的心理並不因為是移居到這大地方便完全消滅了，鄉村中不能過活，拚著一切投身到這迷惑的都市中，既然有了生活的途徑，不免發生更高的希望了。所以他這時答覆杜烈的話還是很淡漠的。

杜烈——那年輕的很沉重而有機智的工人，用左手摸了摸頭上的短髮笑了。

「無論在那裡你好發愁，愁到那一天完了？如果同你一樣，我這個有妹妹的人擔負更重，可不早變成少白頭呢！」

「你不能跟我比。」大有放緩了腳步，用軟膠底用力地踏著小徑上的亂草。

「怪！你說出個道理來。」

「別的不提，你多能幹，—— 你能拿錢！每一個月有多少進項！」大有堅決地說。

杜烈大聲笑了，他也停住腳。

「等一等我妹妹來你可以問問她，我一個月除掉一切的費用之外還餘下多少？你別瞧一天是幾角，算算：吃，穿，房子，咱雖然窮也有個人情來往；高興工廠裡出點事給你開格？你說像我這麼不僧不俗的還有什麼可幹？……」

杜烈停一停又嘆口氣道：

「你巴不的到工廠裡來，不到一山不知路苦。論起來我還真夠受呢！一天十個多鐘頭，在大屋子裡吃棉花末，一不留神手腳可以分家，就算死了還有人償命？風裡，雨裡都得上工，那怕病得要死，請假也是照例的扣錢。這還不說，現在是什麼時候？你知道鐵路的那一頭的大城裡叫矮鬼子

收拾成個什麼樣？沿著鐵路成了人家的地方，任意！咱還得上他們的工廠裡做工！動不動受那些把門的黃東西的監視！唉！大有哥，你以為這口飯好吃？……可是就算我單獨停了工，怎麼辦？在這裡還有別的大工廠？我同妹妹都得天天充飽肚子！……」

他正發著無限的感慨，臉望著前面山腰裡的高石碑，他的妹妹從梨花的樹底下走上來。

她穿得很整齊，卻十分樸素。青布短裙，月白的竹布褂，一條辮子垂到腰下，在黑髮的末梢結了一個花結。她在這裡已經年半了，除卻有包捲紙煙的技能之外，認得不少的字，她白天到工廠裡去，夜間在一個補習學校裡讀書。她才十九歲，平常對一切事冷靜的很，無論如何她不容易焦灼與紛亂。讀書，她的成績有快足的進步，她比起杜烈還來得聰明，而且有堅決的判斷力。

「說什麼，你們？」她輕盈地走到小徑旁邊，攀著一棵小馬尾松從不高的土崖上跳下來。

杜烈蹙著眉將剛才自己說的話重述了一遍。然而他卻注重在後頭話裡的感慨，忘記了辯駁大有說他能多拿錢的主題。

「哥哥，你說別人多愁，你還不是一個樣！白操心，空口說空話，值得什麼？這點事凡是在人家工廠裡幹活的誰覺不出？連提都用不到提。『帝國主義』並不是說說能打得倒的！可又來，既然要混飯吃不能自己另找路子生活？說什麼，我們走著瞧吧！」

大有雖然見過了杜英 —— 她的名字 —— 有不少的次數，卻沒曾聽到她有這麼爽快的談話，知道杜烈向來是十分稱讚這女孩子的能幹，這時她說的話自己有些聽不清楚的地方，所以更無從答覆。

二十三　悲哀

「我何嘗不明白，不過想起來覺得難過！」杜烈長吁了一口氣。

「所以啦，一難過噴口氣就完了，是不是？」她微笑著說。

「又怎麼樣？」

「怎麼樣？咱得硬著頭皮向前碰！誰也不是天生的賤骨頭！哥哥，我不是向你說過麼，人家書上講的理何嘗錯來！豈但矮鬼子會抖威風！」

她將一排潔白整齊的上牙咬住下嘴唇，沒施脂粉的嫩紅雙腮微微鼓起，一手接著髮梢。她那雙晶光美麗的大眼睛向前面凝視，似乎要在這崎嶇難行的小道上找一條好走的大路。

「是呀，我也聽人家說過一些道理，可是白講！咱懂得又待怎麼樣？還是得替鬼子作牛作馬！……」

她笑著擺一擺手，「走罷，這不是一時說得清的。人家在那邊殺人，放火，幹罷！橫豎現在咱得先瞧著！—— 奚大哥，你再聽咱的話更悶壞了！」

本來大有自從到這個大地方中來就感到自己的知識窮乏，就連在他那份小生意的交易上都不夠用。一樣是穿短衣服的朋友，他們談起話來總有些刺耳的新字眼，與自己不懂的事件。甚而至於自己的孩子到鐵工廠去了兩個月，也學會了不少新話，有時來家向大有漏出來，卻也給他一個悶葫蘆。現在聽杜英隨隨便便說的這幾句也不完全了然。他不免有點自傷，覺得這個複雜，廣大，新奇的地方裡像他這樣十足的莊稼人是過於老大了！

「什麼道理？說的起勁，咱一點都不明白。」大有向杜英說。

「唉！咱明白什麼？誰又會識字解文的懂道理 —— 現在怎麼說！哥，過幾天再講，是不是？……」

後面的梨樹旁邊有人笑語的聲音，杜英回頭看看，向她哥哥使個眼

色，便都不說別的話。沿著小路往小山東面轉，大有也跟在後頭。

　　原來後面有一群小闊人似的遊園者，剛從櫻花路上走過來。花緞的夾袍男子，與短袖子肥臀的女影，正在愉樂他們的無憂慮的青春。

　　路往上去，道旁更多了新生的植物。覆盆子，草繡球，不知名的小黃花，在大樹下自由的迎風搖動它們的肢體。似乎這五月中的陽光已經將它們薰醉了。小鳥成群在矮樹中飛跳，時而有幾個雛燕隨著大燕子掠過草地上尋找食物。沒有草木的土地也呈現一樣令人可愛的溫柔。那些細碎的小土塊，也不像鄉間大土塊的笨頭笨腦，惹人生厭。大有雖然不是個都會的詩人，他更不懂得應該怎樣去作這春日收穫的讚美，然而這樣微茫的感觸他也不是一點沒有。雖然他見慣了鄉村中的大自然，那是質樸，粗大，卻沒有這麼人工的精細與幽雅。他踏在那經過人手的調製的草徑上，他聯想到剛才杜英這女孩子的摸不到頭腦的話。他也覺得凡是從鄉間挪移到這裡來的不論是花木還是人，都會變化。到底有什麼使它們變的這麼快？又何以自己老是這樣笨？雖然從鄉下到這個五色紛迷的地方中已經五個月了，雖然也知道有汽車，電燈，電話，與許多新奇的衣服，然而自己仍然是得早起，晚睡，提著籃子到各處兜賣菜餃子。一天天所愁的是錢，所吃的是粗麵，蘿蔔乾，更使他念念難忘的是自己的破敗的鄉村，與那些終日憂苦的男女的面容！他回想著，卻看見杜英與她哥哥走得比他遠了十多步，低聲說話。那女孩子的聲音很細，稍遠一點便聽不清楚。大有也不急著往上追，他總覺得杜英是個不好惹的姑娘。離開鄉間不過兩年，學的多外調，誰知道她的小小的心裡藏著些什麼！「女大十八變」，自是有的，像她這麼樣可也少有？比起久在外面的杜烈來還老辣呢。

　　在後面他已經看見他們兄妹坐在那個早已望得到的大石碑基石的層臺上，他便緊走幾步，也從小路上趕到。太幽靜了，這半山坡的樹蔭下，簡

二十三　悲哀

直沒有一點聲息。連吹動柳條的微風也沒有。幾株落花的小樹像對著這大石碑擦眼淚。陽光映照著高高的碑頂，在金黃的耀光中閃出一片白色的輝彩。地方高可以下看那片闊大的公園，雜亂顏色的小花躲藏在綠色中，起伏的波光，遠處有三點兩點的紅色白色的樓房，像堆堆起來的，黏在那些山坡與山頭之上。向西南看，一線的碧綠的海岸，蜿蜒開沒入東方的山角裡。大有也有些累了，坐在下一級的白石階上，端詳那高大的石碑上深刻的幾個大金字。

「這就是忠魂碑？咱不是說過 —— 現在日本人大約又得在 T 城另立一個了！」杜烈仰望著石碑說。

「打死了，立碑；偏偏得立在中國的地方裡？」大有直率地回覆。

「一樣是些笨貨！怎麼辦，好教後來的人學著做！」杜英輕藐地望著這大碑。

「怎麼？人家是來爭光的？」她哥哥似反駁的聲調。

「是啊，爭光？卻是給領兵官爭的！」

「依你說，就是誰也不當兵，像中國怎麼辦？」

「哥，你說中國人多，中什麼用？這不是明明白白的，這忠魂碑在這麼好的地方！鐵路的那一頭現在用大砲剛剛毀完，怎麼樣來？」

杜烈沒答話，她用一雙紅嫩的手托著腮道：

「頂苦的是許多無知的日本人，日本那些像有個勁的兵，到這裡來，拿刀拿槍與中國的老百姓拚命，真像當了屠宰的主人！可憐中國人，提什麼！就是他們還有什麼榮耀？」

「妳這些話說的真是在雲彩眼裡！」杜烈搖頭，似在嘲笑妹妹的虛空的理想。

「是啊，這真像雲彩眼裡的話！無奈人都好怎麼辦，有什麼法子！」

她的天生的理解力與她的環境，將她這麼一個鄉村的女孩子，在這都會中造成了一個思想頗高，而少實際生活的訓練的理想家，在大有想來是一點都不能了解的。他只覺得女孩子在外面學野了，連哥哥的話也得駁過去。她想怎麼好？誰知道？大有在這半天的閒逛裡，到現在對於好發議論的杜英微微感到煩厭。他又想：年青的男女到外頭來，不定學成個什麼型。聶子大概在將來也會比杜英變得更壞？他又記起了小葵，怎麼全是在一個鄉間生長出來的，一離開家全反了個！怪不得陳老頭平日對於年青人出外，總搖著頭不大高興。他想到這裡，望望杜英，她活潑地轉著辮梢，在冷靜中略有渦痕的嘴角上現出一切都不在意的微笑。

「有一天，」忽然她又說話了，「總得把這個石碑推倒鋪馬路！」

「哈哈！來了傻話了！」大有忍不住了。

「也有一天，中國人都起來報一下，」她沒來的及答覆大有的話，杜烈卻堅決地插上這一句。

「哥，我說的是另一個意思。……」

「倒是妳哥哥說的還像大人話，妳是有點孩子氣。」大有想做一個正當的評判者。

「真麼？」她斜看了大有一眼。

他們正談得高興，前路上微微聽得到皮靴鐵後跟的沉重響聲。他們從意識中都知道上來的一定是住在舊德國兵營的日本兵。一想起他們這些日子一批批的經過馬路，或者在夜間可以隨意布崗的凶橫情形，杜烈與大有便都停止了議論。獨有杜英仍然轉著辮梢，不在意地微笑。

漸漸的走到下層的石階，一群約有十多個的掛了刺刀的黃衣兵，都年

輕，互相爭辯似的高談著，每人手裡有一張紙。及至看見大有這三個下等的「支那人」坐在上層的階石上，有幾個彷彿用力看了他們幾眼，互相談著。從大有三個身旁走上去，有的將手裡的白紙展開慢慢地看著走。

杜烈面色紅紅地，首先立起來，大有與杜英隨在後面，他們便從日本兵來的綠蔭小道中走下山坡去。

他們不再向公園中轉彎子，裡面已經滿了許多華麗衣服的男女，杜烈引著路，從公園東面往小山上走，當中經過一條窄狹的木橋。這一帶沒有很多有花的植物，除卻零星的幾朵的野杜鵑外便是各種不同的灌木，比人高的松柏類的植物很多。愈往上去，綠蔭愈密，身上滿是碧沉沉的碎影子，而樹下的草香被日光蒸發著散在空中，使人嗅著有一種青嫩的感覺，如同飲過薄薄的紹酒。

「哥，下石階時你看見他們手裡拿的是什麼？ —— 那張白紙。」杜英微微喘著氣。

「怪氣！一個人有一張。……」大有表示他的疑念。

沒等杜烈的答覆，她便搶著說：「我留心看的很清楚，一張山東沿海的地圖，上面有這四個中國字。不是說他們到這邊來的每人一本學中國話的本子，一張地圖？可不假。」

「真利害，什麼人家不知道。」杜烈老是顯出少年似的憤慨。

接著大有在山頂上申述他的經驗。

「前天夜裡鬧的真凶。我住的隔東站不遠，才沒得睡覺。火車嘯子直吹，從沒黑天到下半夜。有的說是載日本兵，有的說是鐵路上敗下來的中國兵，人聲，馬叫，亂成一陣。沒人敢出去看。明了天才知道真是敗回來的中國兵。你說，這回亂子可鬧大了！現在火車上都是日本兵押車，……

也怪，這裡在白天就像太平世界，只看見逃難的一堆堆的從車站往馬路上跑。……」

「亂子大！我想這回咱那裡就快全完了！」

「咱那邊不在鐵路旁邊，還不要緊。」大有盼望故鄉的太平比什麼事都重要。

「你想錯了，」杜烈扶住一棵發嫩芽的七葉楓道：「由南向北的大道，軍隊來回的次數多，你忘了，每一次亂子那個地方不吃虧？這回出了日本人的岔子，鐵路的那一頭大砲還沒放完，這一來在鐵路這面的軍隊不成了去了頭的蒼蠅，隨地為王，誰都管不了。那麼窮，那麼苦的地方還有剩？……」

杜烈的脾氣不是像大有那樣，他更有怒力的表現。杜英彎著腰走上來，冷然地說：

「又罵了，這能怪誰？」

「日本人！」大有簡單的斷定。

「你以為日本兵不來，那些這一隊那一隊的亂軍隊不敢自己在地方上為王？」她的問話是那樣冷峭，令人聽去幾乎不相信是不到二十歲的女孩子說得出的。

「妳怎麼知道？」大有愕然，說出這句笨話。

「這不是她的孩子話，大有哥，難道你在鄉下這麼些年歲還不明白？不過趁火打劫，這一來無王的蜂子更可以橫行。那幾縣的兵敗下來，一定要經過咱那邊，—— 說起來，哎！也不必只替咱那個小地方打算盤！那裡能夠安穩？這年頭老百姓吃碗苦飯簡直是要命！……」杜烈撕下一把微帶紫色的嫩葉，用兩隻手搓著。

二十三 悲哀

　　大有在杜烈的提醒之下，想起了陳家村中的一張張的畫圖。臨行時的一隻水瓢丟在鍋臺上面，一段紅蠟還躺在炕前的亂草裡，……陳老頭扶著拐杖滿臉的病容，徐利的失蹤，舍田中奚二叔的孤墳，還有那許多的破衣擦鼻涕的小孩子，瘦狗，少有的雞聲，圓場上那一行垂柳，殘破的學堂血跡，哭號的悽慘，……現在呢？怕不是變成了一片火場？尤其是那些他自幼小時候親手種植的土地，可愛的能生產出給人飽食的莊稼的土地，依他想，一切的東西都不比這樣的生產為重要！都市裡什麼東西也不缺乏，穿的，玩的，種種他叫不出名字的那許多的樣數，然而誰不是得吃米麵？非有土地生不來的食物！他覺得如今這片火災要將那令人親愛的土地毀壞，將莊稼燒個淨光，他的農人的悲哀使他幾乎掉下淚來！自然，他在這海邊的都會裡鬼混用不到去靠著土地吃飯，況且他的餘剩的地畝已經典與別人，正逢著這樣壞的年月，他應分是驕傲地以為得計，而這忠誠於農事的樸實人，回想起來卻有一種出於自然的淒涼。

　　杜烈看著他呆立在上頭不說話，兩眼向西面望，發呆的神情像得了神經病，便走近拍了拍他的肩膀道：

　　「你看的見麼？海那邊就是你來的路，那片小山現在成了匪窠。」

　　大有遲疑了一會，似詩人的口氣答覆出幾句感嘆的話：

　　「杜烈，怕咱沒有回去的路了！這樣弄下去，還得死在外間不成？」

　　「又來了笑話，怎麼回不去？像咱怕什麼，無有一身輕！── 就算回不去，我可不像你一樣，那裡不是混得過的，還有什麼故鄉？」杜烈嘲笑而鄭重地說。

　　「誰還想常在外少在家，祖宗墳墓，── 人終是有老家的！……」

　　杜英採了一把紅紫的小野花，還彎著腰到草堆裡找，她並不抬頭，

卻說：

「家？要家幹嘛？奚大哥，總是有些鄉下氣。」

「咦！怎麼家都不要？不管是鄉下與大地方的人誰沒有家？」大有聽見這小姑娘的話覺得太怪了。

「你在鄉下的家難道還沒受夠罷？」她的答覆。

大有總以為像她這麼眼尖口辣的姑娘不是正派，他索性不再同她討論，不說什麼，仰頭看了看那片晴暖的天空，他首先從小山頂上往下走。

杜英與她哥哥似乎也被這麼暖的殘春薰烘得有點倦意，懶懶地隨著大有從滿是枝葉披拂的山路上往下走，腳下有不少的蟲蟻，石角上微微有些苔點。

他們經過半點鐘的時間已經從市外的小村莊中轉到較為繁盛的 T 市的東區。這裡雖然沒有許多的大玻璃窗子的百貨店，與穿得很時髦的男女，然而長途巴士的經過，與放工的男女，小販，雜耍，地攤，卻也很多。雖然是二層樓與平房多，也顯見出一個都市的較偏地帶的情形。

他們都抹著額上的汗滴，呼吸著沒有修好的馬路上的飛塵。起初沿著海岸邊種蕃薯的沙地，走向有矮房子的街道。海面上的陽光炫耀著他們的眼睛。那淡藍色安靜的大海，遠遠的點綴上幾隻布帆的漁船，是一幅悅目的圖畫。大有對於這樣美麗的景色還少見，自然在他的簡單的心中也有一種說不出的慰悅。然而還有比鄉村間更令人煩厭的是大道旁邊多少光了背的小孩子，逐著煤鬼的小車站路撿煤塊。大有到 T 市以來，因為住處的關係，見的這種事特別多。不能算是偷盜，也不是乞求，他們是為的他們的家，他們的飯食。一樣也有散學的學童，在這星期日的過午，有父母兄姊牽著手，領著小洋狗，花花綠綠的衣服，這邊去，那邊來的似乎到遊戲

場與電影院。這些有福的孩子，白白的皮色，活潑的態度，有的看去像是些小紳士，小摩登小姐，在他們的身旁就是另一群烏黑的嘴唇，眉毛，赤腳，破褲子，手上滿是煤屑與泥垢的小流氓。慣見的現象，在這都會中一點都不稀奇。然而大有在剛剛遠眺海天的風景之後，見到這些十字街頭的孩子們，他的質實的心中也不由得想開去。把那令人悅目的景物壓在這些各一個世界的孩子們的情形下面了。

大廣場中的長途巴士已經停放了許多輛，來往在路上的還是不斷。路旁正有一輛推煤車，車伕從黑口裡露出兩排白牙，瞪著眼同那些小流氓用勁吵鬧。一個巡警走過來，手中的短棍早已高高舉起，那群十個多小流氓便爭著向道旁跑。其中有兩個七八歲的孩子，各人抓著一個小小的麻袋包，從廣場的東角上竄，是想由小道上溜走的。他們小小的心中只怕巡警的短棍，卻沒留心到道上的行人。即時撞倒了一個四五歲的紅花衣服的小小姐，還把她那西裝紳士的父親的淡灰嗶嘰直縫褲用手抓上一個黑印。人聲鬧起來了，喊打，喊拿的包圍中，這兩個小流氓終於被巡警一雙手扣住了兩個的脖頸。西裝的紳士走過去賞了他們兩記耳光，經過巡警的賠禮才算完事。他抱起啼哭的小小姐，用花手帕溫和地擦了她受屈侮的眼淚，然後回頭叱罵著，才甘認悔氣似的走了。

從人叢中巡警將這兩個含著眼淚的小流氓帶走，路旁看熱鬧的人卻笑成一片。杜烈著腳往前看，杜英卻冷靜著不說什麼話。大有忍不住便回頭問她道：

「這算什麼！巡警還得拿孩子！」

「小賊麼，不會同大人一樣辦！」

大有不禁噓了一口氣。杜英哼一聲道：

「瞧見了麼？沒錢的人家連孩子也是賊！」

「他不應該再打他們兩把掌！」大有只能從哀憫上著眼。

「你這個人，兩把掌算得了什麼！……」杜英對於他的話簡直是在嗤笑了。

大有覺得這女孩子怎麼精明，卻真不知人情！正在要同她辯論幾句，忽然從路那邊的人叢中有人對他們喊：

「喂！……喂！」

「大有，……哈哈！真巧！」

大有一抬頭，宋大傻的便服，面貌，恰好映現在路旁的林檎樹底下。他身左邊站住一個沒戴帽子的藍大褂的青年，正是去年在警備隊裡認識的祝書記。

這一來連杜烈也從人叢中退回來，久別與不意的相逢，使他們忘記了一切。

沿著寬廣的汽車道，他們且走且談。

在大有的驚訝疑問之中，他才知道宋大傻與祝書記已經由城中到這邊五六天了。沒處找他們，卻因為小流氓的滋鬧遇在一起。大有問他們為什麼不在城中領隊伍，跑出來幹麼。

「這話麼，可不是三言兩語交代得完的 —— 總之，咱都不幹了！現在成了閒人呀。」大傻說。

「怪好好的事為什麼丟了？又不像我， —— 大約你這個鬼靈精又有什麼打算？」

「打算自然不是沒有，在路上可不能談 —— 再一說，你瞧這是什麼時

候，還混什麼！」大傻頗有意思的答覆。

「什麼時候？你說的是鬼子進兵，殺人，亂的沒有法子辦？在大樹底下說風涼話，咱就不信有那回事。一天不幹活一天不吃飯！問問杜烈還不是怎麼樣？我更不用提了。像你們當小老總的，有閒手，任便如何好辦事。」

「哈哈！大有這老實人到大地方來也學壞了。看，話多俏皮！我，大傻當了一年半的營混子就剩下兩身軍服，不信問問祝先生。他什麼都明白，話說回來，叫做『人窮志不窮』。」

大有把青布鞋用力地踏著馬路上的碎沙道：

「好！好個『人窮志不窮』。怕你將來還有師長軍長的運氣？祝先生，你也信咱這鄉親說的不是吹大氣？」

不多說話的祝書記，他的清疏的眉尖，老是微微的鬥著，黃臉色上彷彿有一層明明的光輝，下垂的彎嘴角像包含著不少的智慧。他正在馬路上眺望什麼，聽見大有的問話，轉過臉來道：

「你們真是『他鄉遇故知』，談得那麼痛快。你別瞧不起宋隊長，——宋大哥，真有他的！吹大氣也不是壞事的，實講，我在縣裡也待過一年，一切都明白，如今也應該出來看看！他是聽我勸的。……」

「唉！還是祝先生勸他出來的，你們究竟要往那裡去？」

「要走海道才上這裡來，明後天有船就走。」祝書記答覆得很簡潔。

「到上海還是到煙臺？另去投軍？」杜烈來一個進一步的質問。

祝書記微微笑著，將杜烈兄妹估量了一回道：

「都不是外人，我聽過宋隊長說到杜老哥的為人，——投軍麼？也是

的，可不是到上海，也不是北下。……」

「那麼怎麼說要坐船？」杜烈的疑問。

「怕是往海州吧？」杜英久沒有說話的機會，她只好靜聽這四個男子互相傾談，這時她才得攙入這一句。

祝書記與大傻都不約而同的瞪了這活潑的女孩子一眼。祝書記即時另換了一種話。

「管它哩，快到街裡了，這邊的路我很熟。往那去是向 ×× 公園，靠近機器場的那一個，到僻靜地方歇歇腳不好？」

這顯然是要把剛才說的話丟開，不願意在行人的大道上續談。大有很奇怪祝書記的神氣，鬼鬼祟祟的事他平生沒辦過，更不知道為什麼有怕人的話？這情形獨有杜英明白，這伶俐的女子她完全了解這兩位客人要去幹什麼。她還猜得到這全是那學生樣子的祝書記的把戲。

忽然大有記起了一件要事，他趕在祝書記的身前問大傻道：

「怎麼忘了！你該知道咱那村子的事吧？」

「怎麼不知道。前一個月我還到鎮上去出過一次差，見了面卻沒對你們說一句。咱村裡現在安靜得多了，因為當地的匪人成總的都到南邊去聚成幾個大股，聽說暗中編成了游擊隊。」

「游擊隊？投降了麼？」大有不相信的追問。

「有人說是南軍，——革命軍，派下人來招聚的。由這裡暗中去的聯絡，叫他們把實力聚合起來，不要亂幹，等待著舉事，——這是真的！我在城裡知道的很詳細。」

「好，那麼一來有平安的日子過了。」大有近乎禱祝的讚美。

二十三　悲哀

杜烈搖搖頭說：「到頭看吧，過些日還不是一個樣！」

「你這個人說話不中聽，土匪裡頭也有好的！」大有的反駁。

杜烈沒答覆，他妹妹將長辮梢一甩道：

「這不在人好不好呀！奚大哥看事還同在鄉下種地一樣，以為沒有變化。……」

大有想不到自己質直的希望碰到他們兄妹的打興頭的話，便竭力爭辯道：

「你們不想回鄉下，自然不往好處想，橫豎鄉下人好壞與你們沒有關係。燒人，發火，扯不到這裡來？……」

祝書記聽見這兩方的議論，便將他的左臂向空中隔一隔似的替他們解釋。

「別吵嘴，都說的對！鄉下的太平現在講不到，可是說將來，……啊！……且等著看！」

「這都是後來的話，不忙，我還沒說完村子裡的事。有兩件一定得先說：陳老頭如今成了廢人了，幾乎是天天吐幾口血，事情也辦不了。可是吳練長不許辭退！徐利，……」

「啊呀！徐利，——徐利究竟到那裡去了？」

自從大有在冬天離開陳家村的時候，前七八天便不見這個年輕力壯向來不服強項的人的蹤影。雖然他伯父還得在破團瓢裡等候他這善良的侄子給他買鴉片過癮，誰知道他為什麼走了哩！連大有這樣朋友都沒得個確信。這是個啞謎，大有一直悶到現在。一聽見大傻提到他的消息，便喜得快要跳起來。

大傻放低了聲音道：

「徐利這一輩子不用回到故鄉中去了！──吳練長家燒房子的一案轟動了全縣，他有多大的勢力！且不盡著量用？直到後來，去年年下才有了頭緒。」

「唉！與徐利？……」杜烈猜測的話還沒說完。

大傻點點頭道：「一點不差！被鎮上保衛團的偵探找到了門路，那大風的晚上爬過圩牆放火的說是他！──徐利！」

這突來的消息簡直把大有聽呆了，他停止了腳步大聲問道：

「血口噴人不行啊！徐利不見能幹的出？……」

「咦！你還不知道咱那練長的利害？沒有證據他還不辦，可是犯在他手裡，沒有別的，家破人亡，那才是一份哩！證據聽說是掛在城牆上的繩子，又有人早上看見徐利從鎮上的大路到村子裡去。最利害的是吳練長的花園裡撿得一個旱煙包。案子從這些事情上破的，可是徐利也真是個傢伙，不到年底他早就溜了。總是年輕，他沒想到鎮上的保衛團與縣裡的兵會與他家裡算帳！──全抄了！一條破褲子也沒剩。幸虧許多人求著情，沒把那徐老師捆起來，只把他的兩個叔伯兄弟全押在監裡。但可憐那老菸鬼也毀在這一抄上！……」

杜烈瞪大了眼睛道：「怎麼樣，也嚇死了？」

「徐老師也是個腳色，他倒沒被兵士的抄搶嚇倒。他硬掙著去給他侄子抵罪，想放回那兩個孩子，──什麼事不懂的廿歲的莊家孩子。不行！他們說老頭子是好人，老念書的，單要年輕的男子！這麼一來許多人還得頌揚吳練長的寬厚，究竟對於老人有面子！可是到底怎麼來？白白地把那火性烈的老人家氣死！──不簡直是害死！抄家的第二天下午，

二十三　悲哀

他將積存的煙灰，——誰知道有多少！——全嚥下去，這一回就過了癮！」

「啊呀！這一家全完了不是？」杜烈問。

「不用往下說，到現在徐利的兩個兄弟在監裡，隔幾天得挨刑，要逼著他們獻出來。」

大有沒說話，可是鰲黑的臉都發了黃，手一伸一伸地彷彿得了痙攣的急症。突然他大聲叫道：

「放火，放火，誰不知道鄉下攤的兵款在那個東西手裡有一小半！……」

他像是受氣，又像是朱了心神，高聲大膽的叫著，連輕易不肯說的難聽的罵人話都說出來。

杜烈與大傻互相遞了個眼色，一邊一個把大有夾起來，急急地走去。杜英臉上很冷靜，她聽見這麼慘酷的事如同剛才看見巡警捉小流氓似的，一樣無動於衷。祝書記在後面與杜英慢慢地說著話，跟著杜烈一夥向××公園的偏道上走去。

山雨：
由感傷到壯美，刻劃人性及社會黑暗

作　　者：王統照
發 行 人：黃振庭
出 版 者：崧燁文化事業有限公司
發 行 者：崧燁文化事業有限公司
E-mail：sonbookservice@gmail.com
粉 絲 頁：https://www.facebook.com/
　　　　　sonbookss/
網　　址：https://sonbook.net/
地　　址：台北市中正區重慶南路一段六十一號八
　　　　　樓 815 室
Rm. 815, 8F., No.61, Sec. 1, Chongqing S. Rd.,
Zhongzheng Dist., Taipei City 100, Taiwan

電　　話：(02)2370-3310
傳　　真：(02)2388-1990
印　　刷：京峯數位服務有限公司
律師顧問：廣華律師事務所 張珮琦律師

定　　價：375 元
發行日期：2023 年 10 月第一版
◎本書以 POD 印製
Design Assets from Freepik.com

國家圖書館出版品預行編目資料

山雨：由感傷到壯美，刻劃人性及
社會黑暗 / 王統照 著 . -- 第一版 .
-- 臺北市：崧燁文化事業有限公司，
2023.10
面；　公分
POD 版
ISBN 978-626-357-584-4(平裝)
857.7　　112013121

電子書購買

臉書

爽讀 APP